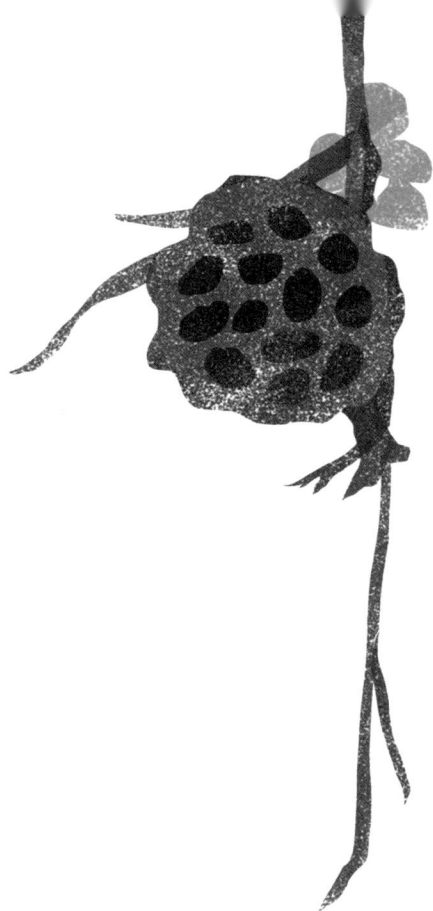

唐诗掠影

王清淮 ⊙ 著

人民出版社

献给中文系 1993 级四十一位同学

王　良	王志武	王卓勇	尹凌云	龙太钦
田　华	史剑雄	刘　春	刘　威	孙彦涛
吴　杰	毕洪波	李　江	李去寒	李连涛
张　勇	陈小虎	陈　进	何　辉	何　斌
杨　玲	杨晓春	邱泰然	孟广军	郑　郁
赵　敏	赵永刚	祝亚非	茶海山	栗　彪
高　杰	郭良鹏	黄华俊	梁　青	遆存磊
谢　根	谢浩雷	鲁广宁	雷剑锋	樊永强
霍海滨				

辅导员：王　昉

序

中国向称"诗国"，大唐则是诗的时代。在这个时代，涌现了伟大的诗人和同样伟大的诗作品。诗人的性格、修养和生活经历各异，他们在诗歌美学上的追求殊途，作品却共同凝聚为中国韵律文学的最高峰。唐代发达的经济、开明的政治以及活跃的社会文化思想，促使诗歌不但数量庞大，成就卓越，而且题材丰富，风格异彩纷呈。唐诗几乎涉及社会各个层面，批评时政、议论人生、探讨哲理、倾诉爱慕等等，人们习惯用诗歌陈述事情，表达情绪。诗几乎成为唐人的通用语言。体裁形式除了继承前代，更有创新，百花齐开放，百家共吟哦，真正做到了雅俗同欣赏，异风有兼容。有唐一代，多种诗歌流派并立于诗坛，争奇斗艳，美不胜收，唐诗以此彪炳于中国诗史，卓秀于世界文学之林。

唐诗的表现形式重在继承。唐人创作诗歌的主流是古诗和乐府诗，一些唐诗大家以古风和乐府名世，几乎不涉足讲求唯美的格律诗，他们被后人传诵甚至膜拜的也是这两类"仿作"，可见古诗和乐府诗在唐代的尊崇地位。但他们的仿作不是模仿，唐代诗人把汉乐府和六朝古诗作了深刻的改造，使它们雅化，更接近文人作品。唐人的古诗、乐府诗和歌行体诗超迈往古，在传统体制上开辟新局面，叹为观止。

格律诗发轫于六朝，唐人为它制定了一系列的规矩，把格律诗创作推向极致，一首诗的每个字都有固定的"格"，每个格都有自己的"律"。格和律，使形而上的作诗和形而下的做诗完美结合。诗歌不但审美，还能把玩，"文"和"艺"在唐诗领域实现了统一。

　　本书依据唐诗的题材内容，分为十类，作十部"诗品"，为"励志品""时政品""军旅品""咏史品""怀人品""爱悦品""闲适品""山水品""哲理品""梦幻品"。每部择诗 12 首，略作赏析，计 120 篇；另有"唐词品"18首及赏析附于后。不言而喻，十品之目，不能概括唐诗内容的全部，唐诗异彩纷呈，不是任何一种分类方式所能"牢笼"的，即使后世为人诟病的应制诗、酬唱诗、干谒诗等，在唐诗中也有精彩的表现，而且作品繁荣，都能自成一"品"。至于每品的十二首诗，更属无奈之举，颇有割裂贝锦、无端遗珠之憾，这里的选择和分类或未得唐诗奥旨，所幸唐诗如山，人所共见，本书一叶，无伤唐诗大雅。

　　书名"掠影"，绝非自谦，水面之光，空中之影，所见所得自然不能质实，与诗界大达相距不可以道里计。然而，光影为事物之像，而变幻不居，过而得之，申而论之，把酒临风，洋洋乎其乐不可支。

　　赏析部分，出于后学对唐诗的一管之见，本不足以遍告世人，但前贤说"诗无达诂"，唐诗问世越千年，若必须知其人，明其事，论其世，洞察古今而后说其诗，那就只有钳口结舌，不敢赞一辞。所以本书的鉴赏自知粗陋鄙远，或蒙哈而徒劳之诮，但毕竟是读唐诗的一点心得，总希望得诗人之意，会今人之心。如是，则幸甚。

　　王清淮申酉之春记于北京南苑团河之夔足斋。

目 录

怀人品　125

爱悦品　153

唐诗掠影

目录

哲理品　　245

梦幻品　　275

唐诗掠影

目 录

唐词品　　305

后　记　　345

励

志

品

《尚书·尧典》说："诗言志，歌永言。"诗歌是诗人用来表达自己的志向的，同时用以表达人民大众的志向。中国诗人师承很统一，他们"志"的价值取向和界定几乎完全一致，就是把个人之志与天下（国家）的命运相联系。从个人的立志来看，诗人们显得"急功近利"，中国的读书人差不多都是诗人，读书人读书的目的很少是为了自娱自乐，或打算与朝廷对立。恰恰相反，他们读书是为了取功树名、光耀祖宗、荫庇家族。读书人建树功名的途径只有一条：为国君服务。他们希望在各级政府任职，任职到最高，文为宰相，武为将军，所以读书人职业规划的最高目标就是"出将""入相"。如是，则既有权力，又有俸禄，还有荣名，世间万物皆属于"我"，从这层意义上说读书人的"志"很自私，以"我"为出发点和归宿。但是如果这样解说中国读书人的志，那就误解了中国文人，误读了他们的诗。首先，他们的所有努力都在为国家服务，从事事业、创造事业来光荣社稷国家，这是爱国。更重要的，他们的功名固守着一条标准线，就是到将相为止，任何时候，任何情况下，都不会对王位有非分之想，这是忠君。忠君爱国二者相重合，因为"朕即国家"，国君一人拥有天下土地、财富、人民，普天之下，莫非王土，率土之滨，莫非王臣。读书人对这条"真理"恪守不移。读书人入仕，直至将相的，也有作奸犯科，为私利出卖良心、背叛国君的人，也有垂涎王位并付诸实施的野心家，但读书人的绝大多数，人品道德记录良好。至少，他们在文章诗赋中没有对道德原则的怀疑与挑衅。张角宣称"苍天已死，黄天当立"，黄巢作诗"我花开后百花杀"，这样赤裸裸攫取王权的言行不见于纯粹的读书人，黄巢也是读书人，但他的"读书"只能是疑似，因为读书人应该像曾国藩——王权唾手可得，但他不想得。"坑灰未冷山东乱，刘项原来不读书"，这从侧面阐明历史规律，制造混乱的多是没有受到传统教育的军阀或流浪汉。

因为中国读书人有一位共同的老师，这位老师是孔子。孔子创立的儒家经书成为中国读书人万世不易的"圣经"。由于中国读书人热衷于用诗的语言表达自己的理想，表达自己对儒家传统的忠诚即"言志"，所以，中国的励志之诗有悠久的传统、高尚的立意和热烈的感情，它们不是空洞的政治口号，无关粗豪叫嚣。诗人的志与情很自然和谐地统一起来，形成中国特色的励志诗。《诗经》时代的一位武士在阵前宣誓："伯兮朅兮，邦之桀兮，伯也执殳，为王前驱。"他立志为周王冲锋陷阵，在前线实现自己的雄心大志。屈原立志于楚国复兴，为楚王出谋划策。一篇《离骚》就是屈原的政治宣言书，赤胆忠心，诗中昭然可见。汉代文人的言志有些消极，但更直接。他们要驱策快马，"先据要路津"，不肯枯守贫贱。当然与富贵相比，名誉更重要，人生"盛衰各有时，立身苦不早"。立身即立志，人的生命没有金石坚固，不能永垂不朽，在短暂的一生中，树立荣名最重要，"奄忽随物化，荣名以为宝"。曹操以扫平天下烟尘为己志，"烈士暮年，壮心不已"，建安七子之一的刘桢更将松柏的不畏凝寒作为君子立身行事的标尺。一为取天下，一为励自身，指向一致。

　　唐代诗人的励志诗章分外耀眼夺目，它们展现了读书人渴望为国家建功，为自身立业，为国君报效的胸襟、意志，是唐诗重要的组成部分。盛唐诗歌流派繁多，但为国家服务，忠君爱国亲民的主导思想，是它们共同的支撑点。如果抽去了这个支撑点，唐诗将减色许多。高适、岑参投身边塞事，作军旅诗，与《伯兮》的主题相同。李白、杜甫不肯把自己视为普通人，他们认为在盛明时代必须作出伟大的事业，才无愧于时，无愧于世，无愧于一生。王维、孟浩然热衷于山水，但他们一旦遇到机会，就跃跃欲试，投身于朝廷的事业。孟浩然临湖羡鱼，王维单车问边，都是时代精神使然。韩愈以品德高尚著称，柳宗元、刘禹锡致力于改革弊政，白居易除了作诗明志，更试图把诗歌直接化为国家建设的动力，儒家独善与兼济的"二律并行"原则在他们的诗中得到充分的宣示。晚唐时局不靖，但诗人们仍然把立志作为诗的基本精神，杜牧"欲把一麾江海去"，李商隐"安危须共主君忧"，中国诗人包括唐代诗人对志向品德的关注，千锤百炼成伟男的壮士情怀，深刻在中国诗史"碑林"之中。

咏　史

卢照邻

季生昔未达，身辱功不成。

髡钳为台隶，灌园变姓名。

幸逢滕将军，兼遇曹丘生。

汉祖广招纳，一朝拜公卿。

百金孰云重，一诺良匪轻。

廷议斩樊哙，群公寂无声。

处身孤且直，遭时坦而平。

丈夫当如此，唯唯何足荣。

　　此诗名为咏史，实为写人。季布，楚汉之际楚国人，为人诚实守信用，楚国人颂扬他："得黄金百斤，不如得季布一诺。"在楚汉争霸时帮助项羽，困厄刘邦，刘邦怨恨季布，灭楚后全国张网搜捕。季布变姓名隐身为奴，后经滕公等人救援，得到汉高祖的谅解，先后拜郎中、中郎将，并在国家政治方面广有建树。这首诗相当于"季布传"，特别对季布的诚信品德表达了崇敬之情。

　　季布在项羽败亡后，易容为侠士朱家的家奴，并改换了姓名，充作种菜浇园的仆役。朱家向滕公夏侯婴游说，夏侯婴说服了汉高帝赦免季布之罪，并招纳为郎中，还有曹丘生的大力逾扬，季布于是名扬天下。从前的季布美名仅在楚国，如今天下都在传颂他的诚实守信，以至有季布"一诺千金"的比喻。高祖崩，吕后当政，匈奴致书吕后，言语涉嫌大不敬，樊哙请伐匈奴雪耻，要以十万兵横行大漠。众大臣纷纷赞成樊哙，只有季布提议斩樊哙以塞众议。他指出，高帝以四十万众尚且困于平城，樊哙十万众岂不是葬送国家？而且樊哙的能力也不足以宣威沙漠。樊哙的动议于是作罢。卢照邻对季布的评价是："处身孤且直，遭时坦而平。"孤，指儒家的处世原则特立独行，不朋不党，不阿附权贵，不违背良心和圣贤教训；直，指处事正道直行，坚持真理不动摇；坦，指心地坦荡无私；平，指性情平和，不以物喜，不以己悲，有上古君子风度。最后两句是卢照邻的愿望，他希望做一个像季布那样的人，而且希望天下人都改弦易辙做季布。如果凡事唯唯诺诺，作违心之论，做违心之事，即使身家尊荣，又有什么意义。

此诗赞扬诚信，以季布为楷模，激励自己，也勉励天下人。诚信是君子品质，季布很好地把这一品质发扬光大，为人们树立了学习的样板。"丈夫当如此"，发语坚定、由衷，人格感染力强烈。但卢照邻写作此诗的主旨却不在此。太后蒙羞，朝廷群情激愤，但大军一出，国家生死未卜，这时季布凛然立于朝堂，直指樊哙动议的荒唐，从而挽救了大汉的江山社稷。正是"千夫诺诺，不如一士谔谔"。季布在关键时刻，力排众议，挽狂澜于既倒，扶大厦于将倾，此不为至圣，亦应称人杰。

送杜少府之任蜀川

王　勃

城阙辅三秦，风烟望五津。
与君离别意，同是宦游人。
海内存知己，天涯若比邻。
无为在歧路，儿女共沾巾。

朋友离别，山水遥远，重会不知何期，而且蜀道艰难，朋友前途难卜。此情此景，不由人潸然泪下。但是，王勃送别杜少府，却一反送别诗的哀伤凄冷，而出之以乐观豪迈，勉励朋友，也勉励自己，在唐代别送诗章中，堪称首席。

开章气势壮阔，它用了倒装句，原意为"三秦辅城阙，望五津风烟"。但这样构造诗句，显然不合诗格诗律，于是而有是作。诗人把"城阙"和"风烟"置于句首，点明送别地和任职地，两地并举，气势烘托而出，拉近了距离，将遥远的秦、蜀收拢在咫尺之间，消解了离愁别绪，读者为之振奋。接着用了缓笔，将自己与杜少府放在同一位置上：虽然我在长安，你将远征，但你我都任官在外，身不由己。这样就把朋友因远征的不快降低到最小，也使两个人可以有更多的知心话可说，于是自然引出"海内存知己，天涯若比邻"。海内、天涯，是中央政府所能远谪官员的最后极限，这是抑；知己和天涯，都把海内和天涯视作无所有，友谊不会为空间的辽远所阻隔，这是扬。一抑一扬，转换自然，发自至诚，令人感佩入怀。由此，此联成为歌颂友情的千古名句。自王勃创作此句，人们征引频繁，因为它最能代表人们此时此刻的心情。抒情既已达到极致，诗人语意随之一转：两个有远大志向的男子汉，不应该在分别之际，像妇女儿童那样泪流满面。相反，你和我各自保重，身在两地，共同奔向美好的前程。

王勃被誉为"初唐四杰"之首，他的诗洗尽六朝带到唐代的铅华，意境高远，笔力雄健，语词奔放而自然，已经具备盛唐诗的气象，代表了唐诗的方向，所以杜甫赞美四杰的诗是"不废江河"。

这是一首不合"格"的格律诗。格律诗的规格，颔、颈二联必须对仗，首、尾二联则不讲究，多为单句或接续句。这首五律的颔联仅为接续句，"与君离别意，同是宦游人"，只有"离别""宦游"勉强有对的意思，其实也不相对。因为颔联不合格律诗的规则，有人将这首诗归于古诗，也有研究者则把它归入律诗。这也反映初唐时期人们对格律诗的态度：讲究对仗，率性而为。可对仗固然好，不对仗也不勉强，不以辞害意，也不以技巧害义。时入盛唐，才产生格律诗颔、颈二联必须对仗规则。

蜀川，或作蜀州，蜀州即崇庆，今四川崇州。此诗声显名著，评者无算，王文濡评《闻鹤轩初盛唐近体读本》较为简洁易懂："陈德公先生曰：通首质序，未免起率易之嫌。顾尔时开拓此境，声情婉上，正是绝尘处。陈伯玉之近调，高达夫之先驱也。五六直作腐语，气旺笔婉，不同学究。结强言耳，黯然之意，弥复神伤。"

唐诗掠影　励志品

杂 诗

沈佺期

闻道黄龙戍，频年不解兵。
可怜闺里月，长在汉家营。
少妇今春意，良人昨夜情。
谁能将旗鼓，一为取龙城。

　　这首诗前三联婉约而凄美，主题是征夫和怨妇。征夫远在黄龙，那里距长安数千里，因为"频年不解兵"，他们罢戍还家的日子遥遥无期，家中的怨妇尚为"新妇"，由于成婚不久，丈夫即被征发到边疆。由于思念，妻子只得把心思寄托在明月上，让明月传信传情，照在"良人"身上。"可怜闺里月，长在汉家营"，极尽哀怨，极尽思念。此句一出，万人传颂。李白在送别王昌龄诗中，也引用此句："我寄愁心与明月，随风直到夜郎西"。"少妇"一联伸张颔联之意，追思征夫未赴远方时的情意，幸福时光早已远去，但时光愈久，思念愈深，"昨夜"和"今春"点出了两人的情感世界，不因时、地的阻隔而消减，"今春"就是"昨夜"。

　　尾联异峰突起，由前三联的婉约和凄清彻底转入豪迈。实际上，前三联是它的铺垫，铺垫完成，此联喷薄而出：如果有一位英勇善战的将军，带领军队夺得龙城，战事结束，征夫奏凯，少妇团聚，此乐何如？"谁"字有两重含义：第一，希望有汉飞将军李广那样的英雄，击退敌酋，战士和少妇都会欢欣鼓舞。第二，诗人自己，甚至肯定就是这样的将军。他将为了成全这些哀苦的相爱的人们，奋戟沙场，横绝大漠，解救天下受苦人。唐代的诗人大多有这样的豪情壮志，他们乐于以壮士自居，指挥之间，敌寇丧胆。尽管诗人们多为不能带兵的书生，但这样的豪迈气概却是难以遮掩的。这首"疑似"律诗已经显露出"盛唐气象"。

说本诗疑似律诗，道理与前一首相同：颔联不对仗。但正是这一联，使沈佺期步入大家行列。月是中国诗界永恒的主题，以月起兴更是诗人家数，但沈佺期倒置意象，把思念寄托于边塞军营。闺里月不在闺里，却在汉家营，而且是"长在"汉家营的，随着岁月增长，月亮慢慢变大变满，思念也更深更浓。

　　沈佺期的另一首七言诗"独不见"，却是规整的律诗。原诗无题，后人以句中"独不见"一语作题："卢家少妇郁金堂，海燕双栖玳瑁梁。九月寒砧催木叶，十年征戍忆辽阳。白狼河北音书断，丹凤城南秋夜长。谁谓含愁独不见，更教明月照流黄。"这首乐府诗，故诗以"独不见"开篇，后人取三字为诗题，才显出这是一首规整的七律，而且白浪河、丹凤城，也有为对仗而拼凑之嫌，所以，胡震亨《唐音癸签》说它"一结翻题取巧，六朝乐府变声，非律诗正格也"。

　　龙城，或说匈奴祭天的处所，在今外蒙古境内，从诗意推演，近是。但中国史籍没有关于匈奴"龙城"的记载，匈奴逐水草而居，并不同于大汉的营邑建都。匈奴指挥中心曰"王庭"，也不固定处所。沈诗所说龙城，应在唐帝国的"东北"，高适诗"汉家烟尘在东北"，即汉将李广所守右北平一代，如卢龙塞。

感　遇

陈子昂

本为贵公子，平生实爱才。
感时思报国，拔剑起蒿莱。
西驰丁零塞，北上单于台。
登山见千里，怀古心悠哉。
谁言未忘祸，磨灭成尘埃。

　　陈子昂是改变初唐诗风最有力的诗人，他的《感遇》诗共 38 首，继承阮籍《咏怀》的传统，摆脱了六朝的柔靡奢华空洞无物的诗风，是初唐最有质感的一组五言古诗，第三十五首"本为贵公子"，以自己的经历，表达了报国保社稷的忠诚勇敢，也对国家的前途命运提出了自己的见解：历史教训不能忘记，居安不能忘危。

　　我本出身名门贵胄，博学多才，意志坚强，因国家时局不靖，慨然投笔，仗剑出了关，远赴军中，实践自己报效国家的誓愿。在边疆上，我西征到过丁零之地，在那里征战戍守，北伐到达匈奴单于的腹地，追寻汉时大军在大漠驰驱的足迹。登上高山，戈壁茫茫千里，遥想古来多少战争在这里展开，多少将士葬身沙场，不由得心潮激荡，不能平息。

　　结句意思发生转变。把诗的境界更加扩展了。人们都说，历史的教训不应该忘记，但历史的悲剧总是在重演，即以北方边境来说，自商周秦汉，迄于我大唐，敌人几度兴衰，但仆而又起，死而不僵，总能崛起于大漠，为我中华劲敌，我中华对北方强敌又总是疲于奔命，屡屡受辱。汉高帝困于平城，构成中华的奇耻大辱。元帝将妃子赠予匈奴以和亲，求得匈奴的暂时息兵，又为中华耻辱添上一页。至于司马晋的南迁，更是中华的一场空前浩劫。北方中国沦陷达 300 年之久，这是中华的血泪史。这些沉痛的教训，谁人还记得呢？它们早就磨灭为灰尘，消散在虚空之中，可以想见，不久我中华大地又将要遭受灭顶之灾了！

陈子昂的结论很悲观，历史证明他是错的。因为在陈子昂殁后不久，大唐帝国迎来全盛的开元天宝时期。但是陈子昂的结论其实没有错，就在他殁后50年，中华又一次被北方强寇蹂躏，安史叛军制造了又一场浩劫。因此，读陈子昂此诗最后两句，历史的沉重压迫人呼吸艰难，不忍读之卒章。但志士仁人，如陈子昂一般关心国家命运的壮士，会同陈子昂一样，"拔剑起蒿莱"，投身到保卫国家社稷的最前线，或勒铭燕然，或马革裹尸，是以中华世代英雄辈出，中华江山损而不毁，皇图永固。以此，陈子昂的壮士之吟充塞云天，万古流芳。

陈子昂是初盛唐之际的格调诗人，《登幽州台歌》以气胜，这首古风则以辞胜，以诗格律胜。说它是古风，完全出于习惯，依照盛唐诗的格律衡量，这首古风是中规中矩的排律。格律诗的规格，首联入题，尾联结题，中间两联铺排辞藻，驰骋才情。这首"古风"何尝不然？

幽州夜饮

张　说

凉风吹夜雨，萧瑟动寒林。
正有高堂宴，能忘迟暮心。
军中宜剑舞，塞上重笳音。
不作边城将，谁知恩遇深。

　　幽州地远天寒，戍守此地的将士们经受苦与寒，艰难险阻诉说不尽。但作者不去诉说这些，他只取一次夜宴为素材，表达自己的心志。

　　时令深秋，正逢夜雨，宴会在此时举行。雨打秋叶，声音萧瑟，使人倍觉凄冷。尽管宴会丰盛，与会者尽为豪杰，但英雄迟暮，显然时日已经不多。因此更感觉应及时建功立业，报效国家朝廷。思想至此，诗人振奋离座，拔剑起舞，伴舞的是塞上常见的胡笳声声。舞劲、声悲、心壮，烈士暮年，雄心不已。在北国边塞，老战士张说用自己的剑与歌抒发了对祖国肝胆可鉴的壮志豪情。

　　"不作边城将，谁知恩遇深。"是此诗的结论。作者的悲凉，源自被远谪边关，张说生性耿直，脾气暴躁，与同僚关系不睦，皇帝也不喜欢他，是以屡次被贬。但悲凉很快为悲壮所取代，他想，非常时代必须有非常之人，国家把他安排在燕北荒凉之地，因为这里需要他，而他也需要在这里创建保卫国家的功业。胸中有爱国的坚定理念，任何艰难困苦都将无足提起。传统儒家思想认为国家的代表是君王，君王的作为就是国家的意志。那么，国家与国君一体，坚定的意志拥有不竭的源泉。这种思想在唐代诗人中达成共识，著名边塞诗人高适说的"身当恩遇常轻敌"，即此。君王的"恩遇"，不是格外垂青，亲自为你调羹，或赏赐官爵财货，在君王的统治下生活，这就是恩遇。张说、高适得到君王的恩遇，战术上重视敌人，而在战略上轻视敌人，尽心尽力为君王守边关。

"不作边城将，谁知恩遇深。"二句还有更深层的意思。张说是朝廷重臣，被贬谪边关。被贬放的高官心怀怨恨，种种不满，甚至造作流言，毁谤君上。张说既为骨鲠之臣，秉承恭谨自守的儒家传统，凡事惟先自省，绝不怨天尤人。在他的意深处君即父，君父原本一体。有一次曾子被父亲责打后，却痛哭起来，因为这次老曾皙打得不疼，可见父亲已经年老体衰力不足，曾子是以痛哭。曾子的孝出于至诚，张说的忠同样出于至诚，这一联就是张说之忠的最好证明。

张说是唐文学由初期转变到盛的关键人物。他的文章成名很早，开元初，已经成为唐文坛魁首，地位与宋代的欧阳修相似。但诗名则晚得多，《五君咏》是张说的成名作。张说多次担任宰相之职，长期执掌唐文坛牛耳，这使他有机会聚拢一个以他为中心的文士集团。张说以自己权力和文学影响力荐引提拔了一大批文士，这批文士成为唐代文学走向全盛的主力。

望蓟门

祖　咏

燕台一去客心惊，笳鼓喧喧汉将营。
万里寒光生积雪，三边曙色动危旌。
沙场烽火侵胡月，海畔云山拥蓟城。
少小虽非投笔吏，论功还欲请长缨。

蓟门，唐时幽州治所，即今北京，为唐帝国东北方重镇。诗人以望蓟门而振奋，如闻笳鼓而匣中剑鸣，继而跃跃欲试，投军报国。

首联突出"惊"，诗人为笳鼓声而心惊，因惊而望，因望而振，因振而作，于是有"请长缨"之举。惊，即凛然作色，血脉贲张。听笳鼓轰鸣，是汉军大营在点兵布阵。"汉将营"，是唐人作诗的习惯，以汉代唐。首联起句突兀，把唐军大营的威武紧张豪迈通过声音摆在阅读者面前，虽然只闻声未见其形，却似一览无余。颔联、颈联写蓟门一带的景色，景色中透出冲天豪气，北国万里冰封雪飘，积雪闪耀着寒光，使人身寒心凛，豪气顿生，曙光初照，高高的大旗迎着太阳，在风中招展，声音猎猎。虽然没有战斗，但战火似乎随时会在雪原燃烧，所以颈联便说"烽火"：沙场烽火连胡月，这一句极为开阔，有北方的辽远与肃，也有军事形势的极其紧张，连胡月，意即两军战线交接，"连"字在简易的字面下暴涨着紧张，令懦夫羞惭，令壮士亢奋，欲拔剑而起，与敌人短兵相接。对句"海畔云山拥蓟城"，描写蓟门镇的形势，成为描写北京古城最简约而准确的文字。蓟门背靠白云接天的雄伟燕山，面朝浩瀚无际的汪洋大海，形势险要，为大唐帝国东北方向的锁钥，与关中的长安遥相呼应。

尾联是诗人豪情的总爆发。诗人以前代建功边关的两位英雄自况，跃动的雄心已按捺不住了。汉时班超投笔从戎，远征西域，以三十六人横行列国，扬大汉声势，列国望风归顺，西域由是平定。终军孤胆英雄，向天子申请一条长绳，誓言用这条长绳把匈奴王绑到朝廷。诗人说，我虽然不比班超雄才，不比终军的胆略，但心志与前代英雄相同，现在国家用人之际，我生于英雄时代，建立不朽功业，正逢其时。

这是一首标准的七言律诗，首句入韵，首尾二联散行，颔、颈二联对仗。不仅对仗大体整饬，而且全诗平仄和谐，极富韵律感。南朝入北国不返的庾信《乌夜啼》是这首七言律诗的先声："促柱繁弦非子夜，歌声舞态异前溪。御史府中何处宿，洛阳城头那得栖。弹琴蜀郡卓家女，织锦秦川窦氏妻。讵不自惊长泪落，到头啼乌恒夜啼。"不但对仗工稳整齐，行对、句对、词对、字对，令人步步惊心，惊讶于庾信先天的七言律诗功夫。更令人惊讶的却是平仄和谐，全诗平仄完全合律，盛唐时期规整的律诗平仄也不过如此，甚至还宽松些。

赠何七判官昌浩

李　白

有时忽惆怅，匡坐至夜分。

平明空啸咤，思欲解世纷。

心随长风去，吹散万里云。

羞作济南生，九十诵古文。

不然拂剑起，沙漠收奇勋。

老死阡陌间，何因扬清芬。

夫子今管乐，英才冠三军。

终与同出处，岂将沮溺群。

　　年轻时的李白，与唐代大多数热血青年一样，胸怀远大理想和抱负，这种抱负来自他的功名思想，也源自中国文人修身、齐家、治国、平天下的"圣人教诲"。李白认为，做一个庸庸碌碌的平常人，终了一生，那是不可想象的，也绝不能接受的。但眼前的情况却与理想违背，他长时期追求、努力，却仍然一介布衣。从小的方面说，是进身无路，从大的方面说，是报国无门。所以他郁闷，他忧愁，几乎痛不欲生，整夜整夜地失眠、枯坐，忧愁忧思浓得化不开，他不知如何化解它们，推开压在他胸中的大山。天亮了，他向着太阳初升的东方作狮子吼，企图驱散郁结的愁闷。这时，他俨然是一位面对无边困惑挥剑劈刺的勇士，精神振奋，一往无前。王粲《从军诗》："不能效沮溺，相随把锄犁。"李白说，他不能与长沮、桀溺相伴隐居田园，他要与何昌浩一起上前线披坚执锐，报效朝廷，因为何昌浩有管仲乐毅的雄才大略。

　　李白的理想有两个方面：第一，入相；第二，出将。读书不是为自己，而是为了把自己的才能和才华奉献给国家，获得天子的赏识。而天子赏识，奉献国家的最高目标无疑是官任宰相，直接辅佐皇帝，指挥百官，实施德政，救民倒悬。李白是否具有任宰相的才能另当别论，但他肯定没有这样的机遇。所以，"入相"的理想就落空了。于是，李白又想"出将"，带领一支强悍的军队，为王前驱，收复失地，开疆拓土，把长期为患边塞的强敌赶到大漠以北，就像当年的卫青、霍去病"沙漠收奇勋"，像窦氏兄弟，与匈奴决战大漠之中，成就绝世之功，在燕然山上刻石铭记功勋。

李白的"理想"有突出的个人主义色彩，忠君、爱国、亲民这类全民主流意识在李白这里仅居次席，首位却是建立个人的不世之功。这是由他的性格决定的。他的为人和诗作都张扬个性，突出个人在历史上的地位和作用。唐代诗人大多有这种倾向，以李白最鲜明突出。考虑到他们的"理想"与国家利益、人民愿望一致，符合主流社会的价值取向，因此，人们觉得这些理想积极正派，张扬主旋律，值得肯定和赞扬。

李白深知自己"入相"无望，"出将"的希望也很渺茫，于是为自己设计了第三种"理想"。在《古风》第一首中，他倾慕孔子的事业：删和述。创作或阐释经书是孔子的毕生事业，圣人说过人生有三功：太上立德，其次立言，最下才是立功。既然在德行上李白不敢与孔子比肩，那就在第二层次"立言"上有所创作。因此，在这首诗里，他希望与当年的孔子一样，删述诗书，发扬圣道，"希圣如有立，绝笔于获麟"。两首诗对照来读，会发现一个完整的李白。

塞 上

高 适

东出卢龙塞，浩然客思孤。

亭堠列万里，汉兵犹备胡。

边尘涨北溟，虏骑正南驱。

转斗岂长策，和亲非远图。

惟昔李将军，按节出皇都。

总戎扫大漠，一战擒单于。

常怀感激心，愿效纵横谟。

倚剑欲谁语，关河空郁纡。

　　这首诗作于高适北上投军，失意南归之际。诗中表达了高适应对北方强敌的军事见解，陈述了他主张主动出击，反对被动防守屈辱和亲的战略思想。

　　诗人东去卢龙塞，心情十分郁闷。他看到唐军的工事绵延万里，防御胡人的入侵，但是如此漫长的战线，设防困难，总是顾此失彼，这是边塞军事首领制定的消极被动防御策略的恶果。高适认为，战场无所谓纯粹的防御，被动挨打只能高涨敌军士气，瓦解我军斗志，所以，最好的防御是进攻。果然，敌人大举入侵，庞大强悍的突厥集团军如同涨潮的海水直扑过来，压向我军的战线，形势危在旦夕，后果殊难预料。

　　接着，高适陈述了自己的意见，他认为，深沟高垒，筑墙设栅，与敌人在万里战线上辗转战斗绝非良策；与敌人和谈求得暂时的和平更不是长远的谋略。在这方面，中华受到失败教训很多了。最有效的对敌方式应该以动制动，与敌人展开野战，而非被动防御的阵地战。诗人的这条战略建议未必完全正确，但他对国运担忧，因而积极建策的精神十分可贵。除了战略方面的问题，高适还用旁敲侧击的方式表达了对朝廷用人的不满，对守边的将军提出近乎直接的批评。他说，从前有一位李将军，接受天子的指令镇守卢龙塞，李将军率军横扫大漠，匈奴单于不敢接战，隐匿在漠北，而他屡战屡胜，擒获匈奴单于，安定了东北边疆。李广一直是中国军人最崇拜的英雄，他守卫右北平，屡建奇功，匈奴称其"飞将军"，龟缩于大漠之北。其实李广并没有"总戎"对匈奴的战争，也不曾擒获单于，高适做这样的夸张和假设，透露了他对当时守边将军的强烈批评，边塞没有李将军，才导致边事不可收拾。

最后，高适谈到了自己。他常为国家大事而心情激荡，精神振奋，一心想为国家报效才与力，为王前驱，为王筹划制敌良策。这次远赴卢龙塞，参与对契丹、突厥的大规模讨伐战争，谁知"北路无知己"，无功而返，所谓"良策"只能是自画自赞了。这就像一位顶天立地的武士，手握顶天立地的长剑，却没有出击的目标，不知道该刺向哪里，因为天子不向他发出号令。英雄空余壮志，却无用武之地，失意英雄，只能面对雄关和长河，长叹不已。

望 岳

杜 甫

岱宗夫如何，齐鲁青未了。
造化钟神秀，阴阳割昏晓。
荡胸生层云，决眦入归鸟。
会当凌绝顶，一览众山小。

  杜甫在青年时期游历东鲁，见泰山，壮怀激烈，作《望岳》。

  这是一首律诗体的五言古诗，全诗紧密围绕"望"字展开，层次分明，递进显豁，立意高远，气势充盈。

  青年杜甫先从总体上为泰山定下基调："齐鲁青未了。"由于泰山的屹立，齐鲁大地葱翠无际，而且四季转换，绿色不歇，这是说泰山之大。接着说泰山之高，是造物主特别钟情于它，赋予它独特的使命，让他剖判天地间的阴与阳，即决定白天与暗夜。在泰山之东，阳光普照，而在西侧，却黑夜沉沉，因为泰山壁立千仞，阻隔了阴阳。泰山既然如此伟大，那么，"望"泰山的人即作者杜甫感受自然非同寻常："荡胸生层云，决眦入归鸟。"山上云雾缭绕，云蒸霞蔚，杜甫的心里也波涌云卷，似乎急欲腾踏九霄。群鸟盘绕，高低远近自如，诗人的目光追逐着它们，直到影迹全无，它们已经归巢，巢在山的深远处。诗人想随着鸟儿向远处飞翔，睁大了眼睛，好像眼眶都迸裂了，但无济于事，它们消失了。最后，诗人展开了想象："会当凌绝顶，一览众山小。"终有一天，终有那一刻，登上泰山极顶，到那里，比鸟更自由，比山更高大，"海到无边天作岸，山登绝顶我为峰"！我杜甫将与泰山一样，是最高峰。举目四望，万里咫尺，群山尽在脚下，仿佛是一点一点的小土丘，与泰山相比，没有一山敢言大，没有一山敢许高，那么与泰山顶上的杜甫相比，世间芸芸，又当何如？

望岳时的杜甫，豪情满怀，壮志弥天，不肯居于人下，有志匡扶社稷，建立不朽功业，这与李白青年时期的志向同调。他虽然没有明确说出"入相"和"出将"，但做人上人，建功上功，立名上名的雄心与李白毫无二致。唐代两位伟大的诗人在青年时期都树立了相同的远大志向，他们虽然都没有创立"匡扶社稷"的丰功伟绩，但他们在诗歌方面的成就在文学史上罕有比肩，他们的理想已经实现了。

《望岳》的点题之笔为最后两句，它化自孔子的具有哲理意义的一句表述：登东山而小鲁，登泰山而小天下。杜甫把这种意旨实化为登山，再扩充到建功立业的理想设计，取意切合孔子之意，又造成了飞扬灵动的艺术效果，显示了杜甫超迈古今的文学才能。

王世贞《艺苑卮言》说："李杜光焰千古，人人知之。沧浪并极推尊，而不能致辨。元微之独重子美，宋人以为谈柄。近时杨用脩为李左袒，轻俊之士往往傅耳。要其所得，俱影响之间。五言古、选体及七言歌行，太白以气为主，以自然为宗，以俊逸高畅为贵；子美以意为主，以独造为宗，以奇拔沈雄为贵。其歌行之妙，咏之使人飘扬欲仙者，太白也；使人慷慨激烈，歔欷欲绝者，子美也。五言律、七言歌行，子美神矣，七言律，圣矣。五七言绝者太白神矣，七言歌行，圣矣，五言次之。"关于李杜之优劣，王世贞则左袒杜甫："十首以前，少陵较难入。百首以后，青莲较易厌。扬之则高华，抑之则沉实，有色有声，有气有骨，有味有态，浓淡浅深，奇正开阖，各极其则，吾不能不服膺少陵。"

塞上曲

戴叔伦

汉家旌帜满阴山，不遣胡儿匹马还。
愿得此身长报国，何须生入玉门关。

    在阴山一带，唐军对突厥展开大规模进攻。突厥是唐帝国的劲敌，自前朝隋时期，突厥就为患北疆，屡屡入寇，掳掠财产，烧杀人民。唐帝国初建，对突厥实行怀柔政策，太宗皇帝在灞桥与突厥颉利可汗宣誓结盟，实际是屈辱求和，突厥大军打进都城，逼近魏阙，除了卑辞厚币请和，别无良策。从此向突厥纳贡十二年。但是突厥得寸进尺，步步进逼，朝廷为防御边患，在边境要塞驻防大量的"防秋兵"，抵御突厥每年秋天的入境侵扰。经过长时期的韬晦，帝国积蓄了可以与突厥展开全面进攻并有可能把突厥驱出中华大地的力量。这一历史时刻终于到来了，唐军军容严整，军威壮盛，旗帜漫山遍野，将军运筹帷幄，战士奋勇争先，与突厥主力决战在即。这一战，一定要彻底击溃突厥军，让突厥军队匹马只轮不能北返，彻底消除北方边患。

    这首绝句的上联惊心动魄，把对敌战场描述得紧张、激烈，突出表现唐军将士英勇无敌的豪迈气概，表现他们压倒强敌、摧毁强敌的英雄气势。出句是战场实录，"满阴山"三字写足了唐军的大全景，创造了笼罩天地扫荡六合的军威精神，这在唐对突厥的战争中，从未出现过，在唐诗中也十分罕见。对句是战场誓言，"不遣胡儿匹马还"，把人们带回远古英雄时代。英雄的定义就是彻底打垮敌人，在武力上战胜它，在精神上摧毁它、征服它。诗人亲历这场战斗，他也是唐军千千万万个英雄的一员，吐语豪迈，慷慨薄云天，战场上的雄壮誓言中也有他发出的吼声。

    下联紧接上联，写英雄誓言，而且把这誓言上升为爱国理论。唐军将

唐诗掠影

励志品

士包括诗人自己，决意把身躯付与战场，付与国家，为国尽忠，直至为国捐躯，这是将士们的宏愿，既然将身许国，就不会考虑战斗在何方，战死在何处。这一联反用班超的典故。班超平定西域，朝廷封爵定远侯，一生经营西域事业，为朝廷竭尽全力，晚年不能驰骋战场了，请求朝廷准许他回到中原，向朝廷的报告称："臣不敢望到酒泉郡，但愿生入玉门关。"年七十，汉和帝诏允回到洛阳。班超回国，轰动大汉，与张骞名望同列，官拜射声校尉。班定远一生转战疆场，不避艰险，为朝廷开边拓土，稳定西域，直至老迈。这种精神天下景仰，尤其为志在边关的英雄们所景仰，更为戴叔伦所钦敬。他取班超的话入诗，并把它更推进了一层：只要国家需要，将士们不在意能否活着回到玉门关。

这首绝句凌厉豪壮，其展现了诗人为国不惜身家性命的凌云壮志，更展现了唐军将士誓死保卫国家的爱国精神，尤以"何须生入玉门关"，取譬贴切，造语雄浑，激励了世世代代的爱国志士。

节妇吟

张　籍

君知妾有夫，赠妾双明珠。

感君缠绵意，系在红罗襦。

妾家高楼连苑起，良人执戟明光里。

知君用心如日月，事夫誓拟同生死。

还君明珠双泪垂，恨不相逢未嫁时。

　　这首诗的副题是"寄东平李司空师道"。由此可知这是一首政治言志诗。中国诗人在表达自己的政治思想时，出于某些避忌的习惯，往往用爱情、夫妇、男女之间的关系作比喻，屈原著《离骚》便把自己比作女性，要求得楚王的怜爱；朱庆馀的《近试上张水部》诗道："洞房昨夜停红烛，待晓堂前拜舅姑。妆罢低声问夫婿，画眉深浅入时无？"本意在询问自己的文章是否合式，却以夫妇关系写出。这种写法的好处在于把很尖锐的矛盾冲突或问题柔化，弱化，削减锋芒，达到举重若轻、避重就轻的目的。

　　李师道当时任平卢节度使，是安史之乱后割据一方的节度使中很强的一支。为了网罗人才，也为自己树立名望，李师道作书招聘张籍，张籍不愿趋附藩镇割据者，坚决维护中央政权的统一，便作诗表明志向，拒绝了李师道。

　　《节妇吟》整首诗都是比喻，比喻借用了汉乐府《陌上桑》的典故，始终不说作者自己，但自己的心志昭显在字里行间，志坚意明，间不容发，彻底断绝李师道的妄念。当年罗敷有夫，使君却邀她同行："宁可共载不？"罗敷严词拒绝，夸耀自己的丈夫位高权重，绝非使君辈可比："坐中数千人，皆言夫婿殊！"张籍为自己的职位自豪："妾家高楼连苑起，良人执戟明光里。"我是朝廷的人，衷心拥护朝廷，忠于皇上："知君用心如日月，事夫誓拟同生死。"张籍把罗敷的故事改变为"还君明珠双泪垂，恨不相逢未嫁时"，言辞很温婉，但态度很坚决。李师道当然知道罗敷如何拒绝并斥责嘲讽那位"使君"，也看见使君被罗敷严词拒绝后的狼狈之态，以"使君"暗喻李师道，有不言之言的奇异效果。

本诗最关键的一句是"事夫誓拟同生死"，语断义决，不容置疑。它的含义是：我已把自己交付与朝廷，忠于朝廷，忠于皇帝，维护统一，反对分裂，是我的不屈意志，是我的终生誓言，绝不改变。这里还有一层潜意：如果你执意强迫我改变信念，那么我只有舍生取义，以死报君。一句七个字，表现了张籍的坚贞不屈的意志，凸显了他的铮铮铁骨，千古之下，犹带铜声。

唐汝询《唐诗解》批评张籍此诗说："系珠于襦，心许之矣。以良人贵显而不可背，是以却之。然还珠之际，涕泣流连，悔恨无及，彼妇之节，不几岌岌乎？夫女以珠诱而动心，士以币征而折节，司业之识浅矣哉！"唐汝询不知张籍此诗长在"婉拒"，如声色俱厉，不但"婉拒"不成，生命也将"几岌岌乎"。

贺贻孙《诗筏》的说法就公道些："文昌此诗，从《陌上桑》来，恨不相逢未嫁时，即《陌上桑》'使君自有妇，罗敷自有夫'意。'自有'二语甚斩绝，非既有夫而又恨不嫁此夫也。然《陌上桑》在既拒使君之后，一连十六句，絮絮聒聒，不过盛夸夫婿以深绝使君，非既有'良人执戟明光里'，而又感他人'用心如日月'也。忠臣节妇，铁石心肠，用许多折转不得，吾恐诗与题不称也。或曰文昌在他镇幕府，郓帅李师古又以重币辟之，不敢峻拒，故作此诗以谢。然则文昌之婉约，良有以也。"

唐诗掠影

励志品

025

赞拉萨白水山

吕 温

纯精结奇状，皎皎天一涯。

玉嶂拥清气，莲峰开白花。

半岩晦云雪，高顶澄烟霞。

朝暮对宾馆，隐映如仙家。

夙闻蕴孤尚，终欲穷幽遐。

暂因行役暇，偶得志所嘉。

明时无外户，胜境即中华。

况今舅甥国，谁道隔流沙。

　　白水山，即西藏拉萨。唐德宗时，吕温随工部侍郎张荐出使吐蕃，感叹拉萨山水之美，赞颂唐蕃一家，表达诗人对中华统一无限喜悦的心情。诗原题为《吐蕃别馆和周十一郎中杨七录事望白水山作》，本书简省作今名。

　　诗分三节。第一节，赞美拉萨的风景。拉萨在雪域高原上，雪景是主题，拉萨的雪极其纯净、极其晶莹，使人恬然忘机，与自然融合无间。整个拉萨犹如一块美玉，清爽秀丽，超凡脱俗，使人心澄静，沛然忘忧。何况远处山峰，白雪皑皑，像是在高原上开出的朵朵白莲花，山崖陡峭壮丽，彩云布满天空，飘浮在山顶，伸展在山腰，宛如人间仙境。雨后的拉萨，云层级堆垛，洁白如玉，宛似把地上的美景搬到天空。第二节写因观风景而致的幽趣，诗人觉得自己已飘然高举，隐入仙境，探索雪域的奥秘。真是上天垂青，让他得以到吐蕃出使，原来他一直梦想的境界就是这白水山！第三节是展望。中华唐帝国君圣臣贤，海内一统，在圣明的时代，没有内外的区别，吐蕃长期与中原来往密切，与中国已无甚分别。中华与吐蕃，本来就是一体，实际上也早就是一体了，而且自太宗的文成公主嫁与吐蕃赞普松赞干布，唐蕃之间在政治、文化的密切关系之上，又有了一层血缘关系，世代为甥舅，唐蕃更是一家亲，亲上加亲了。虽然中间隔着茫茫高山与漫漫沙丘，但谁还计较这点不方便，计算着从长安到白水山的里程呢。

这首诗的主旨在于肯定、赞美祖国的统一，主张唐蕃永远友好。中国的政治文化传统强调统一，自孔子主张天下大一统，这种精神就深植于全体中国人民心中。中国历来是统一的多民族国家，各民族对中华传统文化的形成，都有自己独特的贡献，包括吐蕃民族。尽管唐与吐蕃发生过许多军事冲突，但从历史长河来看，友好与统一是主流，对立、战争很短暂，因为两者之间实在有分割不断的联系。这种密切关系是长期融合形成的，非人力所能成，当然也非人力所能毁。

另外，吕温对拉萨乃至西藏的山水景物描写也十分成功，他紧扣西藏冰雪多，空气新鲜，天空清澈，流云洁净艳丽的特点，描绘了壮美的雪域高原风景图，这幅风景图展示在唐代有惊艳的效果，在今天，仍然是西藏景色的实录，因此，它在中国诗歌史上有独特的地位。

唐诗掠影 励志品

时政品

大唐诗章中有很大一部分关系时政。诗人用诗歌叙事、议论、抒情，叙述社会种种现状，论说它们的原因和影响，抒发自己对它们的各种情绪。这类诗章大多数对时政持批评态度，所以批判、抨击、讽刺居多。唐代诗人多是温文尔雅的谦谦君子，或模山范水，或修辞炼章，或沉稳如山，或飘逸如水，所以唐诗丰富多彩。但在表现时政，表达他们对时政的批判时，立刻从"雅士"都变成了"俗人"：或忧愁忧思，或嫉恶刚肠，或声色俱厉，或苦口婆心。陈子昂的组诗《感遇》批评时代弊端，以古讽今，揭示虚伪荒唐的社会现实，等于向唐代政治敲响警钟。李白在那些抒情、言志诗中超脱潇洒，却在时政诗中指划东西，俨然一位政治批判家。杜甫的诗更以对时政观察细致、揭露无情和议论深刻著称，杜甫因此被尊为"诗圣"，他的诗被尊为"诗史"。杜甫在关中时作的一批时政诗，是唐诗宝库的一斛明珠，在中国诗歌史上闪耀着理性光彩。"三吏"和"三别"叙写安史之乱造成的社会动乱，对民众施以深深的同情。他的长诗《自京赴奉先县咏怀五百字》和《北征》，结合自己的身世和现状，探讨时政的得与失，推究动乱的深层根源，叙述真实，议论合理。《丽人行》讽刺批判为政者荒于国政。《兵车行》写不义战争给人民制造的苦难，矛头直指朝廷。这种正义精神孕育的勇敢行为，是中国读书人、诗人关注国计民生，以天下苍生为念的高尚情操的体现。

时政品诗在中唐时期形成文学思潮，蔚为中唐文学主流。白居易、元稹、李绅等著名诗人，在共同的精神指导下形成一个文学集团，创立并领导了"新乐府运动"。这场运动有声有色，影响了中唐时期的文学走向。中国诗人有关心时政的传统，全面而且主观地把文学与社会价值观等同，把民众的要求树立为社会、国家为政的根本，这是中国民主主义思潮及文学的雏形。白居易的"新乐府诗"成就最高，揭露最力、讽刺最深。《卖炭翁》严厉批判"宫市"的掠夺活动，直指皇帝特权，与杜甫《兵车行》等为同侪。《重赋》批评政府的赋税盘剥，《轻肥》《买花》揭露社会的贫富悬殊，《红线毯》痛斥官府不关心民瘼，它们的政治意义已经大于文学意义。张籍《野老歌》、王建《田家行》、元稹《田家词》、李绅《悯农》都是此类作品，在表现对民众的同情方面各有千秋。晚唐时期李商隐《行次西郊一百韵》以浩大的篇幅，承传杜甫诗风，表现晚唐严重的社会矛盾，展现严峻的社会现实。以李商隐的唯美主义和自恋性格，尚且以大力气构造时政诗，可见文学的时代风气。更浩大的诗章有韦庄的《秦妇吟》，它也属于杜甫诗的系统。韦庄把叛军的罪恶和官军的肆虐相提并论，断言官军比叛军更可怕，更可恶。这首标志性的长诗等于宣告了大唐国运的终结。

关心时政，并用诗歌表达这种关心，是中国诗人的优秀传统，它符合儒家的基本原则。孟子以坚定的民本主义思想，宣称"民为贵，社稷次之，君为轻"，历代诗人的时政诗都遵循这项训导。《毛诗序》说诗（风）的作用在于用批评的方式唤醒人心，特别是唤起为政者之心，"上以风化下，下以风刺上"。诗有风有雅，雅就是政，"雅者，正也，言王政之所由废兴也，政有小大，故有小雅焉，有大雅焉"。所以，诗要与时政相关，作诗的原动力是"饥者歌其食，劳者歌其事"。食难得，事难做，所以才"歌"，"稻米流脂粟米白，公私仓廪俱丰实"，官民和诗人都快乐地"香稻啄余鹦鹉粒"，哪里还有工夫写诗？即使诗人积习难改，率尔成章，恐怕也不会有人去读去唱。眼下"岂闻一绢直万钱，有田种谷今流血"。杜甫才想念从前的"开元全盛日"。所以，所谓"时政品"，实际是批评批判时政诗，"天下有道，则庶民不议"，也就没有诗。据此，凡是赞美时政的诗篇，大多难免伪饰之嫌。

《诗经》中的《大雅》其实是上古时政诗的汇集，《板》《荡》《抑》《召旻》《民劳》《瞻卬》《云汉》等篇章，对为政者提出间接或直接的尖锐的批评，对苦难中的民众寄予深切的同情，"民亦劳止，迄可小康"，为百姓呼吁，希望给他们一点点活下去的理由。"殷鉴不远，在夏后之世"，警告为政者一定要以前代败亡的教训为戒。汉代"乐府诗"《十五从军征》，对一位老战士的晚景凄凉作了如实记录。《枯鱼过河泣》把被官府盘剥掠夺的百姓比作"枯鱼"。曹操以政治家和诗人的双重身份，写出了"白骨露于野，千里无鸡鸣"的悲惨时代。这在王粲诗中有佐证："出门无所见，白骨蔽平原。"《七哀诗》写一位妇女把自己的婴儿弃于草间，不顾而去。这个极端的例证是写实，更是诗人对社会动乱的抨击。中国诗歌有关心时政的优良传统，这种传统在唐代发扬光大，才有杜甫、白居易这样的用诗歌对朝廷直言切谏，用诗歌为民众祈求生存的伟大诗人和伟大诗作。他们的伟大在于他们的爱民精神，在于他们为正义不屈不挠以诗抗争的崇高品德。

自京赴奉先县咏怀五百字

杜 甫

杜陵有布衣，老大意转拙。
许身一何愚，窃比稷与契。
居然成濩落，白首甘契阔。
盖棺事则已，此志常觊豁。
穷年忧黎元，叹息肠内热。
取笑同学翁，浩歌弥激烈。
非无江海志，潇洒送日月。
生逢尧舜君，不忍便永诀。
当今廊庙具，构厦岂云缺。
葵藿倾太阳，物性固莫夺。
顾惟蝼蚁辈，但自求其穴。
胡为慕大鲸，辄拟偃溟渤。
以兹误生理，独耻事干谒。
兀兀遂至今，忍为尘埃没。
终愧巢与由，未能易其节。
沉饮聊自遣，放歌破愁绝。
岁暮百草零，疾风高冈裂。
天衢阴峥嵘，客子中夜发。
霜严衣带断，指直不得结。
凌晨过骊山，御榻在嵽嵲。
蚩尤塞寒空，蹴踏崖谷滑。
瑶池气郁律，羽林相摩戛。
君臣留欢娱，乐动殷樛嶱。
赐浴皆长缨，与宴非短褐。

彤庭所分帛，本自寒女出。
鞭挞其夫家，聚敛贡城阙。
圣人筐篚恩，实欲邦国活。
臣如忽至理，君岂弃此物？
多士盈朝廷，仁者宜战栗。
况闻内金盘，尽在卫霍室。
中堂舞神仙，烟雾散玉质。
暖客貂鼠裘，悲管逐清瑟。
劝客驼蹄羹，霜橙压香橘。
朱门酒肉臭，路有冻死骨。
荣枯咫尺异，惆怅难再述。
北辕就泾渭，官渡又改辙。
群冰从西下，极目高崒兀。
疑是崆峒来，恐触天柱折。
河梁幸未坼，枝撑声窸窣。
行旅相攀援，川广不可越。
老妻寄异县，十口隔风雪。
谁能久不顾，庶往共饥渴。
入门闻号咷，幼子饥已卒。
吾宁舍一哀，里巷亦呜咽。
所愧为人父，无食致夭折。
岂知秋禾登，贫窭有仓卒。
生常免租税，名不隶征伐。
抚迹犹酸辛，平人固骚屑。
默思失业徒，因念远戍卒。
忧端齐终南，澒洞不可掇。

杜甫被誉为"诗圣"，他写于安史之乱前后的诗更被称为"诗史"。所谓诗圣，指他在诗中倾注了忠君、爱国、亲民的神圣情感。他的思想感情承自中国传统对君主的尊崇和对民众的亲爱，合于圣者、仁者之道。所谓诗史，指他的诗作真实地记录了唐由盛转衰即安史之乱前后的社会现实。他的笔触特别关注在战乱中的人民，记录他们的苦难，表达他们的愿望。同时，作者把自己的认识与情感融进诗章，使这一时期的诗有丰富的历史价值和深刻的认识价值。《自京赴奉先县咏怀五百字》《北征》《悲陈陶》《悲青坂》《过羌村》"三吏"，"三别"都在此列。

　　本诗有三部分内容。首先杜甫在诗中倾诉自己的心思，申述自己对政治的看法。他自比稷与契，这倒不是他自诩有多么高明，只因为性格使然，就像一株向日葵，总是向着太阳。所以，他"穷年忧黎元，叹息肠内热"。把百姓的疾苦当作自己的疾苦，为百姓的苦难心急如焚。接着，他批评了时政，如果朝廷中有《尚书》中说的"多士"，那么时政不致破败如此。眼前的情景却是官府聚敛无度，民众无路求活；抢夺贫民的衣食，供官员们恣意挥霍。于是出现了令人痛心的现象：朱门酒肉臭，路有冻死骨。一方是极度奢侈，大开宴会，一方却冻饿倒毙于沟壑之间。这样的不平等无异于罪恶，而官府竟浑然不觉。诗人的批判力度十分强劲。最后具体说自身一家，杜甫的小儿子因为饥饿而死，这份伤痛怎堪忍受？"所愧为人父，无食致夭折"，在号啕痛苦中，杜甫的思念更深了一层：他也是政府序列中的一员，得以免除租税，也不必服徭役，然而，他一家衣食不继，竟致饿死子女。那些没有俸禄收入却还要交租纳税服徭役的普通百姓，该如何生存？他不敢想下去，"忧端齐终南，澒洞不可掇"。国家之事不可收拾，社稷崩溃，民众饥寒交迫而死，而杜甫只能在诗中倾诉自己的悲辛，自己稷契的志向无能、无力，甚至不敢言。

　　这首诗长达五十韵，入声屑韵。韵很窄，人们很少用屑韵构建长诗，杜甫却取用写作如此长篇，而且字字妥帖，句句稳健，感情气势喷薄而出，似乎伟大诗人身在高峰，群山辐辏，万象来奔。黄庭坚说老杜"无一字无出处，无一句无来历"，诚不为虚言。

时政品

新安吏

杜 甫

客行新安道，喧呼闻点兵。

借问新安吏，县小更无丁。

府帖昨夜下，次选中男行。

中男绝短小，何以守王城？

肥男有母送，瘦男独伶俜。

白水暮东流，青山犹哭声。

莫自使眼枯，收汝泪纵横。

眼枯即见骨，天地终无情。

我军取相州，日夕望其平。

岂意贼难料，归军星散营。

就粮近故垒，练卒依旧京。

掘壕不到水，牧马役亦轻。

况乃王师顺，抚养甚分明。

送行勿泣血，仆射如父兄。

  杜甫在安史之乱中奔走于对叛军作战的最前线。他以"战地记者"式的一支"凌云健笔"，记录了当时的前线状况。"三吏""三别"就是这样的"战地报道"。其中《新安吏》以官府征兵为素材，描写了唐帝国政府居然征"中男"上战场的残酷事实，展现被征家庭临别泣血的惨痛场面，同时也表明诗人对这件事的矛盾心情。

  新安是个小县，全部成年男子都已被驱上战场，全县只有还没有成年的"中男"。前线兵员告急，官府指示，征发中男从军。于是新安道上到处是痛哭声，"白水暮东流，青山犹哭声。"杜甫看着送行的中男们的父母，更有那没有人送行的显然是孤儿的"瘦男"，心情非常复杂，只能希望他们不要过于伤心，早些收住哭声，因为"眼枯即见骨，天地终无情"。

天地为什么无情？原来相州之役，政府军与安史叛军展开主力决战，官军取胜在即，不料突遭变故，官军溃散，战局终至不可收拾，叛军长驱直入长安，皇帝仓皇北狩。为抵抗叛军，就必须征发兵丁，而征发兵丁，就要使千千万万的家庭母子离散，不但新安县，全国都是"哭声直上干云霄"。对此，诗人只能无言默送。但作为一个关心民众的仁者，他实在不忍心不发一言，所以，他只好用善意的谎言安慰他们："掘壕不到水，牧马役亦轻。况乃王师顺，抚养甚分明。"王师的总统帅郭子仪对兵士犹如父兄般的看顾，所以，送别的父母们不必哭至"泣血"。

这首诗的特色不在于这宗"谎言"，而在于它表现了诗人"不忍"的仁人之心。征发的中男未必都去牧马和掘壕，他们将被驱上最前线，与安史训练有素的虎狼之师对阵，战局难料，他们很可能一去不复返，现在就是永诀。杜甫深知此事此理，但他愿意给他们一线希望，让他们打熬着活下去，期盼家人团聚的那一天。杜甫被自己面对的矛盾折磨着。从情感上说，他坚决反对征发中男，不能容忍母子的泣血诀别，因为那违背人道；但从国家危殆的形势考虑，他又不得不同意征兵，因为必须朝廷有军队才能打败叛军，保护江山社稷，保护人民大众的生命财产。那么，杜甫以"谎言"结束诗篇，也是他无奈的选择。

登岳阳楼

杜　甫

昔闻洞庭水，今上岳阳楼。
吴楚东南坼，乾坤日夜浮。
亲朋无一字，老病有孤舟。
戎马关山北，凭轩涕泗流。

　　杜甫晚年流寓江湘一带，处境艰难，生计困顿，实际是在流浪。就在这期间，他登上了向往已久的岳阳楼，并且作了这首著名的五言律诗。

　　《登岳阳楼》笔锋仍如从前的雄健，而且有过之而无不及，颔联即是明证。"吴楚东南坼，乾坤日夜浮。"洞庭湖烟波浩渺，吴楚大国，因洞庭湖而裂向东南，日与月，浮出洞庭，又没入洞庭。它们的浮出与沉没，决定了天地是昼还是夜。如此奇异的构想，如此宽广的胸襟，如此宏大的气魄，正是"老当益壮，宁移白首之心，穷且益坚，不坠青云之志"；是诗人的崇高理想与抱负熔铸了这伟力超群的诗章。颈联的意旨突转："亲朋无一字，老病有孤舟。"既老且病，书信断绝。杜甫时已晚年，身处绝境，但他没有为自己的处境告哀苦。在尾联，他流泪了，哭得很伤心，涕泗不止。站在岳阳楼上扶栏远眺，仿佛听到边关上厮杀之声不绝，戎马奔驰，刀光剑影，战事紧急，国运仍在危难之中。原来，杜甫为国家而悲戚，为国运而伤感，正应了他早年的诗章："致君尧舜上，再使风俗淳。"

　　杜甫晚年，律诗愈显锻炼功夫。杜甫的"锻炼"，用意不在修辞造句，布局谋篇，而是把家国之思融入诗章，家即是国，国即是家。晚年杜诗，家国已经密不可分，"亲朋无一字，老病有孤舟"，家乡远隔音信渺，岳阳楼上"凭轩涕泗流"。但是，这"凭轩之泪"，原因却是国家的北方正在战斗，战争的胜负尚未见分晓，国家面临生死存亡的巨大危机。但是，谁又能肯定，杜甫的岳阳楼之哭不是为他自己身世的凄苦？登楼的杜甫，家国天下万民百姓，纷至沓来，悲难自抑，饮泣高楼。欧阳修《岳阳楼记》说："登斯楼也，则有去国怀乡，忧谗畏讥，满目萧然，感极而悲者矣。"永叔为知杜甫者，两代圣贤，时空往还，心思相通。无他，忠臣义士，肝胆必相照。

　　杜甫是七律圣手，也是继王孟之后的五律大家，制作规整的五言律诗形式远在汉末魏晋就已经略具雏形，曹植、"七子"等诗作都有上佳的"律诗"出现，南朝王褒《渡河北》就是一首比较规整的律诗："秋风吹木叶，还似洞庭波。常山临代郡，亭障绕黄河。心悲异方乐，肠断陇头歌。薄暮临征马，失道北山阿。"对仗和平仄都基本合律，但"常山"和"亭障"对仗尚欠工稳，且"临"字重出。至初唐乃至盛唐，诗人才自觉主动地制作律诗，格律也渐趋严格，孟浩然《临洞庭湖》和王维《终南山》都可做唐五律的标准。

　　洞庭湖边的岳阳楼，历来为名人游赏之地，早年孟浩然作《临洞庭湖赠张丞相》，写出"气蒸云梦泽，波撼岳阳城"的不朽名句。现在杜甫的诗句，直拟孟诗，且有凌驾之势。孟诗"八月湖水平，涵虚混太清"，与杜诗"吴楚"两句相得益彰，写洞庭湖的阔大浩瀚无边际。李白也有洞庭湖之作，但他把洞庭湖比作美酒："划却君山好，平铺湘水流，巴陵无限酒，醉杀洞庭秋。"与孟、杜诗有同样的气势。江山壮丽，诗章壮丽，洞庭波涌连天雪，留得诗章耀千秋。

望月有感

白居易

时难年荒世业空，弟兄羁旅各西东。
田园寥落干戈后，骨肉流离道路中。
吊影分为千里雁，辞根散作九秋蓬。
共看明月应垂泪，一夜乡心五处同。

　　白居易所处中唐时代，朝政腐败，宦官擅权，节度使藩镇割据，全国陷入了安史之乱以后最严重的混乱。白居易一家，与全国人民一样，经受了混乱带来的苦难，兄弟离散，各居一方，不敢指望团聚，甚至不敢指望得其天年。在一个月圆之夜，白居易作诗抒怀，遥寄兄弟。原诗题实是小序："因望月有感，聊书所怀，寄上浮梁大兄、於潜七兄、乌江十五兄，兼示符离及下邽弟妹。"后人摘取小序首句作今题。

　　首句指出三事：时难、年荒、世业空。三者各为灾难，又有关联，因为时局不清，天下扰动，所以年荒，耕种不收或无暇耕种，国家绝收；因为年荒，所以家业破败，无衣无食，无以卒岁。第二句便是必然了："弟兄羁旅各西东。"颔联以下顺势而下。"田园寥落干戈后，骨肉流离道路中"。表面上看与首联重复，其实它的作用在于加强对时局和身家处境的伤心与无奈。颈联用比喻法，进一步强调骨肉分离带给他和全家人的痛苦。人不能相聚，形影相吊，可是形影在千里之外，远离故乡，漂泊四方，犹如秋后的蓬蒿，任凭狂风把它们吹向南北西东，以飞蓬比喻人的离散与无奈，在中国文学中常见。《诗经》有"首如飞蓬"，杜甫有"秋来相顾尚飘蓬"，都各得其妙。宋末文天祥取颔联之意成"干戈寥落四周星"名句，把它的悲哀扩展到国家命运之中。

　　尾联是总结，也是点题，与诗题呼应，是写实，也是想象。白居易此时仰望明月，思潮澎湃，作诗与"孔怀兄弟"，为写诗；兄弟各居一方，此时此刻，各自望月思念骨肉亲情，为想象。更进一步，白居易的"想象"也并非想象，它也是写实，因为兄弟的思念是相同、相通的。那么，"一夜乡心五处同"便成为亲情最切实的推断。这一句优美中富含感伤，也是白居易为中国诗歌贡献的佳句奇章之一。

诗的主旨始终紧扣兄弟亲情，并未涉及对国家大事的批评，但批评隐含其中，与诗人的"新乐府诗"一样，是诗人对国家政治的直接或间接评价，其目标是使国家回归正规，人民安居乐业。因小见大，依大成小，是这首诗的另一处亮点。

这首诗采用平易的家常话语，抒写人们所共有却并非人人能道出的真实情感。刘熙载在《艺概》中说："常语易，奇语难，此诗之初关也。奇语易，常语难，此诗之重关也。香山用常得奇，此境良非易到。"此诗不用典故，不求辞藻，语言浅白平实而又意蕴精深，恰为"用常得奇"。

轻　肥

白居易

意气骄满路，鞍马光照尘。
借问何为者，人称是内臣。
朱绂皆大夫，紫绶悉将军。
夸赴军中宴，走马去如云。
樽罍溢九酝，水陆罗八珍。
果擘洞庭橘，脍切天池鳞。
食饱心自若，酒酣气益振。
是岁江南旱，衢州人食人。

　　这首"新乐府诗"使用赋体。在长安大道上，过来一队光鲜的人物。
他们骑在壮硕的"肥马"上，马的鞍鞯光鲜，人的衣着光鲜，穿着光鲜衣
服的人物尤其光鲜。他们意气风发，骄气横溢，"轻裘"在身，轻狂在心。
他们位在上品，朝中的权豪势要，或"朱绂"或"紫绶"，官职为大夫、
将军。这些人要去赴一个宴会。宴会更是难画难描难细陈，杯盈尊溢，全
是陈年佳酿，席上罗列不尽的都是海味山珍，名目不可胜数。宴会豪奢，
主客尽欢，意气愈发骄纵，全不知人间还有灾荒之事。

　　用赋体铺叙场面，塑造人物，在屈原以后就为文人习用，白居易借鉴
了屈原《招魂》对宴会的描写，把它移植在唐代中期一次达官贵人的宴饮
聚会上。白居易向屈原学习很成功，把《招魂》的长篇铺叙浓缩在四句诗
中："樽罍溢九酝，水陆罗八珍。果擘洞庭橘，脍切天池鳞。"至此，诗走
杜甫《丽人行》的路线，似褒似贬，读者可能还不知晓诗人要表达什么，
或许隐约觉得诗人很羡慕这次宴会，他希望自己也有资格参与这场上流社
会的豪饮。

然而，在诗的结尾，读者的疑问豁然而解，因为诗人突然转了话题：
"是岁江南旱，衢州人食人。"其实，不须许多言语，就这十个字，便足以
把诗人的政治观点全盘托出，一方面是骄奢淫逸，另一方面是饥饿死亡。
同为世间人，为什么竟如此不平等！社会对他们的"待遇"如此悬殊？杜
甫也曾有这样的疑问："朱门酒肉臭，路有冻死骨。"白居易所见，比杜甫
更惨痛。人们为了活命，正在吃同类，这是反人类的犯罪行为。那么，是
谁制造了这场罪恶？天灾，抑或人祸？显然，白居易有答案，他不明指，
读诗人自然知道答案，但那也许会引起一场革命。这也正是白居易"新乐
府诗"不见容于为政者的根本原因。

　　白居易与元稹等人开创并领导了中唐诗界的"新乐府运动"。这次政
治色彩鲜明的文学运动旨在批评为政者，为人民群众代言，试图用诗歌揭
露社会弊病，陈述民众的愿望，干预国家政治，期望引起为政者，最好是
朝廷的注意，所以，他们把诗歌实为"诗化的奏章"。这奏章的特点在于
根植现实，通俗易懂，"首章标其目，卒章显其志"。为政者对这些奏章的
态度以及"新乐府"诗歌运动的效果如何，姑且别论，诗人关心民众，匡
扶社稷的思想却很好地被继承下来，又传播下去。这场运动以白居易的成
就最高，《观刈麦》《新丰折臂翁》《杜陵叟》《红线毯》《重赋》《买花》《卖
炭翁》及这首《轻肥》是其佼佼者。

庄居野行

姚 合

客行野田间，比屋皆闭户。
借问屋中人，尽去作商贾。
官家不税商，税农服作苦。
居人尽东西，道路侵垄亩。
采玉上山颠，探珠入水府。
边兵索衣食，此物同泥土。
古来一人耕，三人食犹饥。
如今千万家，无一把锄犁。
我仓常空虚，我田生蒺藜。
上天不雨粟，何由活蒸黎。

  同样关心民众疾苦，关注国家命运，杜甫看到了因征发兵丁而满路哭叫声的新安县（《新安吏》），白居易看到在麦田拣遗落麦穗的寡妇（《观刈麦》），姚合看到的则是因国家错误的政策导向，导致田地荒芜的破败农村景象。

  诗人在田野间行走，看到一种奇怪的现象：农户们家家关门，田间无人耕作。询问乡人，答道村民都去经商，不再务农。原因很简单：官府对经商的不征税，对农民的税赋却十分沉重，耕田，就意味着纳重税，耕田越多，缴纳越重。既然如此，原来种地的农民纷纷逃离农村，奔向四面八方，经商流入城市，田地杂草丛生，从前肥沃的农田，如今道路交错纵横，没有人吝惜它们了。没有经商的便出去打工，有的上山采挖玉石，有的下河寻找蚌珠，这些东西市面上价格高昂，采玉摸珠可以致富。一天的收入可抵农事一年。国家重商轻农，民气崇尚奢华，荒谬极度泛滥。诗人对此忧心忡忡：军饷固然由钱支付，但士兵拿到钱市面上却买不到米，战斗力归零。挖出多少玉与珠，都无济于事，无异于泥土，不可食，不堪用。如此，国家命运岌岌可危。姚合生在晚唐，举目皆是末世光景，姚合从农事着眼，由荒废的农田依稀看见唐帝国的崩溃。

诗人以古作证。在古代，一人耕田养活着三人，这三人还不能免除饥饿，可见，吃饭历来是国家政治的首要大事。而如今，千家万家，村村寨寨，竟无一人下田劳作。中国向来以农为本，以商为末，如今本末倒置，全民皆商，从事细枝末业，国家前途命运堪忧，但为政者浑然不觉，沉迷在虚幻的繁荣中沾沾自喜。

面对此景，诗人表达了自己的忧虑：国家仓库空虚，而农田只生蒺藜，不长谷米，仓库没有充实的希望，即使风调雨顺都难以保证有粮食输入官仓，万一天灾降临，国家岂不土崩瓦解？指望上天降下谷米，那是痴人说梦，既然"上天不雨粟"，那么"何由活蒸黎"？从姚合的诗来看，唐朝廷已经难以维持下去了，而百姓也难以在这种状况下继续忍受下去了，国运的崩颓几乎成了定局。诗人以深厚的忧患意识，向为政者发出了严重的警告。哀婉与沉痛，是这首诗的主调。

姚合初授武功主簿。世称"姚武功"，他的诗自成一体，称"武功体"。武功体尖峭峻冷，与贾岛诗风相近，故合称"姚贾"。姚合诗为南宋永嘉四灵及江湖派诗人所宗。

早 雁

杜 牧

金河秋半虏弦开，云外惊飞四散哀。

仙掌月明孤影过，长门灯暗数声来。

须知胡骑纷纷在，岂逐春风一一回。

莫厌潇湘少人处，水多菰米岸莓苔。

　　每到金秋时节，胡人便频繁南侵，掠夺中华物产，屠杀人民。弓弦响处，群雁惊飞四散，逃奔南方，惊慌的雁群飞过草原，飞过长安，哀鸣弥漫在长安城、长信宫，渐渐消失在南行的天空中。倾听着早雁哀鸣，诗人默默地为它们祈愿：胡骑正纷纭，在春天到来之前，唐军无计驱逐他们，所以大雁如果回归，等待它们的仍然是"虏弦"。诗人希望大雁不要追逐春风回来，至于它们的客居地潇湘一带，虽然人烟稀少，在那里会寂寞深深，但水里有丰富的菰米，岸边有无边的莓苔，足以果腹，而且没有生命之虞。这首词在发出号召："千万不要回到北方。"《资治通鉴》载，回鹘侵扰边地时，唐朝廷"诏发陈、许、徐、汝、襄阳等兵屯太原及振武、天德，俟来春驱逐回鹘"。这也许是本诗"春风"的出处，但是朝廷上的"春风"未必靠得住，唐军队没有驱逐回鹘的把握，这些大雁们还是留在南方吧。

　　诗写雁，其实是写人，整首说"雁"，意不在雁；通篇无"人"，却字字是"人"。杜牧写这首诗的背景是回鹘军队南侵，唐已沦落为末世光景，军队对大胡子高鼻梁的凶蛮回鹘军队抵抗软弱无力。国家不能保卫疆土，不能保护人民，听凭人民被强寇铁蹄蹂躏。大批中国人沦为难民，向南方逃亡，如同大雁一路向南。此情此景，令人痛悼，杜甫为国家的颓败，为国运转衰时的悲惨人民感伤。

杜牧在诗中鼓励人民逃亡，这与传统的爱国主义情感教导相矛盾。按照儒家的训示，中国人应当与国土共存亡，为社稷为国君赴汤蹈火。如此，则被誉为舍生取义。如果大敌当前，无君无父，先自逃跑，那是无耻的。杜牧此诗似乎在"鼓励无耻"。

为国君而死，虽死犹荣，这是国君的观点。杜牧在这里的立脚点完全在民众，而不在国君。相反，他在诗中曲折地表达了对朝廷的不满，指责为政者不能保护国民。保家卫国，是为政者和军队的天职，不能指望手无寸铁的平民百姓赤手上阵杀敌报国，国家既然不能保护国民，国民只能逃难以求生存。杜牧鼓动逃亡，而且"允许"人们一旦逃到安全地带就不要再回来，这种对国家命运的沉痛，对人民生存艰辛的感慨，千载以下，响犹铮然。

赵臣瑗《山满楼笺注唐诗七言律》："此慰渝避难流落之人，欲其缓作归计而托言之也……先生之于羁旅，可谓情深而意切矣。"周咏棠《唐贤小三昧集续集》：咏雁诗多矣，终无见逾者。关于律诗规则，翁方纲《咏物七言律诗偶记》说："此五六'须知'、'岂逐'，七句'莫厌'，皆提起之笔，不得以后人作七律多用虚字者藉口也。"

题乌江亭

杜 牧

胜败兵家事不期，包羞忍耻是男儿。
江东子弟多才俊，卷土重来未可知。

乌江，楚汉之际项羽兵败自杀的地方。人们来到乌江亭，会有各种感慨，也会提出各种假设。杜牧的假设与许多人并无多大差异，但与他的《早雁》相比，可以看出杜牧的观点在转移。并不是杜牧多变，而是在不同的境遇下陈述自己的相关意见。《早雁》针对百姓，表现诗人对逃难人的同情，属于人道主义范畴。《题乌江亭》则针对为政者，表达诗人对政治家的希望，属于英雄主义范畴。

杜牧认为，胜败对于军事家来说，不可预料，本在毫厘之间，所以自古无常胜将军，也没有常败将军，项羽也不例外。忍得一时战败之辱，才算真正的男子，顶天立地大英雄。项羽带八千子弟兵伐虎狼之秦，创下了不世之功，现在战败了，但江东子弟众多，项羽霸气仍在，卷土重来，再创奇功完全可能。但是，项羽却不能忍一时之耻，拒绝乌江亭长的建议，举剑自刎了，再建奇勋的可能也就随之烟消云散。人们都说项羽是一位古今第一大英雄，难道英雄是这样作为的吗？杜牧予以否定，他认为，项羽不但不算英雄，他甚至都不能算是个男人。杜牧借题发挥，他崇敬项羽，痛惜项羽兵败不能再起，英雄不会曲折，直接走向末路。此诗虽是批评，但更多则是惋惜。

这首诗看似咏史，其实在于评今。在杜牧所处的中晚唐时期，藩镇割据形势更加严峻，中央政府不能辖制，反倒被叛军和军阀驱赶东奔西逃，朝廷、皇帝在经受着被军阀逼迫的奇耻大辱。在逞一时义气的人们看来，应该与军阀们拼个鱼死或网破，宁为玉碎，不为瓦全，就像项羽壮烈死在乌江。杜牧却认为,项羽之死,是在逞匹夫之勇,不足为训。朝廷不妨忍一时之辱,重整旗鼓,再造江山,直至把军阀的藩镇割据彻底荡平。这首诗相当于对朝廷的一道"战守策",是另一种意义的诗的奏章,与白居易的"新乐府诗"主旨相同。大唐朝廷未必采纳他的政治设计,但它毕竟提出了为政的另一种可能,所谓非常之人常能思常人所不能思,由此可见杜牧的政治见解颇有独到之处。

把《题乌江亭》的政治含义扩大来看,延伸到社会和人生,它的意义仍然是深刻的。人们在遭遇挫折时,应该把远大目标放在首位,能忍辱负重、坚定理想不动摇。傅说筑板,太公垂钓,荆轲缄默,韩信伏胯,当时为人所轻,但他们有此坚定的信念,终于成就一世名和万世功,这应该是《题乌江亭》隐含的另一层意思。司马迁曾以史家眼光批评项羽"天亡我,非战之罪"的执迷不悟。杜牧则以兵家的眼光论成败由人之理。司马迁是总结已然之教训,强调其必败之原因;杜牧则是假想未然之机会,强调兵家须有远见卓识和不屈不挠的意志。

胡仔《苕溪渔隐丛话》说这首诗"好异而畔于理":"项氏以八千人渡江,败亡之余,无一还者,其失人心为甚,谁肯复附之?其不能卷土重来,决矣。"吴景旭《历代诗话》中说杜牧用翻案法立意,"用翻案法,跌入一层,正意益醒"。符合杜牧的意思。

陇西行

陈　陶

誓扫匈奴不顾身，五千貂锦丧胡尘。
可怜无定河边骨，犹是春闺梦里人。

　　这首七言绝句兼有边塞、咏史、时政内容，在边塞之地咏史，表达对时政的批评，它的主旨在于后者。

　　中原人一向英勇，誓保江山社稷，扫却胡尘。从肯定的方面说，固然如此，但从批评的角度看，却有杜甫的诗为证："况复秦兵耐苦战，被驱不异犬与鸡。"将士被驱赶奔上战场，等于踏上不归路。陈陶的诗不显褒贬，又似褒似贬，任凭读诗人作评判。将士们誓言驱逐敌寇，抛却身家性命，长期而酷烈的战争，死伤无以计数，白骨累累，究竟有多少军人战死无定河边，诗人不说，诗人只说，"五千貂锦丧胡尘"。汉代的高级官员着锦饰貂，唐诗人习惯用汉代唐，所谓"貂锦"指唐军中的高级指挥官。高官埋尸沙漠有"五千"之多，士卒不返者数量之巨，可想而知。

　　三、四两句用特写手法，诗人对无定河边的战士尸骨沉思，他曾经是一位战士，这位战士有家有室，他的妻子很可能仍在人间，更可能她还不知道丈夫已经战死，化为白骨，任凭风吹日晒。这位可能已经很老的妻子仍然期待着丈夫有朝一日回归故乡。思念之甚，化作梦境，夫妻若梦中相会。"可怜无定河边骨，犹是春闺梦里人"。白骨与春梦，一死一生，一阴一阳，一暗一明，一灰暗一多彩，形成强烈的反差。诗人把两个绝不可能并列的东西糅合到一起，让"白骨"入梦，使梦连接白骨，造成极度的凄冷乃至恐怖，他创造了人间最强烈的悲剧。两句十四字，把大悲苦大毁灭浓缩了，强化了。诗人以冷酷展示残酷，千年之后，犹使人战栗，沈德潜说："作苦语无过此者。"看到了这两句诗的残酷。读此诗不禁心中凛然。

这首绝句与杜甫的《新安吏》相同，作者心里有深刻的不可化解的矛盾。诗人赞赏将士的出征，钦敬他们为国捐躯，但同时诗人又同情将士们的不幸遭遇，用侧面描写和艺术幻想斥责战争带给人们的悲痛。两者都应该是由衷的，诗人无法避开这宗矛盾，只得听之任之。实际上，不但陈陶、杜甫不能解决，比他们更威权，更智慧的人，也无法解决这项矛盾。因为战争与人类相伴数千年，个人之间的矛盾通过角力解决，族群之间用械斗，国家的冲突，战争是最后的手段。文明的发展，个人矛盾和族群矛盾已经获得合理的处置办法，比如法律途径。国家争端的解决一定也会通过和平的途径，陈陶的愿望终究会实现，可是，等待战争消灭的大同时代的到来，岂止"隔年期"。

　　贾捐之《议罢珠崖疏》说，某家父子均战死沙场，"老母、寡妻饮泣苍哭，遥设虚祭，想魂乎千里之外"。杨慎认为陈诗文用此典，家里人不知战士已死而期盼团聚，称赞陈诗"一变而妙，真夺胎换骨矣"。南朝乐府《企喻歌》"男儿可怜虫，出门怀死忧。尸丧狭谷中，白骨无人收"。却是此诗先声。

唐诗掠影

时政品

行次西郊作一百韵

李商隐

蛇年建午月，我自梁还秦。

南下大散岭，北济渭之滨。

草木半舒坼，不类冰雪晨。

又若夏苦热，燋卷无芳津。

高田长槲枥，下田长荆榛。

农具弃道旁，饥牛死空墩。

依依过村落，十室无一存。

存者背面啼，无衣可迎宾。

始若畏人问，及门还具陈。

右辅田畴薄，斯民常苦贫。

伊昔称乐土，所赖牧伯仁。

官清若冰玉，吏善如六亲。

生儿不远征，生女事四邻。

浊酒盈瓦缶，烂谷堆荆囷。

健儿庇旁妇，衰翁舐童孙。

况自贞观后，命官多儒臣。

例以贤牧伯，征入司陶钧。

降及开元中，奸邪挠经纶。

晋公忌此事，多录边将勋。

因令猛毅辈，杂牧升平民。

中原遂多故，除授非至尊。

或出幸臣辈，或由帝戚恩。

中原困屠解，奴隶厌肥豚。

皇子弃不乳，椒房抱羌浑。

重赐竭中国，强兵临北边。
控弦二十万，长臂皆如猿。
皇都三千里，来往如雕鸢。
五里一换马，十里一开筵。
指顾动白日，暖热回苍旻。
公卿辱嘲叱，唾弃如粪丸。
大朝会万方，天子正临轩。
采旄转初旭，玉座当祥烟。
金障既特设，珠帘亦高褰。
捋须寨不顾，坐在御榻前。
忤者死艰屦，附之升顶颠。
华侈矜递衒，豪俊相并吞。
因失生惠养，渐见征求频。
奚寇西北来，挥霍如天翻。
是时正忘战，重兵多在边。
列城绕长河，平明插旗幡。
但闻虏骑入，不见汉兵屯。
大妇抱儿哭，小妇攀车轓。
生小太平年，不识夜闭门。
少壮尽点行，疲老守空村。
生分作死誓，挥泪连秋云。
廷臣例獐怯，诸将如嬴奔。
为贼扫上阳，捉人送潼关。
玉辇望南斗，未知何日旋。
诚知开辟久，遘此云雷屯。
送者问鼎大，存者要高官。
抢攘互间谍，孰辨枭与鸾？

千马无返辔，万车无还辕。
城空鼠雀死，人去豺狼喧。
南资竭吴越，西费失河源。
因今左藏库，摧毁惟空垣。
如人当一身，有左无右边。
筋体半痿痹，肘腋生臊膻。
列圣蒙此耻，含怀不能宣。
谋臣拱手立，相戒无敢先。
万国困杼轴，内库无金钱。
健儿立霜雪，腹歉衣裳单。
馈饷多过时，高估铜与铅。
山东望河北，爨烟犹相联。
朝廷不暇给，辛苦无半年。
行人摧行资，居者税屋椽。
中间遂作梗，狼藉用戈铤。
临门送节制，以锡通天班。
破者以族灭，存者尚迁延。
礼数异君父，羁縻如羌零。
直求输赤诚，所望大体全。
巍巍政事堂，宰相厌八珍。
敢问下执事，今谁掌其权。
疮痏几十载，不敢扶其根。
国蹙赋更重，人稀役弥繁。
近年牛医儿，城社更扳援。
盲目把大旆，处此京西藩。
乐祸忘怨敌，树党多狂狷。
生为人所惮，死非人所怜。

快刀断其头，列若猪牛悬。
凤翔三百里，兵马如黄巾。
夜半军牒来，屯兵万五千。
乡里骇供亿，老少相扳牵。
儿孙生未孩，弃之无惨颜。
不复议所适，但欲死山间。
尔来又三岁，甘泽不及春。
盗贼亭午起，问谁多穷民。
节使杀亭吏，捕之恐无因。
咫尺不相见，旱久多黄尘。
官健腰佩弓，自言为官巡。
常恐值荒迥，此辈还射人。
愧客问本末，愿客无因循。
郿坞抵陈仓，此地忌黄昏。
我听此言罢，冤愤如相焚。
昔闻举一会，群盗为之奔。
又闻理与乱，在人不在天。
我愿为此事，君前剖心肝。
叩头出鲜血，滂沱污紫宸。
九重黯已隔，涕泗空沾唇。
使典作尚书，厮养为将军。
慎勿道此言，此言未忍闻。

诗到晚唐，又崛起了"李杜"：李商隐、杜牧。因在李白、杜甫之后，文学史称他们为"小李杜"。小李杜在文名上虽然不能与李杜比肩，但在晚唐，无异是诗坛的旗帜和标杆。他们的诗作在晚唐难有人

时政品

位居其右，同时对后代诗歌也有重大影响。李商隐的"无题"诗婉约悱恻，色彩绚丽；杜牧的咏史诗深刻含蓄，志存高远。小李杜与盛唐李杜在诗歌创作上有传承关系，他们有意学习，追步大李杜，而且成绩斐然。杜牧的学习标尺显然是李白，而李商隐的"偶像"却是杜甫，《行次西郊作一百韵》显然是其"拟杜"之作，仿制于《自京赴奉先县咏怀五百字》，篇幅翻倍。杜甫诗用特写素描，李商隐的诗却是宏观大手笔。

这首长诗叙述晚唐的社会状况，特别指明藩镇割据的罪恶，与老杜诗一样，这也是一部史诗。这部史诗跨时间很长，从初唐贞观一直到晚唐，实际是用诗的形式记录了有唐一代的历史。初盛唐贞观、开元年间，由于为政者的贤明和辅佐之臣的效力，国家强盛，民众富足，人民生活安乐。安史之乱打破了这一切，朝廷为笼络外族而颁发的"赏赐"，实质是向外邦"进贡"，使中国虚耗疲惫，但"奚奴"安禄山不为所动，叛军攻破长安，朝廷奔亡，"千马无返辔，万车无还辕。城空鼠雀死，人去豺狼喧"。倾国家之力，总算把叛军平定了。而国家已经元气尽丧，正应当休养生息，但朝臣和官员各自争权，不顾国家安危，致使天下倾颓，难以复原。朝政混乱，地方军阀拥兵自重，不服从朝廷约束，致使"凤翔三百里，兵马如黄巾"，朝廷和嫔妃们一次又一次地奔亡逃难。对此窘迫局面，诗人只能扼腕长叹。

长诗用楚辞、汉赋的主客问答体，借一位村民的口吻，历数唐代历史，语多批判，而且批判得精当、有力。它避免诗作者直接出面，而由"他人"说出作者想说的话，增加可信度，而这位"他人"纯粹为诗人主观创造的代言人。此前杜甫的"三吏""三别"也用主客体，那些"吏"们也出于依托，不一定实有真人。

这首长诗铺张的局面很大，但主题集中，意旨明确，意念坚定，说事充分，说理透彻。李商隐是位诗人、文学家，他的见解未必很符合政治要领，就像杜甫在《潼关吏》中的攻防之术未必精当，但他们关心民众，对国家政治的倾注使人感动。中国知识界的正义感始终是主流，他告诉人们，中国诗人有强烈的政治意识，忠君、爱国、亲民三大特点足以塑造中国知识分子的整体形象。

唐诗掠影

时政品

橡媪叹

皮日休

秋深橡子熟，散落榛芜冈。

伛偻黄发媪，拾之践晨霜。

移时始盈掬，尽日方满筐。

几曝复几蒸，用作三冬粮。

山前有熟稻，紫穗袭人香。

细获又精春，粒粒如玉珰。

持之纳于官，私室无仓箱。

如何一石余，只作五斗量。

狡吏不畏刑，贪官不避赃。

典时作私债，农毕归官仓。

自冬及于春，橡实诳饥肠。

吾闻田成子，诈仁犹自王。

吁嗟逢橡媪，不觉泪沾裳。

关心民众生计，关注国家政治，是政治家的本职，但文人也不放弃这种"本职"。诗人手中无权柄，只得使用诗歌实现这种"本职"。此前杜甫以新题写实事，白居易更积极倡导新乐府运动，创作大量乐府诗，以干预时政，干预生活，更晚些则有皮日休的"正乐府"，它与杜甫、白居易的诗作一脉相承，本诗是"正乐府"的一篇。

这是一首白描诗。一位老年妇女，脚踩霜雪，在严寒中捡拾橡实。捡橡实并不容易，一整天才拾得一筐，她用这些苦涩的橡实充作冬粮，因为家里已经没有粮食过冬度春夏了。这里皮日休用了长镜头的方法，镜头追随着"橡媪"的一举一动，俯仰于山林间，后来则是一个特写镜头：不很满的一筐橡实。接着镜头闪回，大片的稻田，稻粒饱满，打谷场上粒粒如金玉，劳作的人们中间就有这位"橡媪"。可是，这些粮食没有一粒属于她和他们，它们将被全部收入官仓。本来可以只交一半就够租税的，是收租税的人在量具上做了手脚，一石被量作五斗。即使一石量作五斗，她也还可以有所剩余，又是官吏的层层加码、盘剥，夺走了最后一粒谷。现在，镜头又回到那个小筐，里面还是未满的橡实。

　　诗人由"如何一石余，只作五斗量"引申出作者的政治见解："吾闻田成子，诈仁犹自王。"这里诗人对政治家的要求在退缩，退缩到最后的底线：你们要当要路津，要当篡权者，甚至取代唐天子当皇帝，小民也无可奈何，但你们总得给百姓留一丝生路，不敢奢求"一条"，一丝即可以，古人说"命若游丝"可见即使是"丝"也还能挣扎着活下去。但是那些"狡吏""贪官"诛求无已，一定要把百姓逼到地狱最底层。战国时期田成子采取"诈仁"之法，用小斗买进大斗卖出收买民心，最后取代姜氏，据有齐国。如今的官吏们为什么还不如窃国贼臣古人田成子呢？诗人对贫苦百姓的同情，对官吏的愤慨，对政府的绝望，图画在几个镜头前，凝结在"吾闻"一句十个字里，使《橡媪叹》成为亲民诗中有代表意义的一首。稍后杜荀鹤作了同类型的悯农诗《山中寡妇》，寡妇为逃避沉重的赋税，随人们钻进了深山，但深山也不安全，官府的追讨令追进深山。两首诗可互作印证。

秦妇吟

韦 庄

中和癸卯春三月，洛阳城外花如雪。
东西南北路人绝，绿杨悄悄香尘灭。
路旁忽见如花人，独向绿杨阴下歇。
凤侧鸾敧鬓脚斜，红攒黛敛眉心折。
借问女郎何处来，含嚬欲语声先咽。
回头敛袂谢行人，丧乱漂沦何堪说。
三年陷贼留秦地，依稀记得秦中事。
君能为妾解金鞍，妾亦与君停玉趾。
前年庚子腊月五，正闭金笼教鹦鹉。
斜开鸾镜懒梳头，闲凭雕栏慵不语。
忽看门外起红尘，已见街中擂金鼓。
居人走出半仓皇，朝士归来尚疑误。
是时西面官军入，拟向潼关为警急。
皆言博野自相持，尽道贼军来未及。
须臾主父乘奔至，下马入门痴似醉。
适逢紫盖去蒙尘，已见白旗来匝地。
扶羸携幼竞相呼，上屋缘墙不知次。
南邻走入北邻藏，东邻走向西邻避。
北邻诸妇咸相凑，户外崩腾如走兽。
轰轰混混乾坤动，万马雷声从地涌。
火迸金星上九天，十二官街烟烘烔。
日轮西下寒光白，上帝无言空脉脉。
阴云晕气若重围，宦者流星如血色。
紫气潜随帝座移，妖光暗射台星坼。

家家流血如泉涌，处处冤声声动地。
舞伎歌姬尽暗捐，婴儿稚女皆生弃。
东邻有女眉新画，倾国倾城不知价。
长戈拥得上戎车，回首香闺泪盈把。
旋抽金线学缝旗，才上雕鞍教走马。
有时马上见良人，不敢回眸空泪下。
西邻有女真仙子，一寸横波剪秋水。
妆成只对镜中春，年幼不知门外事。
一夫跳跃上金阶，斜袒半肩欲相耻。
牵衣不肯出朱门，红粉香脂刀下死。
南邻有女不记姓，昨日良媒新纳聘。
琉璃阶上不闻行，翡翠帘前空见影。
忽看庭际刀刃鸣，身首支离在俄顷。
仰天掩面哭一声，女弟女兄同入井。
北邻少妇行相促，旋拆云鬟拭眉绿。
已闻击托坏高门，不觉攀缘上重屋。
须臾四面火光来，欲下回梯梯又摧。
烟中大叫犹求救，梁上悬尸已作灰。
妾身幸得全刀锯，不敢踟蹰久回顾。
旋梳蝉鬓逐军行，强展蛾眉出门去。
旧里从兹不得归，六亲自此无寻处。
一从陷贼经三载，终日惊忧心胆碎。
夜卧千重剑戟围，朝餐一味人肝脍。
鸳帏纵入岂成欢，宝货虽多非所爱。
蓬头垢面眉犹赤，几转横波看不得。
衣裳颠倒语言异，面上夸功雕作字。
柏台多半是狐精，兰省诸郎皆鼠魅。

还将短发戴华簪，不脱朝衣缠绣被。
翻持象笏作三公，倒佩金鱼为两史。
朝闻奏对入朝堂，暮见喧呼来酒市。
一朝五鼓人惊起，叫啸喧呼如窃语。
夜来探马入皇城，昨日官军收赤水。
赤水去城一百里，朝若来兮暮应至。
凶徒马上暗吞声，女伴闺中潜色喜。
皆言冤愤此时销，必谓妖徒今日死。
逡巡走马传声急，又道军前全阵入。
大彭小彭相顾忧，二郎四郎抱鞍泣。
沉沉数日无消息，必谓军前已衔璧。
簸旗掉剑却来归，又道官军悉败绩。
四面从兹多厄束，一斗黄金一斗粟。
尚让厨中食木皮，黄巢机上刲人肉。
东南断绝无粮道，沟壑渐平人渐少。
六军门外倚僵尸，七架营中填饿殍。
长安寂寂今何有，废市荒街麦苗秀。
采樵斫尽杏园花，修寨诛残御沟柳。
华轩绣毂皆销散，甲第朱门无一半。
含元殿上狐兔行，花萼楼前荆棘满。
昔时繁盛皆埋没，举目凄凉无故物。
内库烧为锦绣灰，天街踏尽公卿骨。
来时晓出城东陌，城外风烟如塞色。
路旁时见游奕军，坡下寂无迎送客。
灞陵东望人烟绝，树锁骊山金翠灭。
大道俱成棘子林，行人夜宿墙匡月。
明朝晓至三峰路，百万人家无一户。

破落田园但有蒿，摧残竹树皆无主。
路旁试问金天神，金天无语愁于人。
庙前古柏有残枿，殿上金炉生暗尘。
一从狂寇陷中国，天地晦冥风雨黑。
案前神水咒不成，壁上阴兵驱不得。
闲日徒歆奠飨恩，危时不助神通力。
我今愧恧拙为神，且向山中深避匿。
寰中箫管不曾闻，筵上牺牲无处觅。
旋教魔鬼傍乡村，诛剥生灵过朝夕。
妾闻此语愁更愁，天遣时灾非自由。
神在山中犹避难，何须责望东诸侯。
前年又出扬震关，举头云际见荆山。
如从地府到人间，顿觉时清天地闲。
陕州主帅忠且贞，不动干戈唯守城。
蒲津主帅能戢兵，千里晏然无犬声。
朝携宝货无人问，暮插金钗唯独行。
明朝又过新安东，路上乞浆逢一翁。
苍苍面带苔藓色，隐隐身藏蓬荻中。
问翁本是何乡曲，底事寒天霜露宿。
老翁暂起欲陈词，却坐支颐仰天哭。
乡园本贯东畿县，岁岁耕桑临近甸。
岁种良田二百廛，年输户税三千万。
小姑惯织褐紬袍，中妇能炊红黍饭。
千间仓兮万斯箱，黄巢过后犹残半。
自从洛下屯师旅，日夜巡兵入村坞。
匣中秋水拔青蛇，旗上高风吹白虎。
入门下马若旋风，罄室倾囊如卷土。

家财既尽骨肉离，今日垂年一身苦。

一身苦兮何足嗟，山中更有千万家。

朝饥山草寻蓬子，夜宿霜中卧荻花。

妾闻此老伤心语，竟日阑干泪如雨。

出门惟见乱枭鸣，更欲东奔何处所。

仍闻汴路舟车绝，又道彭门自相杀。

野宿徒销战士魂，河津半是冤人血。

适闻有客金陵至，见说江南风景异。

自从大寇犯中原，戎马不曾生四鄙。

诛锄窃盗若神功，惠爱生灵如赤子。

城壕固护教金汤，赋税如云送军垒。

奈何四海尽滔滔，湛然一境平如砥。

避难徒为阙下人，怀安却羡江南鬼。

愿君举棹东复东，咏此长歌献相公。

　　《秦妇吟》创造了唐诗篇幅之冠，俞平伯称之为"唐代诗歌的不二之作"。

　　本诗谴责了两种人：叛军和官军。长诗采用了主客问答的赋体，托言陷身叛军的一位秦中妇女，诉说叛军和官军的罪行。黄巢的叛军突然攻入长安，开始了惨绝人寰的大屠杀。"家家流血如泉涌，处处冤声声动地。"这位秦妇的相识多被叛军杀害或掳入军中，她自己也被迫委身叛军首领。黄巢军队兽性难泯，他们"早餐"居然是一道人肝做的"烤肉"！为了显示功绩，他们把官衔和"军功"雕刻在脸上，还组建什么"朝廷"，一派群魔乱舞的景象。漫长的三年，秦妇忍气吞声受尽屈辱，也饱看了叛军的丑态，企盼官军扫荡群丑，她能恢复做人的尊严。官军收复了长安，但这时的长安已经是一座死城。"举目凄凉无故物"，"天街踏尽公卿骨"。公卿尚且不能活命，何况百姓？秦妇居然活下来，实在侥幸，因为当时的长安"百万人家无一户"。秦妇因陷贼而生还，心中有愧，避入深山。但是，人民的灾难远没有结束，以剿灭黄巢立功的官军，比黄巢叛军还凶蛮，"千间仓兮万斯箱，黄巢过后犹残半"，官军屯住长安后，"入门下马若旋风，罄室倾囊如卷土"以至"河津半是冤人血"。经过叛军和官军对百姓的抢掠烧杀，从长安到潼关，秦妇千里独行，"朝携宝货无人问，暮插金钗唯独行。"不用担心有人抢夺财货，因为根本没有人出现在道路街衢。秦中大地一片死寂，岂止"千里无鸡鸣"，岂止"白骨蔽于野"。此情此景，神鬼也不能堪。全诗笼罩在悲苦的气氛中，今人读来，犹几度踟蹰，不忍卒章。《秦中吟》长期被埋没在丛卷中，大抵为此。

韦庄所述，有其他材料可作证明，正史也不避讳这场大灾难，韦诗可作"信史"来读。诗的抨击对象很明确，一是叛军，一是官军，两种军队虽然敌对，但在残害百姓方面并无差别，官军还要甚于叛军。长诗不但击破了官军的伪装，还它残民害人的本来面目。

白居易以作《长恨歌》被称为"长恨歌主"，韦庄以此诗，被誉为"秦妇吟秀才"。韦庄当然不是故作惊人之语，他在鼠思泣血，如实记录，给后世留下了真实的可供批判的材料。长诗内涵广而深，取材真而切，语气修辞质而采。如此长篇，竟似一气呵成，诗意通畅，环节勾连，不假雕刻却又流转自然，堪称唐宋诗作尤其是长诗的冠冕。

军
旅
品

战争是人类的伴生物，它是一个非常矛盾的集合体。从根本上说，任何战争都在罪恶之列。因为它以杀戮的手段剥夺交战双方将士的生命，制造惨绝人寰的大灾难，蔑视人的生命、人的尊严，所以，战争被正义的人们痛恨，他们的理想是永远消灭战争。在中国文化界，反战的议论发人深省，人道主义精神深入人心，在诗界，反战是重要主题之一。

人们把战争分为正义的和非正义的。这种判分当然依据民族、国家的利益。在中华民族的历史上，经历了无数的大规模的战争，其中有正义的，也有非正义的。对于抗击外敌入侵，保护国家人民的正义战争，人们支持并积极参与；而对于那些穷兵黩武，好大喜功的非正义战争，人们坚决反对。在这个原则问题上，中国文化界、中国诗人富有良知，坚持正义，他们用自己的笔，留给后世丰富的思想宝库和艺术宝库。

唐代战争频繁，中华各族人民经受了一次又一次的外敌入侵和内部动乱。在唐代，除了少数战争是帝国为政者发动的不义战争外，绝大多数是帝国政府带领民众抗击侵略，制止叛乱，所以唐代诗人对战争的态度趋向一致。他们支持卫国战争，而且积极投身到军旅，开赴最前线。这些诗人以自己的军旅生活为素材，创作了迥异于内地生活的边塞诗。边塞诗表现将士保家卫国的豪迈气概，表达他们对自己事业的志诚、热爱，热血青春，飞扬腾越，成为中国诗歌史上的不朽正声。他们对边塞的不合理现象，对将军的错误决策，对战士的久战辛苦作不平之鸣，语含批判。但诗人并不就此否定战争本身，他们军旅诗的主导思想是以战争消灭战争，所以，唐代的军旅诗正气昂扬。它们是中华民族深重灾难的记录，也是不屈不挠的中华各族人民抗击外侮，维护国家统一的义薄云天的颂歌。

不但投身边塞的诗人创作军旅诗，如高适、岑参、王维；没有涉及边塞风光，没有听闻战阵厮杀的诗人也时有军旅题材的优秀诗章问世，如李白、杜甫、王昌龄。这是因为唐代诗人保持着枕戈待旦的精神状态，不管他们身在朝廷或流落市井；不管他们身居要位或是冗员闲职，心态几乎一致：随时可以披挂上阵，驰驱边关，或刻石高山，或马革裹尸，无怨无悔。因为他们知道作为大唐人，他们有这份责任，保卫社稷江山是男儿的天职，所以李白要"晓战随金鼓，宵眠抱玉鞍"，杜甫要"挽弓当挽强，用箭当用长"，王昌龄要"黄沙百战穿金甲，不破楼兰终不还"。李白在晚年以抱病之躯，请求跟从李光弼讨贼，杜甫晚年为边疆不靖而"凭轩涕泗流"，忠心耿耿，可昭日月。

军旅诗在《诗经》中有突出的地位，《邶风·击鼓》《卫风·伯兮》《王风·君子于役》《秦风·无衣》《豳风·东山》《小雅·采薇》等篇章，对战争的意见是严肃的，表现了上古人民牺牲个人保卫国家的大无畏精神。屈原是一位典型的文士、文臣，他歌颂为国牺牲的烈士的诗章《国殇》，振奋激荡，气势威武雄壮，激起读诗人的强烈共鸣。杨炯《从军行》"烽火照西京，心中自不平"的"不平"就是屈原精神的赓续。曹植身为王子，也将疆场作战立功作为自己的人生目标，《白马篇》中塑造的武士形象就是他自己："长驱蹈匈奴，左顾凌鲜卑。弃身锋刃端，性命安可怀"，"捐躯赴国难，视死忽如归"。嵇康不赞成战争，但他坚信要消灭战争必须先进行战争，《赠秀才入军》就是这个意思，"风驰电逝，蹑景追飞。凌厉中原，顾盼生姿。"战争居然被描述得诗意盎然。

唐代军旅诗应为时代最强音，这有两个方面的含义。第一，国永远大于家，全民族永远高于个体。个人的成败喜乐荣辱与国家民族命运相比，并不足称道，在文学题材上，它是"重大题材"，代表社会主流意识。第二，军旅诗立意崇高，语词雄健，诗风刚劲，诗歌史有"盛唐气象"的命题，所谓盛唐气象，主要来自盛唐时期的军旅诗。

高适军旅诗以思想高远、思虑深刻取胜，《燕歌行》诗风酷似屈原《国殇》；岑参的军旅诗以描写边塞风光见长，《白雪歌》写西北边塞的秋雪和寒冷，《走马川行》写西域的狂风，在军旅题材诗中独树一帜，千古之下读其诗，仍然寒冷刺骨，感觉狂风吹人欲倒。诸位王姓军旅诗人擅作七绝，而王维的军旅诗则用五律或歌行体写作，各有绝妙之处。王昌龄的七绝军旅诗见解卓越于世，用语多气骨。诗中涌动着爱国潮，王维五律写将军的军事演习和自己出使边塞驻军，把军旅诗与山水诗结合为一体。李益、李颀、卢纶、戴叔伦生活在国势渐衰的中唐，但他们的军旅诗仍保持、发扬盛唐气象。他们的五绝和七绝军旅诗震轹于中国诗歌史。

唐诗掠影

军旅品

从军行

杨 炯

烽火照西京，心中自不平。
牙璋辞凤阙，铁骑绕龙城。
雪暗凋旗画，风多杂鼓声。
宁为百夫长，胜作一书生。

　　杨炯是"初唐四杰"之一。四杰中杨炯诗尤以军旅见长，《从军行》是杨诗的代表作，也是初唐军旅诗的优秀之作。

　　这首五言律诗的首联制造了跃动的气氛，边塞形势危急，壮士按捺不住战斗的冲动，豪情满怀，踊跃出征。"不平"活现了壮士的心情，杀敌报国，建功立业，指日可待。颔联继续用跃动的笔法，军旗飘扬，军威雄壮，辞别长安，向前线进发，对句便写前线龙城，"铁骑"既可以指我方兵强马壮，也可以指敌人强悍难摧。在东北边疆，敌我双方不断交战，战线犬牙交错，局势瞬息万变，将士的责任重大，经常处于艰险之中。北疆的冰雪销蚀了旗帜，狂风中战鼓阵阵，激越人心。对此，诗人感慨万端：战争残酷，但战争不可避免；生命可贵，但为了胜利，为了国家，捐躯战场却是战士的本分。所以，从军，是男儿的首选。在军中，即使作一位小小的百夫长，再即使作一个驰驱前线的普通战士，也胜过在书斋中吟哦诗赋，论笔作文。

　　看《从军行》的标题应为古体诗，但杨炯的这首诗却是规整的五言律诗，不但平仄和谐，对仗尤其工整。律诗要求二、三联对仗。一、四联可对可不对，本诗除了首联不对，其他三联都是工整的偶句，尾联还制造了一个漂亮的"无情对"："百夫长"和"一书生"，百与一并不是数字相对，百夫长，名词，一书生却是一个词组。一书生是两个词，但置于句中，却

唐诗掠影　军旅品

优雅和谐。这首诗还创造了自对，即出句中的几个语词相对，对句相同位置的词也是自对。"牙璋"对"凤阙"，"铁骑"对"龙城"，内容与形式达到了完美的统一。无情对和自对，多出于妙手偶得，终日吟哦，苦心孤诣，未必能够达成心愿，杨炯这首看似不经意的一首古风旧题，却创造了诗界奇观，这类对仗法对唐代律诗的完善有着创造性的意义。

杨炯与王勃、卢照邻、骆宾王齐名，并称初唐四杰。"四杰"说法当时就很流行，但杨炯很自负，他对这个排名很不以为然，说自己"耻在王后，愧在卢前"。对于本诗，唐汝询《唐诗解》为作者代言，他说，杨炯看到朝廷重武轻文，心中有所不平，故作此诗，以续"离骚"。唐汝询看到"不平"二字，以为杨炯仿佛邻家阿二，看见他人发迹就愤愤不平。吴昌祺一改"疏不破注"的古训，在《删订唐诗解》推翻唐说，吴昌祺的解说取字面意思：敌人逼近西京，勇士奋其不平之气，拜命赴边，触雪犯风，以消灭敌人，建功立业，不像书生那样无用。一句"不平"，引起清朝大名士唐汝询的不平，一定要曲折解读"不平"为"嫉妒"，这种大名士，自己心中肯定有很多的不平，才推己及天下人。

凉州词

王之涣

黄河远上白云间，一片孤城万仞山。
羌笛何须怨杨柳，春风不度玉门关。

凉州一向为汉政权与西北部族对立的前哨阵地，经常作为前线进入中原人民的视线，王之涣作为一位著名的边塞诗人，取凉州入词，在情理之中。王之涣诗作虽然留存不多，但一首《凉州词》却传诵千古。

这首绝句前两句以气势、动感和色彩夺唐边塞无绝之冠，三者并不是刻意作为，而是自然成功，可称唐绝句中的"绝句"。黄河从高山奔腾而下，气势磅礴，无坚不可摧，王之涣觉得这类形容语词还不足以表现黄河，他采用了出人意料的倒置法，把黄河从远处而来，写作向远方而去，于是"黄河远上白云间"。"远上"二字，既有动感，又有层次，不符合事实，却切合人们尤其是诗人站在黄河岸边的感受。站在黄河岸边的诗人，近处是咆哮的河水，河水渐渐远"去"，与天上白云相接。一座孤城，凭依着连绵的高山，景物层次鲜明：近景河水，中景城池，远景为群山以及黄河在白云的消失处，构成西式画法的焦点透视效果。在沙漠地带，颜色本来单调，诗人却为这大漠涂抹了斑斓的色彩。河之黄，云之白，城之灰，山之褐，色彩错杂，但保持着主色调的暖色，与边塞的气氛一致，与诗作的整体格调一致。

后二句主要写声音。西北边塞，荒漠相连，羌笛声声，音调幽怨。唐诗人所作边塞诗中羌笛是一件很重要的"道具"，因为它的异族性质最适合表现守边将士的伤感哀怨。王之涣这首绝句也采用了这宗道具，但把它的作用略作调整，反其意而用。人们说羌笛都取其哀怨，《诗经·采薇》说："我徂东山，慆慆不归；我来自东，零雨其蒙。我东曰归，我心西悲。"

怨长期戍守不得东归，怨辛苦疲惫朝廷不顾不问。羌笛之怨，大抵如此。王之涣却说，羌笛不要怨，不该怨，不能怨，总之，"何须怨"，因为玉门关外，本就是春风不到的地方。《凉州词》以《折杨柳》著称，春风不到杨柳未萌，没有杨柳枝堪折。羌笛的《折杨柳》也就没有着落了。

王之涣的绝句成就很高，对唐代边塞诗的形成与发展有重大影响，高适、岑参、王昌龄、李益、卢纶等诗人的著名边塞诗，都可以看到王之涣的影子。特别是王昌龄和李益的五言、七言绝句，与王作立意和笔法都十分相似。李白更把"黄河远上白云间"的顺序颠倒，创作了千古名句："黄河之水天上来。"两句诗各铸绝妙。据传，纪昀为人题字凉州词，阙文一"间"，纪昀"巧言令色"，读诗成词："黄河远上，白云一片，孤城万仞山。羌笛何须怨，杨柳春风，不度玉门关。"无论传说与否，也算妙手偶得。

王之涣的另一名作《登鹳雀楼》，虽不是军旅诗，但它的气势和所蕴含的深刻哲理给人以巨大振奋和深刻思索，前两句与《凉州词》立意、取景相同，"欲穷千里目，更上一层楼"竟为登临诗的压卷之句。

唐诗掠影

军旅品

出　塞

王昌龄

秦时明月汉时关，万里长征人未还。

但使龙城飞将在，不教胡马度阴山。

　　这首绝句以痛与怨构章，以怀古的方式表达诗人对军旅生活的独特见解，更深刻揭示军旅生活背后的内容。

　　绝句以"月"与"关"起兴，它们同时也是叙述的主体。月亮依然明亮，关隘依然险要，由秦至汉，再到当今大唐，明月不变，关隘不变，但时世更迭，不知几期。这种写法似曾相识，初唐张若虚《春江花月夜》就申明了这层哲理："人生代代无穷已，江月年年只相似，不知江月待何人，但见长江送流水。"张若虚在诗中感慨江山不改，人生无常，表达了他对人生须臾的悲哀情愫。王昌龄采取了张若虚的立意，但不同于张作的悲凉，他的主旨在怨愤。明月与关隘还是秦汉旧时貌，但关隘未见旧时人。秦时有人出关，汉时有人出关，唐代百余年，也不断有人出关戍守，抗战强敌。他们都是肩负保家卫国使命的将士，也都张望过王昌龄眼前所见的月亮与边关，但是，出关者绵绵未绝，入关者有谁曾见？一句话："人未还。"他们不能还了，永远不能回归故乡，早就化作"无定河边骨"，尽管他们"犹是春闺梦里人"。比王昌龄稍早的王翰也说过这样的话："古来征战几人回？"没有多少人能从战场上从容回归，何况还是西北沙漠难测之地，这是痛，哀痛将士之艰苦。

　　之所以将士络绎出关却不能回还，关键在人，是"国无人"。王昌龄推崇著名的"飞将军"李广。李广长期戍守东北边地右北平卢龙一带，由于他的威名远震，匈奴在他戍守其间，不敢入寇。龙城飞将军，既是国威的象征，更是守边将士的救星，假如这西北边地有李将军镇守，敌人绝不敢破关侵袭，将士和百姓可保平安，不致埋骨边塞。但是，王昌龄环顾大唐天下，不见李将军，正因为李将军不能再世，守边的人们才持续不断地奔向死亡，死后不得马革裹尸还，而且魂魄也难返回故乡。这是怨，怨恨将军之无能。

王昌龄在盛唐时诗名甚高，以至被誉为"诗家夫子"。他的诗作以军旅和宫怨成就最高，诗作的格式多为七言绝句，所以他又被誉为"七绝圣手"。"夫子"，"圣手"，可见他在当时文坛上的地位之高。这首诗也公认为"唐朝七绝之首"，李崇龙也推奖它是唐代七绝压卷之作。王昌龄军旅类诗作中，《从军行》和《出塞》奠定了他的不朽地位。"黄沙百战穿金甲，不破楼兰终不还"，写将士杀敌报国的干云豪气；"前军夜战洮河北，已报生擒吐谷浑"，写战斗的紧张激烈；"忽见陌头杨柳色，悔教夫婿觅封侯"，写怨妇心情的微妙变化；"玉颜不及寒鸦色，犹带昭阳日影来"，写宫妃的彻骨幽怨。或直抒胸臆，或委婉曲致，都昭示了王昌龄在七言绝句中的大手笔，《芙蓉楼送辛渐》更是七言送别诗中一座难以逾越的高峰。

观 猎

王 维

风劲角弓鸣，将军猎渭城。

草枯鹰眼疾，雪尽马蹄轻。

忽过新丰市，还归细柳营。

回首射雕处，千里暮云平。

这是一首描写一次军事演习的五言律诗。

这次演习在长安城周边的细柳营一带展开。初春时节，冰雪消融，过冬的衰草披离原野，红旗猎猎，演习开始，战马奔驰在荒原上，如雷霆、如闪电，裹挟着狂风，掠过关中大地，场面令人振奋。诗人在这里蕴有潜台词：有如此的雄壮之师，可保大唐江山永固。

但它毕竟是诗，所以，气势壮阔的军事演习诗一定要有诗的意境。尾联的意境辽远、雄浑，有言之不尽之妙，更有不言之妙。围猎（演习）结束，重新列队，返回大营，诗人回首演习场，莽莽苍苍，漫无边际，傍晚的云霞弥漫在天，天地相接，给人无限遐想。

王维擅长作山水诗。但他的军旅诗也十分出色，他不取战争场面，只选取与军旅相关的某些细节展开铺叙，创作似军旅又不似军旅的特殊诗章。他以唐代诗人习用的"出塞"题作五律《出塞》。其实他到关外作使臣，与战争不直接相关。尽管如此，他的军旅诗仍然格调不凡。"大漠孤烟直，长河落日圆"描写西北大漠景色，没有对自然景物的细致观察和体味，不具有牢笼万物的旷世艺术才能，断然不能锻炼出如此奇妙的对仗诗句。遥望大漠深远处，一处孤烟直上云霄。这在内地绝不能见到，长河蜿蜒，落日接地，一幅壮美的图画。与这首《观猎》的"草枯""忽过"二句同样精妙。

　　方东树称赞《出猎》说："起手贵突兀。王右丞'风劲角弓鸣'句，直如高山坠石，不知其来，令人惊绝。"王夫之《唐诗评选》说："后四语奇笔写生，毫端有风雨声。右丞之妙，在广摄四旁，圈中自显。如《终南》之阔大，则以'欲投人处宿，隔水问樵夫'显之；猎骑之轻速，则以'忽过''还归''回首''暮云'显之。皆所谓离钩三寸，鲅鲅金鳞。"王士禛说："回首射雕处，千里暮云平，何等气概。"王维诗"突兀""气概"，这个评价不像是王维，用来赞誉王之涣才贴切，摩诘诗的基调却是委婉含蓄，意境深邃。这一点却也证明了王维诗风格的多样化特点。同样以边塞为主题的"准边塞诗"《送元二使安西》，是王维诗的另一种色调。诗作于长安，王维在旖旎春光的渭城为赴安西的皇帝使臣饯行，王维说："劝君更尽一杯酒，西出阳关无故人。"更，叠加。"这杯酒一定要喝，再一杯也必须要喝，再再一杯更得喝，因为，阳关之外，再无相识。"为了这个缘故劝酒，很别致，但用在西出阳关远赴安西使者的这里，却是浓情厚谊尽在一杯酒，两杯酒，三杯酒……

关山月

李　白

明月出天山，苍茫云海间。

长风几万里，吹度玉门关。

汉下白登道，胡窥青海湾。

由来征战地，不见有人还。

戍客望边邑，思归多苦颜。

高楼当此夜，叹息未应闲。

　　《关山月》是乐府诗标题，《乐府古题要解》曰："'关山月'，伤离别也。"李白此诗直扣"关山月"的物象，由此引申，表达对战争的认识，在李白诗中是比较特殊的一首。

　　先点出"月"。李白把明月安排在天山，天山云雾苍茫，烘托着关山以外的孤独的月亮。春风由汉地远征，过玉门关抵达天山一带，带来了汉地的消息，"汉下"六句，是李白对边关以外事情的想象和意见。汉军与"胡军"，在天山南北不停地攻战，有时汉军驱逐胡人，有时胡人进逼汉疆。其结果，便是"由来征战地，不见有人还"，于是，"戍客望边邑，思归多苦颜"。战士们身在边关，心系故园，盼望能够回归家乡。回归何等艰难，几乎不可能，所以"苦颜"而已，无可奈何地捱日月。一方面是戍客思归，另一方面必有怨妇，她们在期盼"良人"回归，在高楼上叹息哀怨，久久不能息。

　　"明月出天山"一句，向来为人称道，它化自张九龄的《望月怀远》。张诗是"海上生明月"，李白把明月由海上转移到山中，虽不切合中国地理环境的实际，却取得了奇崛的艺术效果。"吹度玉门关"取王昌龄"春风不度玉门关"，反用其意，让长风出关。长风出关或不出关，只在诗人的主观想象，王昌龄因羌笛无因奏鸣而使春风不出关，李白为使征士思念家乡而使长风出关。"不见有人还"一句，几乎采用了王翰诗的原形态："古来征战几人回？"王诗用设问句，李诗用判断句；王诗余音苍凉，李诗则痛彻入骨。而且与王昌龄的"万里长征人未还"互相呼应，二王一李，所写同一事，表达的感情各有侧重。"高楼"二句，化用张若虚"谁家今夜扁舟子，何处相思明月楼。可怜楼上月徘徊，应照离人妆镜台"。全诗几乎尽为采撷，但李白处置妥帖，意象完整，不是众诗的累积，而是李白机杼自出。

李白虽然作军旅诗，但他此时未入军旅，对天山、青海并不熟悉，不同于高适等诗人长期戍守边关，也不同于王维等人曾亲身深入大漠，所以这首"关山月"与常见的唐代军旅诗差异明显。评说《关山月》，人们首先注意到"明月出天山"。月出在东，天山在月落之处。诗人采取时空转换和人物构图的手法写作这首诗，诗的主角是"征人"而不是诗人李白。诗人把只有大海上空才更常见的云月苍茫的景象，与雄浑磅礴的天山组合到一起，显得新奇而壮观。李白以情驭理，情感世界至上，所谓"理"便无伤其情；以气制事，气势壮盛，所谓"事"便服膺其气。至于说从东土到西域不至于"长风几万里"，更是一桩"千里莺啼绿映红"的公案，执拗呆板如此，不足以谈诗。

燕歌行

高 适

汉家烟尘在东北，汉将辞家破残贼。

男儿本自重横行，天子非常赐颜色。

摐金伐鼓下榆关，旌旆逶迤碣石间。

校尉羽书飞瀚海，单于猎火照狼山。

山川萧条极边土，胡骑凭陵杂风雨。

战士军前半死生，美人帐下犹歌舞。

大漠穷秋塞草腓，孤城落日斗兵稀。

身当恩遇恒轻敌，力尽关山未解围。

铁衣远戍辛勤久，玉箸应啼别离后。

少妇城南欲断肠，征人蓟北空回首。

边庭飘飖那可度，绝域苍茫更何有。

杀气三时作阵云，寒声一夜传刁斗。

相看白刃血纷纷，死节从来岂顾勋。

君不见沙场征战苦，至今犹忆李将军。

《燕歌行》是乐府旧题，高适是唐代边塞诗人泰斗般的人物；两者相遇，应该成就佳作，果然，高适的这首军旅诗可作唐代同类题材诗的代表作。

诗兼用叙事和议论体。唐帝国的东北边地告急，将士告别家乡，出征幽燕。他们的信念坚定，因为男儿的本职就是带刀横行宇内，击破敌寇；更因为天子格外垂爱这些出征将士，亲自劳军，军队带着天子的恩宠，声势浩大，长驱榆关。唐军的旗帜飘荡在从前秦始皇帝临幸的碣石山，逶迤前进。边地形势严峻，紧急文书在各地驻军间传递，而敌人军力也正在盛時，昼夜与唐军对垒，没有退却的迹象。交战时刻到了，唐军伤亡惨重。这里高适用了两个典故：《史记》的项羽虞姬的歌与舞；屈原《国殇》的"严杀尽兮尽原野"。两宗故事极悲甚壮，具有特写的性质。选用两个悲剧的固定画面，充分表现了这场战斗的紧张激烈和唐军的惨痛失利。"斗兵稀"，明言唐军已所剩无几；"力尽关山未解围"，指出唐军无法摆脱敌人的纠缠，处境危险。但作者写到这里，竟戛然而止，转而叙写征夫怨妇，留下了重重悬念，使人欲罢不能，却又无以为续，无法知道唐军到底解围了没有。这种悬念式的写作方法在唐诗中并不少见，但在最紧急关头收笔，则产生奇中有险，险中寓奇的艺术效果。征夫远在东北（右北平一代至榆关），久久不归；家中的妻子，自分别之后就悲啼不止，哭到断肠。而征夫枉自眺望长安，对断肠人只能遥寄安慰，眼前的情景已使他们万般不堪与无奈。边地荒凉，生存艰难，夜里警报声声，随时都要披挂上阵与入寇的敌人厮杀。

诗人对这场持续不断的战争有两种感情。一方面，他赞扬将士杀敌报国的英勇，被战场的悲壮所感动；更为将士不计军功，一心杀敌的崇高所震撼。白刃血纷纷，没有吓倒诗人，更不会使战士们退却。另一方面，高适与唐代其他军旅诗人一样，为良将的缺乏忧愤不已。他怀念李将军，他为沙场征战的战士们怀念李将军，如果李广统率这支"东北军"，战事不至于如此悲惨，或许不会出现两军长期交战的情况，因为敌人根本不敢向李将军的驻地发动进攻。

这首边塞诗章以气势高亢，诗中始终张扬着压倒敌人，而不会屈服于敌人的雄壮之气，昂扬奔放，感情激越，苍凉中不离悲壮，忧愤时刻不忘报国，这也是唐代军旅诗的基本格调。

唐诗掠影 军旅品

闻 笛

张 巡

岧峣试一临，虏骑附城阴。

不辨风尘色，安知天地心。

营开边月近，战苦阵云深。

旦夕更楼上，遥闻横笛音。

　　玄宗皇帝特别器重安禄山，使之同时担任平卢、范阳、河东三镇节度使，还在中央和其他地方的还有许多重要兼职。安禄山经过长期谋划，突然起兵叛乱，叛军以迅雷不及掩耳之势攻下河北诸郡县，河南大部郡县望风而降，朝廷军队剿灭不利，或败退，或溃散，玄宗皇帝仓皇奔蜀。安史军将领尹子奇率兵十三万围攻睢阳，镇守宁陵的张巡率兵增援。张巡受命于危难之时，与睢阳守将许远齐心协力，跟敌人进行殊死拼搏。他屡战屡胜，破了敌军的鹅车攻城，施巧计与敌军抢粮，火烧敌军柴道，用草人借箭十万，使敌军遭受重创。最终因没有后援乏绝，城破殉难。而唐帝国赖张巡和许远守睢阳扼东南门户之功，得以不溃，张、许对唐帝国有"再造"之功。自唐代以来，睢阳人多次建庙、祠，纪念张巡许远的功绩。张巡一生作诗不多。他在睢阳城中作的这首五言律诗，可看作他的绝笔，与文天祥的《过零丁洋》一样为爱国烈士的千古绝响。

　　首联写实。张巡站在高耸的城楼上，看到安史叛军如蚂蚁般密匝匝紧围睢阳，唐建国以来还没有遭遇过如此危急的情况。颔联表现作者的悲观情绪，城中兵少粮尽，肯定支持不了多久，城破人亡在须臾之间。但张巡和守城将士抱定必死的决心，知其不可为而强为之，多支持一天，就为国家多获得一天喘息时间，反攻胜利就多一分把握。虽然天地之心不可知，城防何时崩溃不可料，而报国之志处险而弥坚。心知必死，坚定而从容地等待死亡的到来，不仅张巡许远是这样的心志，全城将士尽皆如此。军事有"死守"战术，防御一方坚决不后退，与敌人周旋到底，但一般意义的"死守"都有"待援"战术配合，战士们尚有活下来的希望，睢阳的死守，是完全意义上的"死"之守，帝国已经无一兵一卒可派往睢阳，而睢阳却必须屏藩大唐。

颈联忙里偷闲，险中作乐，居然写到了月与云，延续了唐代军旅诗的传统，不但写了月与云，尾联居然出了"笛音"。张巡借用边塞诗的固有套数，毅然加了本不存在的"笛音"，这很可能是为了使它更像一首军旅诗，但直接原因是张巡受唐代诗人积习影响，不自觉地用固定的意象建构诗章。

唐汝询《唐诗解》说："(张巡)，睢阳死义之士，非以诗名，而其诗亦壮，读之凛然。"据韩愈《张中丞传后叙》载，张巡虽久在行旅，但他的文学基础并未因此削弱，他熟知古籍，应是与高适等同的人物。从他这首《闻笛》来看，与高适、王维等诗作格调相似，修辞方面，以及对仗、平仄方面也达到较高水平，浩然正气，耿耿不灭。

前出塞

杜甫

挽弓当挽强，用箭当用长。

射人先射马，擒贼先擒王。

杀人亦有限，列国自有疆。

苟能制侵陵，岂在多杀伤。

　　杜甫忠君、爱国、亲民，对国运的关心甚于个人命运。他身当唐由盛转衰时期，遭安史之乱，对军旅之事自然十分关心，不但在安史之乱中写了许多军旅题材的诗歌，在此之前，也广有所作。同时，杜甫也有盛唐知识分子的通习，期待在边塞建功立业，永垂青史。唐代多数闲散的知识分子并未亲到边塞，从事军旅，但并不影响他们在中原遥寄豪情，用诗表达对军旅生活的向往，也表明了自己对军事问题的见解，杜甫的《前出塞》《后出塞》，就是这类作品。

　　这首"挽弓当挽强"是《前出塞》九首中的第六首，它本应是一首古体诗，却写成了律诗。这首律诗在形式上完全中格合律，但语气和修辞却很好地保留古体诗的风格。它语气坚定，语词质朴，语调铿锵，在杜甫诗集中别具一格，是一首完全意义上的军旅诗。

　　前四句写四事：挽弓，用箭，射击，擒敌。对四事，杜甫皆取上势：挽弓，挽最有力的，射得远；用箭，取最长的，射得准；对阵，先射倒敌酋的坐骑，俘虏敌酋，以涣散敌人军心。杜甫的这四项表述，纯粹是理想主义的，但理想主义却是诗歌的源泉。它支持诗人对军旅产生无限的向往，更是中国文人长期受爱国精神熏陶的必然趋势。事实上，如果将杜甫们推举到前线，投身军旅，他们肯定玉成为好战士、拔萃为好将军，高适、岑参、严武、张巡、戴叔伦等文人将军、战士就是明证。精神感召，

085

在唐代这些理想主义文人中间有无限的创造力。

杜甫毕竟是人道主义者，他用战争反对战争，他认为战争的目的在于制止、消灭战争。所以，这首诗的后半部分语意发生转变，他主张少杀伤，反对扩张，不允许敌人侵占我领土，也不去侵犯别人的疆界。战争的最高目标，最后目的，就是把敌人赶出国门之外，不准他们再度入侵，杀伤敌人绝不是我中原仁义大国用兵的本意。

《前出塞》九首，合为骨肉血脉相连的一组，以一位随军战士的身份、口吻，陈述杜甫意识中的戍守与战斗，表达他的军事见解。第八首说："单于寇我垒，百里风尘昏。雄剑四五动，彼军为我奔。虏其名王归，系颈授辕门。潜身备行列，一胜何足论。"我匣中剑振动四五下，敌军就崩溃了，于是我军抓获了敌人大酋。战士自夸说：这一次小小的胜利，不足称道。杜甫也有军旅豪迈诗作，由此可证。

萧涤非以"阶级斗争"的时代意识，认为《前出塞》九首的主题思想是讽刺穷兵黩武。他的结论令人错愕，但艺术分析毕竟精到：用点反映面，只集中描写一个征夫的从军过程；全部用第一人称来写，让这个征夫直接向读者诉说。由于寓主位于客位，转能畅所欲言，并避免直接批评时政；结构非常紧凑，从第一首的出门，到第九首的论功，循序渐进，层次井然，九首只如一首；掌握人物特征，着重心理刻画，从而塑造了一个来自老百姓的淳厚、勇敢和谦逊的士兵形象。

走马川行

岑 参

君不见走马川行雪海边，
平沙莽莽黄入天。
轮台九月风夜吼，一川碎石大如斗，
随风满地石乱走。
匈奴草黄马正肥，金山西见烟尘飞，
汉家大将西出师。
将军金甲夜不脱，半夜军行戈相拨，
风头如刀面如割。
马毛带雪汗气蒸，五花连钱旋作冰，
幕中草檄砚水凝。
虏骑闻之应胆慑，料知短兵不敢接，
车师西门伫献捷。

　　岑参长期在安西、北庭两都护府任判官，那是中国最西和最北的边界。气候恶劣，冬月极寒。《走马川行》就是写西北边地的风与寒的。这首诗的副标题是"奉送封大夫出师西征"，封大夫，指封常清，他后来在安史之乱因抵抗不力获罪被诛。走马川，又作"左末川"，即今车尔臣河。

　　这首歌行体的军旅诗首先写风，以动感先声夺人。莽莽沙漠，沙黄天也黄，分不清天与地，原来强大的沙尘暴正在袭来，大风刮起的不是沙子，而是"大如斗"的石块，满川石块在风中滚动。斗，饮酒具，约略今之茶碗大小。这种情景中原人很可能觉得离奇，正如王维的"大漠孤烟直"中原多不认为是写实。岑参亲历西北的暴风，这一段应为实录，西北边地气候之恶劣，于此可证。严冬时节的暴风总是带来酷寒，"风头如刀面如

军旅品

割"，刀割人面的感觉，更是非身历西北酷寒者莫能道。接着说冷。马匹身上蒸腾的汗气转瞬结成冰，冰随着马匹的奔驰而破碎散落在地上，铿然有声。军营中的石砚，刚刚磨出的墨水旋即结成冰坨，无法写字。描写边地的大风和寒冷，岑参当为绝唱，寥落数行，就把它们活现在人们面前，使人读了浑身作冷，坐立不安，似乎狂风正在袭来，被透彻筋骨的寒冷包围着不能脱身。

诗既为"奉送封大夫出师西征，"那么，风与冷为陪衬，封大夫和他的军事行动才是主角。封大夫常备不懈，夜眠不解甲胄，随时准备上马、厮杀，酷寒的深夜，唐军出击，庞大的军队，人与马毫无声响，偶尔能听见武器碰撞发出的清脆的声音。军队纪律如此严明，唐军的声威如此雄壮，敌人得知唐军来讨伐，早就心胆俱裂，不敢应战，我军这次出征，将会兵不血刃。至于封大夫本人，更不用上阵，在城门口威严而立，专等捷报飞来。这当然是对出征将士的吉祥祝福，但它张扬了诗人对大唐国势、军力的坚强自信，同时也告诉人们，在如此严酷的环境成长的军队，将坚不可摧，战无不胜，从这个意义说，第三部分仍然是写实。

这首诗的用韵与《燕歌行》相同，句句入韵。它的独特之处在于结构：全诗六节，每节三句，通篇以奇句构造章节，在诗歌史上极为罕见。岑参此诗活跃自然，三句一节本应是不稳定的篇章结构，此诗却在不稳定中创造了稳定，节奏强劲，韵律和谐，在壮美中包容了优美。

白雪歌

岑 参

北风卷地白草折，胡天八月即飞雪。

忽如一夜春风来，千树万树梨花开。

散入珠帘湿罗幕，狐裘不暖锦衾薄。

将军角弓不得控，都护铁衣冷难着。

瀚海阑干百丈冰，愁云惨淡万里凝。

中军置酒饮归客，胡琴琵琶与羌笛。

纷纷暮雪下辕门，风掣红旗冻不翻。

轮台东门送君去，去时雪满天山路。

山回路转不见君，雪上空留马行处。

岑参的《走马川行》的背景是风，以及因风而致的寒冷，《白雪歌》的背景是雪，以及因雪而致的寒冷。风、雪、冷三者，便是西北边地的"主旋律"，而岑参完美地掌握了这个主旋律，奏出了最美的乐章。此诗副题为"送武判官归京"。饯行诗写得精彩绝伦，《白雪歌》和李白《宣州谢朓楼饯别校书叔云》当互为冠亚。

开头四句集中写"雪"字，先赋体，后比兴体。胡地酷寒，八月就已经大雪满天。比兴体的"忽如一夜"两句极为精妙，把极冷的边地冰雪描绘得春意融融，把萧索的冬景转移为江南三月。第二节立即回转，直接写寒冷，用赋比二体，狐裘不暖，锦被觉寒，把唐时的寒气凝结在诗中，传递到千载以后。今人读此诗，仍觉得透骨生寒。将军难开弓，都护难着甲，继续申述寒冷。第三节外景与内景合写：户外是一望无际的"冰大坂"，阴云凄惨，似乎凝结成有质感的整体。室内正开宴会，因为有酒，便生出些许暖意，外冷内暖，以呼应"千树万树梨花开"。傍晚时分，大雪还在飘落，天气愈加寒冷，红旗在风雪中也抵挡不住严寒，尽管风在吹，它却无法迎风招展，它被"冻僵"了。红旗"冻不翻"，殊为岑参诗的神来之笔，相比较，"散入"四句只能算是它的铺垫，四句的作用可能只是引出这"冻不翻"三字。第四节才点到"送"，诗人主旨是为武判官送行，宴饮既罢，判官走出辕门，主客在轮台城东门相别。天地不辨，天山麓旧路不可寻，武判官一行只得摸索着东归。

本节的最后两句终结全诗，其精妙与"忽如"二句春色平分：山路弯弯，转入山后，武判官沿着不见路的路，也转入山后，武判官人虽已不可见，但刚才他骑马走过的雪地上，清晰的一行马蹄痕，大雪还没有将它们覆平。这两句用了素描手法，不写人，只写马蹄印迹，言已尽而意无穷，余音袅袅，图画潺潺，千年来未绝于人之耳目，惜别之情追随远行人，情与景在两行诗中得到了完美的结合。岑参的另一首送别诗《逢入京使》写道："故园东望路漫漫，双袖龙钟泪不干。马上相逢无纸笔，凭君传语报平安。"它是偶逢，本诗则是专送。但两者取意相同：身在边地，分别在即。岑参长期戍守边塞，衣衫破烂，以至"双袖龙钟"，用这双破袖擦拭不断涌出的泪水，请求回内地的使者传个平安口信。岑参身在军旅，取材真实，情感真切，在唐代军旅题材的诗作中最有特色。

擒虎歌

卢 纶

山头瞳瞳日将出，山下猎围照初日。

前林有兽未识名，将军促骑无人声。

潜形踠伏草不动，双雕旋转群鸦鸣。

阴方质子才三十，译语受词蕃语揖。

舍鞍解甲疾如风，人忽虎蹲兽人立。

欻然扼颡批其颐，爪牙委地涎淋漓。

既苏复吼拗仍怒，果协英谋生致之。

拖自深丛目如电，万夫失容千马战。

传呼贺拜声相连，杀气腾凌阴满川。

始知缚虎如缚鼠，败虏降羌生眼前。

祝尔嘉词尔无苦，献尔将随犀象舞。

苑中流水禁中山，期尔攫搏开天颜。

非熊之兆庆无极，愿纪雄名传百蛮。

　　本诗原题为《腊日观咸宁王部曲娑勒擒虎歌》，记叙军旅生活的一个小插曲：打猎擒猛虎。咸宁王浑瑊，唐中兴名将郭子仪的部下，因军功封王，中唐时期国家柱石。他的部下（部曲）一位名叫娑勒的勇士在一次围猎中斗败猛虎，诗人由此引发了对"国家得士"的期待与赞美。

　　诗用赋体，以叙事为主，附以议论。在一个晴朗的早晨，演习的部队遇到一只猛虎。全军都不敢动，只有猎鹰在老虎潜伏的上空盘旋，还有乌鸦惊恐地鼓噪。这时，一位少数民族的勇士出场了，这个三十岁左右的汉子名叫娑勒。他不懂汉语，翻译向他转达了将军的指令，勇士欣然受命。他从马上跃下，解下铠甲，健步如飞，奔向老虎，老虎愤怒了，像人一样

091

站起来，扑向娑勒，只见娑勒抓住老虎的顶门，捺在地下，老虎四肢和嘴巴着地，动弹不得。僵持了一阵，老虎反击得势，甩开勇士，吼声地动山摇，使人战栗。勇士毫不畏惧，老虎虽然威猛，勇士的智谋更多，经过几个回合的拼斗，勇士终于俘获了猛虎，把它从草丛中拖出来。虎倒威不失，它目光如电，人们见了心惊胆战，战马也四股战战。一阵短暂的沉默后，忽然，欢呼声铺天盖地，为勇士庆贺。

娑勒擒虎的意义并不在擒虎，而在制敌。诗人看到，虽然搏斗激烈，但最后娑勒擒虎如捉鼠一般轻而易举，如此武士，对敌阵前，降服敌寇指日可待。从前西伯出猎，得卜辞"非熊非罴"，所以得太公之辅，如今我军有娑勒这样的"王者之辅"，也是一位"非熊"，皇上会喜笑颜开。

卢纶的这首诗不直接写军事，它截取了军队活动中的一个细节，表现战士们英勇无敌，形象生动，虎虎生威，是军旅诗中的佳作。沈德潜评其"人虎兼形，毛发生动，何减太公叙巨鹿之战"。唐代姚合因此称卢纶为"诗家射雕手"。但诗的缺点也很明显，就是言辞拗折，强行拼合处甚多，以致有的诗句读来实在晦涩，如"既苏复吼拗仍怒，果协英谋生致之"，缺少修润功夫。"译语受词蕃语揖"，"人忽虎蹲兽人立"，也是如此。与《绿野仙踪》所记塾师咏花诗"媳钗俏矣儿书废，哥罐闻焉嫂棒伤"异曲同拙，这类"诗"的特点是任意缩略句子，造为佶屈聱牙的"老干部体"诗。卢纶著有表现边塞军旅生活的诗如《塞下曲》，却语言酣畅，气势充沛，更能呈现唐人风格："月黑雁飞高，单于夜遁逃。欲将轻骑逐，大雪满弓刀。"

夜上受降城闻笛

李 益

回乐烽前沙似雪，受降城外月如霜。
不知何处吹芦管，一夜征人尽望乡。

李益是唐中期写作军旅诗较多，成就较高的诗人。他的军旅诗承自盛唐风格，有风有格，有怒有怨，内涵深厚，辞气昂扬。

这首绝句虚实结合。写了两处地点：回乐烽和受降城。回乐烽位在沙漠，沙漠茫茫无际，飘散长空，犹如大雪铺地。回乐烽下的受降城，屹立于沙漠之中，显得孤独、凄冷，又伴以空中明月，这里用了两个比喻：沙似雪，月如霜。这是"不整齐比喻"，沙根本不似雪，月更不可能如霜，但把霜、雪、沙、月四者聚合在一联诗中，比喻却是最恰当的办法。而且经过这层比喻关系，沙的辽远和月的清冷就有了形象感和质感，人们可以从诗中感受到"沙似雪"的迷蒙和"月如霜"的寒凉。

下联写征人。芦管的性质和作用与唐代诗人习用的"羌笛"异曲同工，在塞外受降城上，传来哀怨的芦管曲声，诗人没有说乐曲是《折杨柳》抑或《梅花怨》。乐曲是哪一首在这里并不重要，诗人关注的是芦管声中闻者的心情：望乡。这是唐军旅诗最常见的题材，早在魏文帝《燕歌行》中就专题致于此，更早的汉乐府和最早的《诗经》，这个题材就已经熟练地为诗人采用。《诗经》的"我徂东山，慆慆不归""曰归曰归，岁亦莫止"就是如此。高适《燕歌行》"少妇城南欲断肠，征人蓟北空回首。"高适的"空回首"，李益的"尽望乡"，适成佳对，历史的积淀，使唐人作此类诗臻于炉火纯青。李益使用旧题材，但开了新生面，它突出"一夜"和"尽"两层意思，一夜，强调人们情绪转变得快；尽，强调这种情绪的彻底，哀怨情绪因芦管的引发，迅速扩散到全体征人。芦管这一道具非同寻常，军旅诗人习惯用这项"道具"。道具传达这种情绪到每一个人，此外，琵琶、杨柳、梅花、酒杯都是诗人运用得十分成功的道具。

这首诗对仗工整，平仄和谐，诵读时很有韵律感。寓情于景，以景代情，以征人眼前之景，抒发心中思乡之情，诗意婉曲深远，给人以无穷的回味。刘禹锡《和令狐相公言怀寄河中杨少尹》"边月空悲芦管秋"句，就是指李益，可见此诗在唐代就传诵天下。李益自序其诗说："多军旅之思，或军中酒酣，塞上兵寝，投剑秉笔，散怀于斯文，率皆出乎慷慨意气。"《唐诗纪事》说这首诗在当时便被教坊度曲。体味全诗意境，的确是弦歌作画的上佳素材。因而被谱入弦管，天下传唱，成为中唐绝句中出色的名篇之一。

黄叔灿《唐诗笺注》说："李君虞绝句，专以此擅场，所谓率真语，天然画也。"俞陛云《诗境浅说续编》评李益此诗，见解卓尔不凡："对苍茫之夜月，登绝塞之孤城，沙明讶雪，月冷疑霜，是何等悲凉之境！起句以对句写之，弥见雄厚。后二句申足上意，言荒沙万静中，闻芦管之声，随朔风而起，防秋多少征人，乡愁齐赴，则己之郁伊善感，不待言矣。"

咏

史

品

咏史诗和咏怀诗、怀古诗颇有相似，但也仅仅相似而已。咏史诗以吟咏对象和主观情感的寄寓方式区别于咏怀诗，以触发吟咏的依托点区别于怀古诗。咏史诗的产生除了与我国重史的民族传统有关外，还与文人尚古心理和文化习惯有关。东汉班固创作的《咏史》是第一首真正意义上的咏史诗，它以铺陈史事为主，以质朴的语言对单一的史事做精练的概括。班诗《咏史》，写西汉时少女缇萦上书文帝，请求代父受刑，以至于文帝废除肉刑的故事。咏史，就是吟咏历史上的人物、事件。自班诗首倡，"咏史"逐渐衍成重要的作诗类型。魏晋六朝诗人也善于以《咏史》为题，左思八首，分别题咏八位古人，咏荆轲说："荆轲饮燕市，酒酣气益震。哀歌和渐离，谓若傍无人。虽无壮士节，与世亦殊伦。高眄邈四海，豪右何足陈！贵者虽自贵，视之若埃尘。贱者虽自贱，重之若千钧。"钟嵘《诗品》说太冲咏史诗"文典以怨，颇为精切，得讽喻之致"，原来咏史诗的本质特征在于"讽喻"。左思已开启唐风。在唐代，咏史诗发育为诗的大宗，涌现了大量的咏史诗。它们与班固《咏史》有所不同，它们在叙述历史人物事件时，更渗透进诗人对它们的主观评说，演绎出历史规律，揭示历史教训。

诗人们热爱历史题材，创作咏史诗有两个方面的原因：第一，中国历史悠久，在辉煌的历史进程中出现了许多伟大的人物，发生了很多波澜壮阔的事件，它们孕育了诗人的创作灵感，历史虽为陈迹，但在中国诗人的意识中挥之不去。文物古迹，文学典籍，触目历史，使人思古、怀古，积淀为咏史的创作渊源。第二，中国诗人有借古喻今的文学表达习惯。深远厚重的历史铸成了这种习惯，托古抒情，感情会更有深度，更有力量，许多话语拥挤在笔端，无由表述，拈出"历史"，则山高月小，水落石出。

初唐陈子昂《登幽州台歌》是一首不是咏史的咏史诗，它只有寥寥四句："前不见古人，后不见来者，念天地之悠悠，独怆然而涕下。"没有具体的历史人物和历史事件，但全部历史都积聚在一点，浓缩在一刹，使陈子昂觉得不能承受历史的重压，于是"怆然而涕下"之句决堤而出。陈子昂此诗，既是初盛唐诗风的临界点，也是中国咏史诗的真正起点，其后咏史诗创作旺盛，承载量愈大。李白《古风》五十九首中的《秦王扫六合》咏秦始皇帝，评价始皇帝的功业和过失，可谓入木三分。李白以特有的恢宏笔法，把咏史和描写夸张相结合，创造了咏史诗另一类风格。杜甫并不刻意创作咏史诗，但他的怀古咏史之作与其他题材的诗一样是唐诗同类题材作品中的佳作。如《咏怀古迹》五首。

　　咏史诗在中晚唐时期臻于成熟，刘禹锡、杜牧、李商隐是咏史诗中的摘月手。刘禹锡《西塞山怀古》借晋伐吴的这段历史，表达自己的中国大一统观念。同时也对军阀割据表示担忧，又含有对军阀们的严厉警告，内涵相当深广。这一时期咏史最精彩的篇章在七绝之中，刘禹锡也是此中佼佼者。著名的《乌衣巷》《石头城》借六朝兴废说古论今，可作一面镜子，供为政者取用。绝句中撷取了几个有特定意义的事物，王谢堂前燕，城头六朝月，文学化为形象，最后升华为意象，使人惋惜，令人嗟叹，也催人觉醒。杜牧的七言绝句与王昌龄、李白比肩。他的绝句包含两种题材：绘景和咏史。绘景绝句在山水诗中占有重要一席，咏史绝句的地位则可拟刘禹锡。《过华清宫》《赤壁》《泊秦淮》，千古之下，犹可闻杜牧在这些古迹里面的叹息声。他善于反用典故，对《过华清宫》，他拈出"妃子笑"；对《赤壁》，遥指"铜雀台"；对《泊秦淮》，特提"犹唱"（后庭花）。诗人皮里阳秋，不明言而实为确指，"春秋笔法"出神入化。李商隐《咏史》《马嵬》《隋宫》选题取旨与刘禹锡、杜牧同科，彩丽有余而思想内涵挖掘不及刘禹锡、杜牧，如《贾生》对汉文帝的批评就未必公正，但《龙池》讥讽唐玄宗夺媳为妃，其尖锐令人咋舌。这一时期的咏史多取南朝金陵为"触点"，韦庄的《台城》以风景诗的手法作咏史诗，把这一文学手法推到极致。罗隐《西施》别具慧目，自制机杼，否定了女色亡国的陈腐历史观，在蔑视女权的时代，令人为之击节。

　　咏史诗有两首七绝颇为特殊：皮日休《汴河怀古》和章碣《焚书坑》。通济河沟通南北，自隋以来，一直是中国南北交通的大动脉，可是由于人们认识不足，把隋亡的原因归结为这条河的开凿。皮日休的见解引人深思，他甚至认为炀帝的开河功绩不减大禹。虽然皮日休仍以炀帝南游，降低了对他的美誉度，但诗中的正面肯定远远大于批评。《焚书坑》这一古迹，中国文字多不忍观、不忍闻，那是秦帝国和始皇帝、李斯文化钳制，实行愚民政策的惨痛历史"见证人"，章碣却从侧面入笔，直捣始皇帝病灶。始皇帝处心积虑地控防、镇压读书人，但历史最善于制造"黑色幽默"，灭亡秦帝国的恰恰是与"书"无关的项羽、刘邦，联想到《史记》对"亡秦者胡也"的记载，这首诗对"独夫"的批判挖苦尤为痛切。

于易水送人

骆宾王

此地别燕丹，壮士发冲冠。

昔时人已没，今日水犹寒。

此诗借地借事咏史，称颂战国时壮士荆轲其人其事。

战国晚期，秦压迫燕，燕太子丹请求著名侠士赵国人荆轲入秦。以献督亢地区的地图为名，刺杀秦王嬴政，以挽救燕国的颓势。荆轲携匕首入秦，太子丹和众宾客为其送行，在易水分别，荆轲慷慨而歌："风萧萧兮易水寒，壮士一去兮不复还！"登车而去。唐代的骆宾王也在易水送别友人，触景生情，作此诗。

往事越千年，壮士荆轲在此与太子丹告别，太子与众宾客身着白色衣冠，表示预先参加了壮士的葬礼。因为荆轲此一去，无论成功与否，都将捐躯燕国，荆轲根本不作回归的打算。生人作死别，场面悲壮。祭祀神祇，互作拜别，荆轲引吭高歌，音声慷慨，众宾客"发尽上指冠"。这是多么悲壮的场面，这场面已经固定在易水之畔，志士仁人，侠客豪士，至易水无不凛然振作，思念与古人一晤。如晤古人何尝难？荆轲英灵永存，烈士壮歌犹在耳畔，宾客衣冠如在目前。荆轲登车就道，车辚辚，马萧萧，燕赵古道奔驰着一辆战车，车载为报知遇之恩，身入不测强秦的壮士，他的歌声搅动易水，易水为之哽咽不流。试看身边太子送行处，河水如千年一般凛冽，那也是凝固的悲壮之歌。

这首短诗刻画了一个形象：荆轲；营造了一个意象：易水。"荆轲"是实写，用"壮士发冲冠"五字，画其像，示其志，传其神。在《战国策》和《史记》中，荆轲与众宾客都是"发尽上指冠"，骆诗则专写荆轲，有力地突出了壮士英武无敌的形象。诗人傍易水作此诗，料想也应怒发冲冠，与壮士同心同德。"易水"则为大写意，易水浩茫，流淌千年，但易水之寒，在荆轲之后至今未改，于是易水就有了特别的象征意义，象征烈士豪情。象征壮士悲歌，象征舍生取义的大丈夫气概。

本诗激昂慷慨，格调高亢，正气凛然。诗寓情于景，以景衬情，又切合"易水送别"这一眼前事，把叙今与咏史和谐地结合为一个整体。

荆轲刺秦王，是一场震撼历史的大事件，秦王的虎狼野心，天下人人愿诛之，灭六国后建秦帝国，不但不收敛允许人们休养生息，反而残暴升级，搜刮天下，取之尽锱铢，用之如泥沙，更使得天人共愤。在他尚未称帝时，有人怀利刃，刺死暴君，以一人之死换得天下人安宁，这个人一定是亘古第一大英雄。荆轲就是这样一位勇敢的行者。可是，数千百年后，有人挖掘荆轲的种种"劣迹"，讥为"小人"。骆宾王此诗主旨鲜明：不溯既往，不管将来，就是此时此刻，荆轲接受并参加了自己的葬礼，然后只身入虎穴。那些嘲笑荆轲的人，给他们一把匕首，让他代替荆轲去咸阳，谁敢接？

汾阴行

李　峤

君不见：

昔日西京全盛时，汾阴后土亲祭祀。

斋宫宿寝设储供，撞钟鸣鼓树羽旄。

汉家五叶才且雄，宾延万灵朝九戎。

柏梁赋诗高宴罢，诏书法驾幸河东。

河东太守亲扫除，奉迎至尊导銮舆。

五营夹道列容卫，三河纵观空里闾。

回旌驻跸降灵场，焚香奠醑邀百祥。

金鼎发色正焜煌，灵祇炜烨摅景光。

埋玉陈牲礼神毕，举麾上马乘舆出。

彼汾之曲嘉可游，木兰为楫桂为舟。

棹歌微吟彩鹢浮，箫鼓哀鸣白云秋。

欢娱宴洽赐群后，家家复除户牛酒。

声明动天乐无有，千秋万岁南山寿。

自从天子回秦关，玉辇金车不复还。

珠帘羽扇长寂寞，鼎湖龙髯安可攀。

千龄人事一朝空，四海为家此路穷。

豪雄意气今何在，坛场宫馆尽蒿蓬。

路逢故老长叹息，世事回环不可测。

昔时青楼对歌舞，今日黄埃聚荆棘。

山川满目泪沾衣，富贵荣华能几时。

不见只今汾水上，唯有年年秋雁飞。

李峤与崔融、杜审言、苏味道合称"文章四友"，是初唐时期著名诗人，也是唐诗风由六朝转盛唐的功勋人物。这首《汾阴行》就显出示了盛唐诗风的苗头。骨劲气猛，立意高尚，言近旨远，在初唐诸多咏史诗中属拔萃之作。

此首古风吟咏汉武帝祭祀汾阴后土祠，写武帝之祭的辉赫无匹，转入对人生世事无常的感慨。诗分四节。第一节开头至"灵祇炜烨摅景光"。描写武帝行幸河东，祭祀后土祠的盛况。汉帝国在武帝时达到全盛，武帝有雄才大略，海内安晏。四夷宾服，于是修礼作乐，驾幸河东。地方官既兴奋又惶恐。到天子驾前亲做向导。车驾所过，百姓尽皆出观，万人空巷，此盛景亘古未有。第二节"埋玉陈牲礼神毕"至"千秋万岁南山寿"。礼神之后，武帝乘兴泛舟汾河，作著名的《秋风辞》，有"秋风起兮白云飞，草木黄落兮雁南归""兰有秀兮菊有芳。怀佳人兮不能忘""横中流兮扬素波。萧鼓鸣兮发棹歌，欢乐极兮哀情多"之语。泛舟之后又开盛宴，遍赐官员百姓，家家户户赐酒肉、免赋税，民众欢呼万岁，声音上达天庭。第三节"自从天子回秦关"至"坛场宫馆尽蒿蓬"。繁荣之后是萧条，欢庆之后归于寂寞。武帝临幸河东，只此一次，龙辇再没有到汾阴，而且武帝终于弃捐群臣，"羽化"而去，所谓"万岁"不过是虚词而已。曾经豪气干云的汉武帝，横绝四海为坦途，如今，为他临幸而建造的楼台殿阁却被掩于荒草蓬蒿之中，英雄豪气荡然不可追寻了。其后第四节借年长者的叹息，阐明富贵荣华不能长久的道理。世事如环，循行不止，"青楼对歌舞"与"黄埃聚荆棘"转化，理在必然。富贵不可持，荣华不长久，汾水终古在，秋雁年年飞。最后四句最为警醒，有汉大赋"曲终奏雅"，将铺叙事情升华的余风，而说理之深刻，远胜汉赋。因此，最为人所传诵，为咏史诗奠定了一种基调。据说，天宝末年，唐玄宗乘月登勤政殿。召梨园弟子唱歌助兴。有一弟子唱此曲："山川满目泪沾衣，富贵荣华能几时。不见只今汾水上，唯有年年秋雁飞！"玄宗问此诗何人所作，答曰"李峤"，玄宗感慨万端，怆然出涕，不终曲而起，叹息李峤为"真才子"。

唐诗掠影

咏史品

《汾阴行》有"四杰"遗风，约略可见盛唐气象。文辞华丽，善于藻饰，多用偶句，整齐的四句一节，逐层铺叙，脉络清晰。铺陈夸饰而不过分，采用单向度的形式，一气直下，不作回折往复，在直线中制造转折倏忽、以跌宕顿挫，诗中的议论成分见多，表达诗人对社会现象认识和慨叹，接近盛唐七古博大深广、慷慨激昂的诗风。

古　风

李　白

秦王扫六合，虎视何雄哉。

挥剑决浮云，诸侯尽西来。

明断自天启，大略驾群才。

收兵铸金人，函谷正东开。

铭功会稽岭，骋望琅琊台。

刑徒七十万，起土骊山隈。

尚采不死药，茫然使心哀。

连弩射海鱼，长鲸正崔嵬。

额鼻象五岳，扬波喷云雷。

鬐鬣蔽青天，何由睹蓬莱。

徐市载秦女，楼船几时回。

但见三泉下，金棺葬寒灰。

　　这首《古风》在五十九首中列为第三首，相当于秦始皇帝的传记。材料全部采自《史记》，观点本于司马迁，没有新奇之处，但李白用诗歌的夸张、对比手法，描写了始皇帝充满矛盾的形象，仍然是一首杰出的咏史诗。

　　诗用递减法。开篇，始皇帝的形象极高大，无愧"千古一帝"的美誉，渐次降落，最后萎缩为金棺里的一捧"寒灰"。这种构章法，在唐诗中罕见，李白自己也很少用。因为始皇帝的特殊身份和经历以及至伟的功业，用这种方法最为恰当。

　　前八句铺张秦王（始皇帝）横空出世、扫荡天下的气概。这是一位不世之雄，他的出现注定要使诸侯无骋才用武之地，只有俯首称臣的一种结局等着他们。秦王虎视群雄，把六合之内甚至空气都收纳他的掌中，"挥剑决浮云，诸侯尽西来"。"诸侯西来"四字，极尽精妙，极尽历史的沧桑。它是有对比的。从前苏秦联合函谷关以东六国，叩关攻秦，秦二十年间不敢东进，那也曾经是"西来"：西进攻秦。现在，诸侯再度"西来"，不是进攻，而是投降。函谷关门大开，接纳山东六国的诸侯、人民、宝货入关，六合归于一统，始皇帝气势何其壮盛！前所未有的功业更证明秦始皇是上天特别钟爱的英雄，上天赋予他特别的智慧和勇力，使他高高凌驾于群才、群雄之上，铸造成就超越前人的伟业。这一节气势雄壮，与秦王的雄才大略相合，也符合李白诗的一贯风格。

自"铭功会稽岭"至"起土骊山隈"为第二节，仍然张扬着始皇帝的声威，令人战栗。始皇帝东巡，刻石纪功于会稽、琅琊，辉赫显耀，百世未有。七十万刑徒在骊山筑墓，场面何其壮大！但毕竟只是筑墓，空乏天下以为一人，与"扫六合"时的秦王不可同日而语了，在语气上有强弩之末的感觉。

自"尚采不死药"至"何由睹蓬莱"为第三节，始皇帝每况愈下，竟然打起了"不死药"的主意，天启之才迷信虚妄，这种没落使人心哀。然求药而不可得，这种失落使始皇帝心哀。倭人称不死药难得，是因大海中巨鱼阻挠，始皇帝竟使武士射鱼海上。武士们并未见鱼，面海投矢而已，史书传为笑谈。李白在这里加以想象夸张，虚构出"额鼻象五岳，扬波喷云雷"，充塞天地的一条大鲸鱼，以此衬始皇帝的渺小不足道。

最后四句为第四节，讽刺始皇帝使方士入海求药，问那座求仙采药的"楼船几时回"，用疑问句，更增加了讽刺的力度。楼船没有回来，即使回来也没有不死药，即使有"不死药"，始皇帝也未必能长生。既葬九泉，长生梦彻底归于泡影。"寒灰"也有所本，《史记》说始皇帝既葬石穴，牧童入墓室取暖，失火烧墓室。那么，始皇帝连尸身也没有保全，所谓长生不死，愈显荒唐可笑。

咏怀古迹

杜　甫

群山万壑赴荆门，生长明妃尚有村。

一去紫台连朔漠，独留青冢向黄昏。

画图省识春风面，环佩空归夜月魂。

千载琵琶作胡语，分明怨恨曲中论。

　　杜甫由夔门出巴蜀，过三峡至江陵，一路吟咏与三峡有关的五位古人。他们是：楚国宋玉，西汉王昭君，汉末刘备、诸葛亮，南朝庾信。"群山万壑赴荆门"一句，所咏为出塞和番的王昭君。

　　首联介绍昭君出生地。"群山万壑赴荆门"，群山簇拥，喻示昭君身世不凡，注定要声名不朽。

　　颔联总括昭君和亲之事。她离开长安汉宫，远赴北方大漠，孤独滞留匈奴。她的坟墓"青冢"在黄昏夕阳下倍觉凄凉。王昭君和番，是汉人心中永远的痛：国力疲弱，竟至于使皇妃远嫁胡人。王嫱只是一般宫女，与"皇妃"差距太大，但民间坚定称之为"王昭君"，与通俗小说的"小君"般配，进而上升为天子宠妃。

　　颈联是诗人的虚拟。昭君远别，汉宫中只留下她的画像，元帝面对图画思念不已，见图画如沐春风，但更觉伤情，昭君在深夜回到中原，环佩声中，昭君凄苦见元帝。这一联是写元帝之梦，创意新奇，引人忧思，马致远据此联作杂剧《破幽梦孤雁汉宫秋》，哀婉忧伤，是中国著名悲剧之一。

　　尾联作引申之论。昭君殁于匈奴已有数百年，所作思乡怨曲至今仍在北国由胡人吟唱。昭君的哀怨在曲中倾诉，详尽地呈示在古人和今人面前、音声、心里，琵琶从此有了专属：为昭君之怨。据《后汉书·匈奴传》，昭君曾上书请求归汉，汉新皇帝成帝不准许她的请求。昭君请求回国，是落叶归根的心理使然，但汉成帝竟不肯满足她这本已降到最低的愿望，最后死葬异域。联系杜甫本人经历，这首七律有杜甫自怨自艾的成分。白居易据《后汉书》本事，作七绝云："汉使却回凭寄语，黄金何日赎蛾眉，君王若问妾颜色，莫道不如宫里时。"也有所寄托。

昭君的不幸引动文人的感慨，很多诗人作诗咏昭君，沈德潜评杜甫所作为冠："咏昭君，此为绝唱。"杜诗之后，应推王安石《明妃曲》为之亚。诗云：

明妃初出汉宫时，泪湿春风鬓脚垂。低徊顾影无颜色，尚得君王不自持。归来却怪丹青手，入眼平生几曾有。意态由来画不成，当时枉杀毛延寿。一去心知更不归，可怜着尽汉宫衣。寄声欲问塞南事，只有年年鸿雁飞。家人万里传消息，好在毡城莫相忆。君不见咫尺长门闭阿娇，人生失意无南北。

王诗情节更丰富，评论更尖锐，所刻画的王昭君的形象更饱满，为后世昭君题材的文学艺术创作提供了坚实的基础，以致后世凡是违背杜甫、王安石咏明妃诗主旨改作的"王昭君"影视歌舞，都被人们划入"野狐说禅"。

西塞山怀古

刘禹锡

王濬楼船下益州，金陵王气黯然收。

千寻铁锁沉江底，一片降幡出石头。

人世几回伤往事，山形依旧枕寒流。

今逢四海为家日，故垒萧萧芦荻秋。

　　西塞山在今湖北黄石，是长江上重要的战略要塞。刘禹锡这首诗以晋伐吴在西塞山的一次战役为背景，展开历史画卷，表明自己的历史观念。

　　西晋初年，益州刺史王濬奉命伐吴，建造大型楼船，取势沿江东下，东吴在西塞山要塞用铁链拦江，阻止楼船东进。王濬用浮船载燃料烧断铁链，大军直抵吴都金陵，金陵郁郁苍苍数百年的帝王气黯然消散，吴主孙皓出降，吴国灭亡，晋由是统一全国。颈联就景咏史。人世翻覆，历史人物、历史事件，总是留下许多陈迹，供人瞻仰、凭吊，引人思索。如今的西塞山战火早已熄灭，喧闹也已远去，从山头俯视万古长江水，西塞山无言，长江无语，唯有浪打空城，碎裂为片片冰澌。人虽喋喋不休，所语却何其羸弱。这里动态的历史和静态的古迹相对比，以突出凝固的历史给人们带来的感动和震动。尾联的用意十分深刻。诗人采用曲笔，表面上，刘禹锡说当今天下一统，四海一家，大唐江山永固，从前的重要军事要塞已经残破，淹没在荒草之中。真实的意思却是警谕、告诫，警告那些企图拥兵自重、割据一方的节度使军阀，分裂国家的阴谋永远不会得逞。刘禹锡生活的唐中期，节度使以藩镇为根据地，招兵买马，强固本镇，不听从中央号令，自行废立。各镇之间互相攻战，国家陷入漫长的分裂期。刘禹锡是坚定的统一支持者，坚决反对地方自立。这首诗很全面地表达了他的这一政治观点。此诗借古讽今，用典贴切，虽是诗歌，说理却透彻，"人世几回伤往事，山形依旧枕寒流"，军阀读到这句，也会深思自己割据称雄到底有何意义的吧。

刘禹锡是怀古咏史诗的著名诗人。他以金陵为题材，写了一组咏史诗，表明他对历史事件，历史人物的认识、评价。《金陵怀古》说："兴废由人事，山川空地形。后庭花一曲，幽怨不堪听！"指出天险并不可恃，国运兴衰在人为。《石头城》以"潮打空城寂寞回"抒发对南朝败亡的感慨。以"淮水东边旧时月"象征历史演进的无情。《乌衣巷》说："朱雀桥边野草花，乌衣巷口夕阳斜。旧时王谢堂前燕，飞入寻常百姓家。"发思古之幽情，悠远深邃，凝聚六朝历史于方寸之中，画面感强烈，为咏史怀古诗的典范之作。七律《荆州道怀古》诗云："南国山川旧帝畿，宋台梁馆尚依稀。马嘶古道行人歇，麦秀空城野雉飞。风吹落叶填宫井，火入荒陵化宝衣。徒使词臣庾开府，咸阳终日苦思归。"姜夔取用诗情画意填词《扬州慢》，凄苦哀婉，寄托写意，竟过于本诗。

唐诗掠影

咏史品

泊秦淮

杜　牧

烟笼寒水月笼沙，夜泊秦淮近酒家。
商女不知亡国恨，隔江犹唱后庭花。

杜牧作了很多咏史诗，凭吊古迹，追忆古人，见解精彩。出语犀利，尤其七绝咏史诗，与刘禹锡地位相当，成为唐代咏史题材一大宗。《泊秦淮》为其中一首。

上联出句写景。烟树云花，连绵千里，笼罩江南、涵盖江水，朦胧的月光铺在沙滩上，景色凄迷，引人陶醉。诗人在如此美景中泛舟江上，停泊于江南胜地秦淮河。秦淮河一向为风流名士游览场所，也是"商女"名流的聚集地。杜牧在游船上，欣赏美景，耳边却传来《玉树后庭花》的柔靡旋律。

这是一首怀古诗，但全诗并不说古，甚至不提古事，不见古人，只取眼前景，借今说古。一般意义的"咏史诗"，作法为"借古讽今"，此诗却反其道而行，新颖别致。

金陵曾是吴晋宋齐梁陈六朝都城。几次翻天覆地，改朝换代，每次都是浩劫。最近一次鼎革，唐人记忆犹新。北周大将韩擒虎兵临金陵城下，南朝陈后主带领百官嫔妃出降，金陵作为都城的历史就此结束。陈后主之败，在于他荒废国政，沉迷于柔靡的音乐歌舞，其中最著名的就是一曲《玉树后庭花》。陈后主对歌中的隐喻之意"花开不复久"浑然不觉，北周虎视眈眈，陈朝廷依旧纵声歌舞，昼夜不休，于是这首歌就是典型的"亡国之音"。现在杜牧在秦淮河畔仿佛又听到了这首亡国之歌，不祥之感侵袭身心，使他不寒而栗。他责怪那些歌女：国家破败，你们不悲伤，居然还在唱这些不祥的歌曲。杜牧当然知道此歌女非彼歌女，歌女们所唱也不是《玉树后庭花》。他用时空交错法把历史凝为一个"点"，他自己就处在这个点上。这使他观察思考得更为清楚。

这就是本诗的立意所在。杜牧生当晚唐，国家败象已显，节度使尾大不掉，大唐帝国四分五裂，孰知《玉树后庭花》的悲剧不会重演？此诗的宗旨与刘禹锡《西塞山怀古》一致，语气有轻重之异，杜牧的忧愁更深，因为杜牧所处的晚唐，国家危亡更甚于刘禹锡的中唐时期。怀古伤今，借古讽今。于是有这首《泊秦淮》。

杜牧的咏史诗佳作甚多，其中警句频生，《赤壁》"东风不与周郎便，铜雀春深锁二乔"。《题宣州开元寺》"六朝文物草连空，天淡云闲今古同"。《过华清宫》"一骑红尘妃子笑，无人知是荔枝来"。《寄扬州韩绰判官》"二十四桥明月夜，玉人何处教吹箫"。《边上闻笳》"游人一听头堪白，苏武争禁十九年"等等，不胜枚举，后世人读之，霎时满头飞雪，随杜牧时空穿梭至他像曾经伫立的那个"点"，为之一潸然。

秦淮河分内河和外河，内河在南京城中，称为"十里秦淮"。与苏州"七里山塘"齐名。《舆地志》称："秦始皇时，望气者云江东有天子气，乃东游以厌之。又凿金陵以断其气。今方山石砠，是其所断之处。"陈沂《金陵古今图考》说，秦始皇"以望气者之言，凿钏阜，断垄，以泄王气。水自方山西北，巨流环绕，至石头过于江，后人名曰秦淮"。备考。

过五丈原

温庭筠

铁马云雕久绝尘，柳营高压汉宫春。

天清杀气屯关右，夜半妖星照渭滨。

下国卧龙空寤主，中原得鹿不由人。

象床宝帐无言语，从此谯周是老臣。

　　五丈原，在今陕西岐山县渭水南岸，三国时蜀汉诸葛亮率军攻魏，与魏军对峙于此，病死于军营。温庭筠过五丈原蜀军营旧址，感念诸葛亮的生平事迹，作此诗。

　　首联赞美蜀汉军威严整，军势壮盛，军队行进迅速，浩荡不可阻挡，可比汉初周亚夫治军于细柳营。颔联语意转折，蜀魏对峙于五丈原既久，不能决胜负，却有"灾星"坠入渭水，显示不祥，预示诸葛亮将不久于世。颈联含义又深了一层，诸葛亮空有壮志，徒有经天纬地之才，虽然倾心力辅佐后主，但后主不能立世，诸葛亮的苦心终于付与无地，而中原魏国在逐鹿中占得上风，蜀国迅速败落，国运不可收拾。尾联写两个人物：后主与谯周。后主刘禅愚钝不可及，对国家大事或混沌不作一言，出言则掣肘。这里用后主衬托诸葛亮的英明睿智和忠心耿耿，赞扬诸葛亮"知不可为而为"的赤胆忠心。诸葛亮死后，皇帝帐前只有谯周资格最老，但正是谯周荐言投降，才导致诸葛亮一片丹心付流水，这更反衬诸葛亮的忠贞难得。

　　诸葛亮是中国文人趋慕的榜样，他全出将、入相两种功业，兼有文人、隐士、谋臣三重身份，具有忠、勇、仁、智四种品格。人们对他尊敬崇拜，赞美不已。温庭筠作诗填词，风格多为秾丽软媚，画壁流莺，花间月下，细雨轻风，但这首诗却是例外，悲壮慷慨，深沉动人，竟似铁骨铮铮，一反温作常态，可见诸葛亮人格感召力量的伟大。

歌颂诸葛亮的作品以杜甫《蜀相》格调最高，思想最深。诗云："丞相祠堂何处寻，锦官城外柏森森。映阶碧草自春色，隔叶黄鹂空好音。三顾频烦天下计，两朝开济老臣心。出师未捷身先死，长使英雄泪满襟。"后世咏诸葛武侯，多以这首诗的尾联立论。《咏怀古迹》其四曰："蜀主窥吴幸三峡，崩年亦在永安宫。翠华想像空山里，玉殿虚无野寺中。古庙杉松巢水鹤，岁时伏腊走村翁。武侯祠堂常邻近，一体君臣祭祀同。"杜甫为武侯享受与昭烈帝一同祭祀的荣誉而折服，更应该折服的是后世把这个祭祀场所叫"武侯祠"而不是"昭烈陵"。李商隐《筹笔驿》说："他年锦里经祠庙。梁父吟成恨有余。"就是如此。罗隐《筹笔驿》说："抛掷南阳为主忧，北征东讨尽良筹。时来天地皆同力，运去英雄不自由。"李商隐、罗隐二诗各有侧重，但对诸葛亮的由衷赞美，对英雄功业中殂的遗憾，与杜诗相同，也与温庭筠此诗同调。

温庭筠以词名于世，但在唐诗领域也占有重要一席。温诗风承南朝梁、陈宫体的余风，填词则开启花间派的香艳体，是民间词转为文人词的领袖。《花间集》收温词 66 首，领袖群贤。温庭筠词风婉丽，情致含蕴，辞藻浓艳，后世词人如冯延巳、周邦彦、吴文英等都是温词的嫡系。

马 嵬

李商隐

海外徒闻更九州，他生未卜此生休。
空闻虎旅传宵柝，无复鸡人报晓筹。
此日六军同驻马，当时七夕笑牵牛。
如何四纪为天子，不及卢家有莫愁。

　　安史之乱中，玄宗仓皇奔蜀，途经马嵬，扈从的士兵哗变，杀杨贵妃。叛乱平定后，人们痛定思痛，开始有人为贵妃鸣冤，认为贵妃不应为国事崩颓负责。杜甫虽然在《北征》中说："不闻夏殷衰，中自诛褒妲，周汉获再兴，宣光果明哲。"把杨贵妃与褒姒妲己相提并论，还说贵妃之死就是大唐复兴的关节。但他另有《哀江头》直言"人生有情泪沾臆，江水江花岂终极"，并为贵妃的冤死痛哭，"少陵野老吞声哭，春日潜行曲江曲"。白居易更为这次事变作长篇歌诗《长恨歌》，对贵妃寄以同情。李商隐此诗对马嵬事件，有批判有同情，把贵妃的悲剧置更深广的社会人生层面进行观照，心裁别制。

　　首联借民间传言开篇，也隐含着对白作《长恨歌》奇思妙想的否定：海外九州的传说不可信，所谓杨贵妃未死已入仙篆的说法仅为谣传。现实情况是，来生的事情不可预知，而本生已无可挽回地终结了。颔联将两地两事比照，护卫皇帝的军队夜里警卫的击柝声清晰可闻，却不见宫中管时刻的人来报告时辰，而且到现在，不但"报晓筹"不可得，"传宵柝"也不可得而闻了，因为贵妃已死，阴阳相隔。颈联的叙和评同时进行，大军驻扎不肯前行，威逼皇上交出贵妃，情景何等凄惶，贵妃求生不能得，皇帝救贵妃不可得，得到的只有"血泪相和流"，眼睁睁看着军士缢杀贵妃，"宛转蛾眉马前死"。此时此刻，生死相别，他们是否想到从前"沉香亭北倚阑干"的极尽缠绵缱绻，是否记得七月七日长生殿上的深夜私语，愿生生世世为夫妻的幸福誓言，是否记得他们以自己终日相聚的幸福，嘲笑每年只有一天在鹊桥相会的织女牛郎？如果想到了，不知道他们为从前的无知而懊悔，还是为十年的爱情甜蜜而满足，因而无怨此生？

尾联是评论，切入点最为独特。李商隐发他人所欲发、所能发，却未及发、不知所由发。发问的问题简单，答问却艰难至极。玄宗四十年太平皇帝、英明皇帝，却不能保护自己最宠爱的杨贵妃，沉香亭、长生殿的柔情蜜意与指天盟誓竟是那么不可靠。相反，卢家小子仅有片瓦、垄亩，无尺寸功，却能保护自己的妻子莫愁，夫妻过着平凡的日子，白头偕老。不但卢家，天下百姓谁不如此？为什么贵为天子富有天下的皇帝却做不到？这一问，沉痛凄凉，直指世人心，直刺玄宗心，任凭逃遁到海外九州，也难以摆脱它的折磨——假如玄宗有知。《马嵬》其一说："君王若道能倾国，玉辇何由过马嵬。"取"倾国"一词的消极意义，虽然隐有"女祸"的意识，但他把罪责付与玄宗，对杨贵妃寄予同情。李商隐还写了批评隋炀帝的诗《隋宫》："乘兴南游不戒严，九重谁省谏书函。春风举国裁宫锦，半作障泥半作帆。"宫禁之内，炀帝根本不理会大臣劝谏的奏章，反而在倾国家之力作极尽奢侈的全国巡游，表明了杜牧的正统历史观。所述未必符合历史事实，但对皇帝的严厉批评则一以贯之。

汴河怀古

皮日休

尽道隋亡为此河，至今千里赖通波。

若无水殿龙舟事，共禹论功不较多。

汴河，即通济渠，隋炀帝所开，北起河洛，南接江淮，沟通江河水系，连接中华南北，开展大规模漕运，是现代化铁路运输以前，中国的南北交通大动脉。直到今天，以汴河为基础的京杭大运河还发挥着巨大的作用。

上联客观地实事求是地评价隋炀帝开掘汴河的功过是非。自隋亡以来，人们对炀帝的运河之举就广泛非议，认为他的荒唐残暴可比拟始皇帝，是典型的空乏天下以供一人的暴君，开河的目的只是为了方便到江南游玩。就在隋朝当代，人们对开河已非议颇多，直接说隋朝因开河而亡，这几乎是公认的甚至权威的意见，很少有人质疑。所以，隋炀帝本人就被妖魔化，他开河的目的随之被荒诞化。其实，换一条思路，会发现隋炀帝原来是一位美学政治家，他努力把政治做得完美。开河的目的在于沟通南北货运，更为了镇抚因长期分裂对北方怀有敌意的傲慢的南方贵族。他的目的达到了，不劳军队镇压，南方贵族就顺利归服朝廷，他出游的目的更多在于政治而不在旅行，有事实可证，炀帝在北方边镇滞留的时间，远远多于在南方游幸的时间，那么，他是否为游幸到南方，就值得研究了。皮日休力排众议，强调开河的积极作用在航运之利，可谓一语中的："至今千里赖通波。"这句话非常精彩，开辟了人们认识历史人物、历史事件的全新思路。人们长期被一种意见左右，以为约定俗成，误认作定理公理，无需讨论，其实这种意见当初就是错误的。皮日休以事实破除谬见，可见他的思想境界卓尔不同于平凡人。

下联意旨转向，提出隋炀帝的龙舟之事。这是无法回避的，皮日休也批判炀帝的龙舟临幸，如果没有这番劳民伤财之举，那么，"共禹论功不较多。"剔除皮日休故作惊人之语的成分，客观地说，这样的评价居然很合理。大禹治水，导九河入海，根治了肆虐多年的洪水，有再造中华之功。但是，大禹开挖的河全是平行的东西走向，隋炀帝则把这些河用一条"线"串起来。这条线便是永济渠、通济渠、邗沟、江南河连贯。人们读皮日休这首诗，由于受习惯对隋炀帝负面评价的影响，而多有误解，以为诗人说的反话，对炀帝欲抑先扬，先把他高高捧起，捧到与大禹一般高，然后重重摔下，摔得与始皇帝一样惨。皮日休没有这般促狭，他对汴河的赞扬是真诚的。比较皮诗，中唐时李敬芳《汴河直进船》的见解就很皮相："汴水通淮利最多，生人为害亦相和。东南四十三州地，取尽膏脂是此河。"把汴河说成一条"害河"，顶多算是功过相抵，可见李敬芳没有真正理解隋炀帝和他的历史功绩。

皮日休《汴河怀古》共两首，第一首是："万艘龙舸绿丝间，载到扬州尽不还。应是天教开汴水，一千余里地无山。"说隋炀帝游幸江南殁于扬州事，但主题仍然是开凿汴河，使江淮平原交通畅达无阻。

台　城

韦　庄

江雨霏霏江草齐，六朝如梦鸟空啼。

无情最是台城柳，依旧烟笼十里堤。

　　台城，也叫苑城，故址在今南京玄武湖畔，自吴至陈六朝，都以台城为宫城，台城承载着六朝兴亡历史的沉重负担，仿佛一位饱经沧桑的老人，向人们无声地诉说令人伤怀的往事。

　　全诗为景物描写，不事怀古，但怀古情绪在景物中自然流露、凝结，化为坚实的六朝情结，挥之不去，剖之不开。上联与下联浑然一体，没有递进，没有转折，保证了情绪的连续性。第一句概括地描写江南景色，这是诗人的擅长。江南，无非是细雨和繁花，将它与北国对比即可。但韦庄仍能在最熟悉的景物中出新，他把江南雨和江岸草融为一体，江南雨细细柔柔，似有似无，江南岸花草茂盛，在细雨中更显滋润蓬勃，生命力无限，比较北国的沉闷，更显出江南的灵动。"江雨霏霏"出自《小雅·采薇》的"雨雪霏霏"，把它移至江南，多了若许秀色。第二句虚写江南历史。六朝陈迹，若梦若幻，不易追寻，往事如烟，丝丝尽是伤感，挥开烟霞，才闻听鸟啼仍然。它们的啼鸣似乎在诉说江南往事，虽然在诉说，毕竟已是陈迹。这句最有韦庄诗风格，柔美儒雅，带有淡淡的哀愁。第三句特别描写台城，诗题为《台城》，此处为扣紧题目，符合文章作法，在张弛之间切题，深得文章之妙。对台城，不作全景描摹，因为首句已是全景，此处自应"特写"。特写的对象选取历史较为悠久的"台城柳"，它们曾目睹六朝兴亡，感受过它的繁荣，也经受了它的衰败。可是，它们不为所动，兴也由它，亡也由它，一如既往，一成不变，烟柳依然，无情仍然。于是，自然引出第四句："依旧烟笼十里堤。"

全诗不涉对六朝的评价，很伤感，也很宽容，甚至从中可以感受到些许哲理，姜夔《扬州慢》"念桥边红药，年年知为谁生？"便出自韦庄此诗的第四句，它的变与不变的历史哲学感更直接了。第二句的"鸟空啼"化自刘禹锡"王谢堂前燕"。"空"字与"飞"字同样绝妙，把历史具象化在人们面前，此诗与刘禹锡《石头城》可作姊妹篇。这是很值得玩味的。台城与石头城都是金陵旧城。刘诗与韦庄在相同的背景下揭示了历史的无情规律，"江雨霏霏江草齐"切"山围故国周遭在"，"六朝如梦鸟空啼"切"潮打空城寂寞回"，"无情最是台城柳"切"淮水东边旧时月"，"依旧烟笼十里堤"切"夜深还过女墙来"。不能据此认为韦庄模仿刘禹锡，因为两诗具臻佳妙，历史恒进，规律无情，今事终将沦为"古事"，今事古事，到底还是故事，成败荣辱，任由时人评说。

凭吊台城古迹，回顾六朝旧事，有今之视昔，亦犹后之视今之感。大唐分崩，韦庄也有预感。如同李益《汴河曲》"行人莫上长堤望，风起杨花愁杀人"，在感叹中蕴含避免亡隋故事的愿望，本诗在如梦如幻的气氛中流露出浓重的伤感情绪，与中国怀古诗的情绪一致然而更为空灵。

焚书坑

章碣

竹帛烟销帝业虚，关河空锁祖龙居。
坑灰未冷山东乱，刘项原来不读书。

焚书，是中国历史的一个大事件，众说纷纭，或痛斥或回护，但以章碣这首《焚书坑》最为深刻，也最为简约，"言简意深"一语，可作此诗的评。

第一句写始皇帝焚书。秦统一不久，始皇帝采纳丞相李斯的建议，收集天下图书焚烧，骊山下存有焚书坑遗址。始皇帝和李斯焚书的用意很明确：天下人都不读书，无知无识，尽为愚氓，就不会威胁秦帝国基业，帝国可保万世不绝。但是一句话尚未终了，便跟着三字"帝业虚"作结论。帝国如一蓬柴草，转瞬之间柴尽烟消，万世基业终虚话，两世皇帝成狗偷。实际上帝国的崩溃比书帛的销毁还快。第三句接第一句："坑灰未冷山东乱"焚书坑余火尚温，函谷关以东原六国举兵抗秦，诸侯纷纷复国，几年之间，秦帝国被推翻。书帛虽灭，帝国亦亡。帝国之亡不能复生，而书帛却铭记在人心，不因焚烧而绝，李斯、始皇帝所谓"根本之举"，徒留笑柄，可怜无补费精神。

第二句也承接第一句，句式相同。关中四塞，形势险要，有函谷关和黄河及关中八水作天然屏障，易守难攻，正是万世帝王奠基之地，地势最理想，到如今也没有改变。关与河依然锁钥坚固，始皇帝的咸阳宫雄踞关中，俯瞰天下，可是"祖龙"始皇帝何在？关河之险，关中之雄，不是依恃，反倒成为讽刺。不可一世的始皇帝，奸诈阴险的李丞相，再加上猥琐又恶毒的阉竖赵高，都只留下恶名供人揶揄。历史如此无情，天下人应引以为戒。

第四句最为精彩，意味深长，它指出一条历史的悖论。那些心怀叵测的人，总担心智者识破他们的本质，小心提防，万般压制，不准有思想，不可开民智。殊不知真正的掘墓人不是这些智者，而是他们根本意想不到的那些人。剿灭秦帝国的领头狼，竟是从不读书的刘邦和项羽，刘邦是乡间流氓，整天无所事事骗吃喝，项羽更是身负命案的逃犯，读书不成，学技术也不成，却善于训练部曲，召集流亡。这真是妙绝千古的大讽刺。其实，不在天下人读书不读书，也不在臣民的妄议妄为，始皇帝仁义不施，全天下人人得而诛之，孟子早作断论："闻诛一夫纣矣，未闻弑君也。"不读书人刘邦项羽代表天下人"诛纣"，其谁曰不然？

孟子的话剑拔弩张，气势凌空，使人振奋。《焚书坑》长于说理，语意含蓄，怨而不怒，沉着冷静，引人沉思。但是，后世人对章碣这首诗忌讳颇多，偶尔阅读，君臣都心中忐忑，不敢深究诗中玄奥。究其原因，就在于中国的帝制培养了脆弱的君与臣，以及同样脆弱的君臣关系，在关键问题上，他们习惯采取视而不见的鸵鸟策略，是以"秦人不暇自哀，而后人哀之；后人哀之而不鉴之，亦使后人而复哀后人也"。

贺裳《载酒园诗话又编》说："章氏父子诗格俱单，碣尤力弱，然《焚书坑》一作，自足名家。"周弼《碛砂唐诗》说："今读此诗，如食哀家梨爽而有味。此又论史之最妙者，岂特使事为能！"凌云《唐诗绝句类选》说："近人咏《长城》诗云：'谁知削木为兵者，尽是长城里面人！'又咏《博浪沙》云：'如何十二金人外，犹有民间铁未销？'皆从此诗翻出。"诸论皆切。

述国亡诗

花蕊夫人

君王城上竖降旗，妾在深宫那得知。
十四万人齐解甲，更无一个是男儿。

　　这是一首时事诗，但它揭示了历史的真理，批判深刻有力，等同于"咏史"。后蜀孟氏亡国，后宫花蕊夫人被掳入宋，太祖早知她的诗名，面召与她论诗，夫人当席赋此诗，因亡国切身之痛，此诗虽为即席急就之章，但哀伤怨怒，超越了时代，意义恒久。

　　孟氏据有巴蜀，兵精粮足，宋军攻蜀，蜀主放弃抵抗，匆忙在城上竖起降旗，夫人身在后宫，对国家军事一无所知。第二句极为沉痛，夫人把身家性命托付给君主国家，但君主不思抗战，国家土崩瓦解，她只有作俘虏一条路可走。女性的无奈与哀怨，在"妾在深宫那得知"一句诗一体托出，无限悲痛，又无限愤慨。三、四两句连绵而下，抨击蜀主和他统领下的军队主动放弃战斗，缴械投降，夫人认为这极为可耻，恨声斥骂："更无一个是男儿。"

　　花蕊夫人的这首诗，在北宋亡国之后发生强烈反响，女词人李清照愤怒于赵宋皇室和宋朝大军的贪生怕死，无所为。作五言绝句道："生当作人杰，死亦为鬼雄。至今思项羽，不肯过江东！"

　　《述国亡诗》还有一层潜在的意义。中国是男权社会，但在政事军事危难之际，一些人却把罪责推诿给女人，有所谓"女人亡国论"。花蕊夫人并不直接批驳这种说法，她只陈述事实。国家是男儿创立的，也由男儿保卫，可是，所谓"男儿"，到头来没有一个真正的男儿，与君主一起，成了保全性命忘却耻辱的懦夫。这是一首抨击虚伪男性的诗，中国文学界女性很少，肯为女性发表言论的诗尤其少，所以，这首《述国亡诗》尤显珍贵。

　　与文人作品代表的正统文学相比，戏剧、评书等民间文学采取另一种立场。由于中国政权，无论中央朝廷还是地方小朝廷，对外战争往往无端战败，主持和从事战争的当然都是"男儿"。男儿们这般无用，民间文艺就把希望寄托在女人身上，让她们承担保家卫国的重任。这种风气自南北朝时期就出现了，《李波小妹歌》里的女子，"李波小妹字雍容，褰裙逐马如卷蓬。"小姑娘跟男人一样，有表字，撩起裙摆往腰间一塞，翻身上马，风一般冲向敌阵，每发一箭，都洞穿两个敌人，"左射右射必叠双"。这首诗用"潜对比"法："妇女尚如此，男子安可逢。"北方的女子都如此彪悍，你们这些南方蛮子还敢与北方男人见面吗？同为北方诗歌的《木兰诗》取意奇特，这位"木兰"女士因为军功居然被可汗任命为尚书郎。在明清两代的通俗文学界，女人完全取代了男人，征战四方的都是女将军，穆桂英、刘金定、樊梨花、梁红玉，似乎这些莫须有的人物成了维护中华文明的主力。最后，大宋朝廷没有男人可派，只好让杨家的十二个寡妇出征西凉。其实，宋代的妇女一律缠足，不出闺阁。男人们无能又无聊，才编排出这些无聊至极的诗文曲。

怀人品

人际关系是一个庞大的网络，每个人都是这个网络上的一个点。网络由社会关系和利益编织而成，但在诗中，它的编织线却是感情，并非诗刻意离经叛道，故作惊世骇俗之语，实在是因为感情对于人来说不可须臾分离。极端的说法是把人归并为动物，与其他动物比较，人独占的只有丰富的感情。但这种说法毕竟说出了一个真理：人不会无感情，豪杰有情，庸人也有情，情感独自构成一个世界，情感也就独自构造一部诗章。

《诗经》有许多表达人与人之间情感的怀人诗，对生者的思念和对逝者的追忆，是怀人诗的两个主题。《召南·殷其雷》是一位女子对远方亲人的思念与等待，呼唤"振振君子，归哉归哉"。《唐风·葛生》是一位丈夫对亡妻的哀思，为中国"悼亡诗"之祖，诗曰："角枕粲兮，锦衾烂兮。予美亡此，谁与独旦！"深情地预告："夏之日，冬之夜。百岁之后，归於其居！"《九歌》"望夫君兮未来，吹参差兮谁思""风飒飒兮木萧萧，思公子兮徒离忧"。与《诗经》同工异曲。汉《古诗十九首》中的多数诗主题为怀人，《冉冉孤生竹》说："千里远结婚，悠悠隔山陂。思君令人老，轩车来何迟！"《庭中有奇树》说："攀条折其荣，将以遗所思。馨香盈怀袖，路远莫致之。此物何足贵，但感别经时。"张衡《四愁诗》感慨："美人赠我锦绣段，何以报之青玉案。路远莫致倚增叹，何为怀忧心烦惋。"对失去爱情的追悔和惋惜。曹植《赠白马王彪》用鸿篇巨制表达兄弟之情，"忧思成疾疢"，涕零之声，依稀可闻。潘安《悼亡诗》写给亡妻，所用的比兴方法为后世沿用，甚至原诗句经常出现在后世悼亡诗中，"之子归穷泉，重壤永幽隔"。"望庐思其人，入室想所历"。"流芳未及歇，遗挂犹在壁"。"庶几有时衰，庄缶犹可击"。比翼鸟被分拆了，比目鱼被隔离了，哀痛徵黄泉，谁能抑泪不涕零？隋薛道衡《人日思归》对故乡亲友的思念，用"七日""三年"两个数字作寄托，真正的"纸短情长"之作。佚名的《送别》道："杨柳青青著地垂，杨花漫漫搅天飞。柳条折尽花飞尽，借问行人归不归？"折柳、送别，柳残花飞人未归。这个场面，这项比兴，这种意象，在唐诗中经常再现。宋之问《渡汉江》取意与薛道衡的《人日思归》相同：

"近乡情更怯，不敢问来人。"

　　唐代怀人诗优秀之作层见叠出，各以真情感动自己，感动读诗人。贺知章《回乡偶书》表达"生活刚开始，却倏忽已老"的人生况味。"乡音无改鬓毛衰"，对故乡的思念一日未尝减。张九龄《望月怀远》应推举为唐代怀人诗章的一面旗帜，人在两地，共赏明月，同享月光温情的诗歌构思。在张作以后不断被诗人采用，而且常用常新，李白《静夜思》是其佼佼者。王维《九月九日忆山东兄弟》绝句，以此地茱萸遥想山东茱萸，把诗的主观视点安排在山东，以己心推见兄弟之心，再将兄弟之心与己心重合。杜甫怀念李白的几首诗，除了对李白的深情厚谊使人感动，更令人惊奇的是他对李白的性格、为人的灼见，几首五律等于李白的评传。"白也诗无敌，飘然思不群"，"敏捷诗千首，飘零酒一杯"，"清新庾开府，俊逸鲍参军"，"文章憎命达，魑魅喜人过"，"世人皆欲杀，吾意独怜才"。在杜甫诗中，李白才恢复为真正的李白。

　　中晚唐怀人诗章再现高潮。柳宗元、刘禹锡被贬往外地，互作七律诗安慰，那一组诗脍炙人口，"沉舟侧畔千帆过，病树前头万木春"（刘禹锡）；"岭树重遮千里目，江流曲似九回肠"（柳宗元）。知心朋友的情谊在挫折中发展，愈见坚强。白居易以中唐罕有其匹的才情作怀人诗，在著名的《赋得古原草送别》中，"又送王孙去，萋萋满别情"，把一首山水诗变更为一首怀人诗。自陆机山水诗到大小谢山水诗，都曾以这种作法构章，但白居易诗的转换似有天助，二句俨然"天外来客"，人只有惊叹，再难假以其辞。《览卢子蒙侍御旧诗》的背景虽因旧诗念旧友，"闻道咸阳坟上树，已抽三丈白杨枝"，哀思在无声中超越了时间与空间。《望月有感》的结句"共看明月应垂泪，一夜乡心五处同"。李白《闻王昌龄左迁龙标遥有此寄》明确所指，"我寄愁心与明月，随风直到夜郎西"。杜甫《月夜》与王维诗相似，"今夜鄜州月，闺中只独看"。思念妻子，却以家人思念他作语。尾联结于月，由当前的单独赏月变作共同赏月，让月亮把他们夫妻的眼泪晒干。元稹《遣悲怀》追思贫贱时的患难夫妻，他们长期被贫穷折磨，如今元稹既贵且富，妻子早远他而去，九泉无知了。陈玉兰《寄外征衣》采用为征夫寄征衣的题材，一句"寒到君边衣到无"，无限关切尽在片纸。金昌绪仿南朝乐府诗作《春怨》："打起黄莺儿，莫教枝上啼。啼时惊妾梦，不得到辽西。"梦中怀人，缠绵悱恻，风格精神却是继承了《古诗十九首》"凛凛岁云暮"。翁宏《春残》以女子的心情和语言怀人，已开启晚唐和宋的抒情模式："落花人独立，微雨燕双飞。"

望月怀远

张九龄

海上生明月，天涯共此时。
情人怨遥夜，竟夕起相思。
灭烛怜光满，披衣觉露滋。
不堪盈手赠，还寝梦佳期。

　　诗题《望月怀远》，首联即点题，紧扣题目的四个字倾诉感情。"海上生明月"，富有画面之美，而且是动态的画面。浩瀚的大海上，一轮明月渐渐升起，人间共见，所以紧接对句是"天涯共此时"，指明在远处的亲人也望见了这明月，随着月亮渐高，思念的情也愈重，张九龄把无感情色彩的"升"改为"生"，加强了月亮的人性化成分，更能昭显远隔天涯两地人的思念之深切。此后，身居遥远同望月的意象在唐诗中经常出现。张若虚《春江花月夜》："此时相望不相闻，愿逐月华流照君"是此诗的细密化，由大写意转为工笔细描。李白《闻王昌龄左迁龙标遥有此寄》:说"我寄愁心与明月，随风直到夜郎西"，进一步把委婉的感情升华为奔腾激越不加雕饰，而意态自成。

　　颔联引出诗的主旨：亲人的相思。遥字有长的意思，也含有"远"意，把"相隔遥远的漫漫长夜"浓缩为"遥夜"二字，出神入化，浑然天成。丝毫没有人为造作"老干部体"诗词意晦涩的缺陷，可见张九龄在造词作句上也有很高的造诣，前述"生明月"也是如此。张若虚在《春江花月夜》中化作"春江潮水连海平，海上明月共潮生"。把此诗的创造发扬光大，但"遥夜"一词，却是后来人难以为继的。

　　颈联把思念与雅趣更推进了一层，用倒装句。诗人为了亲近月光，让月光更多地沐浴着他，更为了让亲人的目光通过月亮传达过来，便熄灭了蜡烛，久久坐在户外望月、赏月，与月亮对话交流。露水渐浓，<u>丝丝凉意</u>侵来，便披了衣服御寒，由明月海上初升到夜深露凉，自然展示时间的进程，不说时间，却把时间流转注释得精妙妥帖。

尾联有更为奇特的想象。诗人想捧起满满的月光，赠予远方的亲人，他把"月光"物质化为浓厚的半流体，这一意象，前不见古人，后难见来者。但无论他怎样努力，月光总是捧不满，它们总是从指间流走，最后仍然两手空空。以手捧月光，只是一种比喻。这个比喻生动至极，除了用这样的比喻，没有更好的艺术手法了。这是张九龄在此诗创造的第三个艺术奇迹。因此，这首成为唐代怀人诗的代表作，后世人诵读此诗，内心总是充满敬意。每读都会引起爱怜，引动乡悲，感慨人生。最后一句"还寝梦佳期"，以悠悠长思作结。诗人既无法给予亲人月光，只好希望在梦中与亲人相会，絮絮叙离别。

卢㸌、王溥《闻鹤轩唐诗读本》说："陈德公先生曰：（望月怀远）五、六生凄，极是作意。结意尤为婉曲。三、四一意递下，又复紧承起二情绪。落句更与三、四相映。"姚鼐《五七言今体诗钞》更誉为"是五律中《离骚》"。诸公造诣，小子拜服，而条分缕析，与张作铭心切意，仆不遑多让！

赠孟浩然

李　白

吾爱孟夫子，风流天下闻。
红颜弃轩冕，白首卧松云。
醉月频中圣，迷花不事君。
高山安可仰，徒此揖清芬。

　　孟浩然终身布衣，在唐代诗人中算是另类，与文人追求出仕，建功立业的风气格格不入，这使热衷仕进的李白十分钦佩感动，也有感愧，于是由衷敬仰孟浩然，作诗以赠。

　　首联为孟浩然作基本评价，就是"风流"。风流，说孟夫子是闻名天下的风流人物；风流，说孟夫子有超凡脱俗的盖世才华。所谓风流，就是引领一代潮流。因此，李白"爱"孟夫子。这里的爱，更多尊敬的意思，既不同先秦时期的"怜惜"，也不同于唐人习用的"喜爱"。

　　第二、三联陈述尊敬孟夫子的原因，也是在说孟夫子的性格和经历。这位大才子、山水田园派大诗人，自年轻时远离官场，不屑于争取名车华冠，弃仕途高官如敝屣，直到年纪渐老，满头华发，其志弥坚。恬淡归隐山林，与松云为伴，飘飘然一位隐士，怡然可亲，肃然可敬。孟夫子爱月，对月畅饮，直至沉醉，说他"频"中圣，因为他经常如此。古人将清酒为圣，浊酒为贤，饮酒就等于与圣贤相处、交流。孟浩然频频饮酒至醉，并非如李杜等关注时政者们抑郁不欢，借酒消愁，以圣贤杯酒，浇胸中块垒。孟浩然是由衷爱酒，饮酒至醉，就是生活的本来状态，因为本来就"不事君"，了无拖累和牵挂。孟浩然爱花，爱至沉迷。花，即自然风光，自然最"自然"，与孟浩然对生命本质的认知相合。"迷花"与"事君"抵触，既迷花便不能事君，反之，如欲事君便难以迷花。孟浩然热切于自

131

唐诗掠影　怀人品

然而疏于政事，与陶渊明崇尚"桃花源"同理。这一联中，李白也创造了一个奇妙的"无情对"：中圣与事君。圣与君，从来并行，以至人们在赞扬贤明皇帝时，往往称他们"圣君"。但本诗的"圣"却指清酒，君仍取"君王"原义，"中圣"与"事君"在字面上恰成联语，含义却不相干，把"酒"与"君主"相比当然是荒谬的，而今人读此联，竟婉惬如杜甫格律诗，可见这一联精妙不可言说。

第四联写自己对孟浩然的景仰，也是对孟夫子的极高赞美，人们对圣人孔子，常用"高山仰止"来颂扬，意为孔子如泰山般崇高伟大，须仰视才见。李白取用这一典故，稍加改造，移赠孟夫子。夫子姓孟，孔孟一体，李白有充足的理由用赞美孔子的话赞美孟浩然。李白的改造也颇有匠心，把陈述句改为疑问句，结论是，孟夫子这座高山仰望也见不到山巅，世上人只能沾濡夫子崇高品格的风气精神——但这足以使当世人和后世人受益无穷：揖清芬——抱清芬。

李白集中不少赠人诗作，但多为应酬，言语概不由衷。对亲近者，赠诗则几近戏谑。赠杜甫说："饭颗山头逢杜甫，顶戴笠子日卓午。"原来杜甫累成老农，是"总为从前作诗苦"。赠王县丞说："空余头上巾，吾于尔何有。"王县丞模仿陶渊明，却是假的："浪抚一张琴，虚栽五株柳。"赠孟浩然，李白却收起一向的不正经，改为一脸严肃。

人日寄杜二拾遗

高 适

人日题诗寄草堂，遥怜故人思故乡。
柳条弄色不忍见，梅花满枝空断肠。
身在远藩无所预，心怀百忧复千虑。
今年人日空相忆，明年人日知何处。
一卧东山三十春，岂知书剑老风尘。
龙钟还忝二千石，愧尔东西南北人。

  人日，是正月初七，薛道衡作"人日思归"道："入春才七日，离家已二年。人归落雁后，思发在花前。"人日，应为合家团聚，尤其是父子团聚的日子。人日不能归家，流寓江湖之上，必引乡愁离思。高适在这一天作诗寄赠远在蜀地的杜甫，以慰其乡思，同时转达深深的朋友之情。杜甫排行第二，同辈人习惯称为"杜二"，故李白为"李十二"，高适为"高三十五"，等等。

  一、二句开篇，指明作此诗的缘由。当时杜甫客居成都草堂，人日一定又在念故乡，于是以诗安慰。二、三句想象杜甫思归的情形，春风杨柳弄轻柔，即将鹅黄上柳条。可是杜甫不忍观看，因为它会引动乡愁。梅花正盛，见梅更伤感，一枝一朵都是春，当然也都是伤情的承载物，断肠之痛痛断肠，谁觉断肠梅花香？于是梅花也就不去欣赏了。

  "身在"以下写高适自己。他当时任职南方，远离安史之乱的战场，空有报国志，却无处伸展。说"无所预"，有牢骚，也有忧虑，是一个爱国文士被冷落的幽怨之言，心有千般忧却无法向朝廷申说，身有万般策却不为朝廷所用。还有另一层意思：虽身在南蕃，不能助朝廷平叛，但始终心系朝廷，关注平叛形势。"今年"两句转换话题，说与杜甫的情谊：今年我们相忆却不能相见，但明年呢，我们又不知各自身在何处。这里还有一句潜语：明年此时我还能健在否？感伤的情绪更深了。这两句的原创出自张若虚的《春江花月夜》："人生代代无穷已，江月年年只相似。不知江月待何人，但见长江送流水。"杜甫的诗意与仿佛高适，《九日蓝田崔氏庄》说："明年此会知谁健，醉把茱萸仔细看。"这里有对朋友的思念，还有对人生哲理的思考与阐发。

"一卧"四句，又回到自身。他现在等于半赋闲。可以理解为谢安隐于东山。谢安终于有出山辅佐朝廷，取得淝水大捷的建功机会，而他自己书剑飘零，看来只能在风尘中渐老，了此残生，永无报效朝廷的时机了。高适对此更多自责，不作过多抱怨，他说，自己老态龙钟，于国家毫无用处，却还拿了很高的俸禄，对此，他心中只有惭愧，愧对流浪无着的人们，愧对天下苍生。

杜甫得此诗，作诗酬唱，诗中说："叹我凄凄求友篇，感君郁郁匡时略。"两个朋友同是天涯沦落人，只是沦落的程度不同而已，抚今悲苦一般同。杜甫牢记高适在他寥落无依时赠予的这首诗，多年以后重读此诗，竟至"迸泪幽吟""泪洒行间"。

春日忆李白

杜　甫

白也诗无敌，飘然思不群。
清新庾开府，俊逸鲍参军。
渭北春天树，江东日暮云。
何时一樽酒，重与细论文。

杜甫与李白是好朋友，曾同作梁园少年游。安史之乱起，李白、杜甫分别流寓各地，从此再未见面，但朋友情谊不因分离而断绝，相反，分别愈久，思念愈深。杜甫写了多首怀念李白的五言诗，五律《春日忆李白》是其中一首。

首联赞许李白的诗歌创作，给予极高的评价。说他"诗无敌"，认为他的诗作天下无双，他的作为更独特，不与众人相同。"不群"，就是李白的性格，而且他飘逸风流潇洒超凡。"飘然"是李白的行为特点，杜甫在《饮中八仙歌》中说："李白一斗诗百篇，长安市上酒家眠。天子呼来不上船，自称臣是酒中仙。"李白甚至连皇帝的征召都不理会。是天下最大的"思不群"。诗作得好、人品格调高尚，不趋奉荣利。杜甫在这一联对李白的性格、品质作了最贴切的刻画。

颔联用前代两位大诗人与李白作比。庾信文章清新，鲍照文章俊逸。在南朝诸文学家中，庾信、鲍照最为突出，初盛唐时代的诗人趋慕庾、鲍是风气，而李白，兼有庾信的清新和鲍照的俊逸。杜甫用扬庾、鲍的方法扬李白，有以轻驭重的艺术效果。颈联用代表性的两地和两事指代李白的经历，也含有李杜友谊概括叙述。"春天树"与"日暮云"既是指代，又是象征，他们曾经的梁园游，有如春天树的英姿勃发。如今久久未见，如江东日暮云，阴沉不见天日，这也是杜甫对不见李白的无限感伤。

　　尾联是祈愿，希望与李白重聚，清酒一樽，谈文论艺。在盛唐时期，李杜两个文豪地位相当，性情相投，政见相近，他们"细论文"是最文雅且豪迈的事。一联极平常的诗句，用于李杜，便有了超越时代的意义。千古之下，人们还为李杜对酒论文而欣喜，更为他们终究未能重聚煮酒长谈而遗憾。

　　杜甫对李白的为人、作文认知最深刻而准确，胜似当代的、也胜似后世人们对李白的分析研究。《天末怀李白》说："文章憎命达，魑魅喜人过。"文章对命达者会远去，所以高官富贾往往不会作文，李白是命不达者，所以文章最好。《不见》说"敏捷诗千首，飘零酒一杯"。"诗千首"和"酒一杯"可以概括李白的一生，而作诗"敏捷"，饮酒"飘零"，又是李白的真实性格和经历。《梦李白》其一说"恐非平生魂，路远不可测。魂来枫叶青，魂返关塞黑"。其二说"告归常局促，苦道来不易。江湖多风波，舟楫恐失坠"。"冠盖满京华，斯人独憔悴"。"千秋万岁名，寂寞身后事"。说李白一生不遇。同时李白之名虽重，但生平寂寞，身后凄凉，则昭示了李白作为一代文豪的无限辛酸。古今最了解李白的是杜甫，最思念李白的也是杜甫，此诗更能证明李杜是倾心莫逆刎颈之交。

寄李儋元锡

韦应物

去年花里逢君别，今日花开又一年。
世事茫茫难自料，春愁黯黯独成眠。
身多疾病思田里，邑有流亡愧俸钱。
闻道欲来相问讯，西楼望月几回圆。

　　韦应物任苏州刺史，他的朋友李儋（字元锡）要来访问他。但久久不至，韦应物于是作此诗感怀，表达了对友人的思念，对即将相见的企盼，还有对时政的关心。韦应物诗格律讲究，风格清淡优雅，既有盛唐格调，又含六朝风采，表现为雅丽秀逸，在唐诗人中独具一格。读韦应物诗，尤其是读他的格律诗，有心情朗畅、余韵悠远之感。

　　首联为陈述句，叙述与李儋的分别已经一年，由花开引起心思，因为去年在花开季节分别，今年再见花开，适为一年。这看似平常的诗句，温婉优雅地表达诗人对朋友的深切思念。鲜花盛开，正如他们的友谊长盛不减。

　　颔联以转折起意。一年之间有许多事情发生，都是不曾预料到的，而且多是不如意之事。世事苍茫，转瞬万变，但对朋友的情谊未曾稍减。春愁深重的时候，只有入眠才得解脱。

　　颈联又一转，把注意力指向时政和自己的身份地位。诗人说，自己多病，不堪国家重任，早就想回归田里，做一个普通人。中国文人和官僚对时政不满，多以自身"疾病"作借口，叫"托病不出"，其实他们不疾更不病。只是为了把话说得委婉，表现自己的"君子风度"，君子不言人恶，那么只好自己假托疾病。而思归田园，又是文人官僚对时政不满的直接反应。韦应物治下的苏州，有人流徙他乡，更多的人生计艰难，作为刺史，他心中有愧，更愧的是他领有朝廷俸禄，却不能为朝廷分忧。韦应物为官清正，郡中有过，首先自责，这是一个正直的官吏和文人的表现。所以范仲淹说这两句是"仁人之言"，读了十分感动。为官正派的官僚文人，自然要与韦应物的这两句诗发生相同的感受，产生心理上的强烈共鸣。朱熹也因此称赞韦应物是贤者。唐代以及古代官员多以清廉自况，所言一般真实可信，贪腐者早为路人所不齿，所以官员在诗作中自诩清官，并不愧怍。

尾联又回到李儋。分别一年了，时刻思念，忽然听得朋友来访，十分高兴，已经几个月过去了，朋友还如云中黄鹤，因此他有点着急，月亮几度圆缺，朋友为什么还没有佳音？"西楼望月几回圆"一句在唐诗中别有风致，文人雅趣溢于目前，延伸到词界，为唐宋词作优雅多情的成句。韦应物诗多词韵，这首七律可为明证。

张世伟《唐七律隽》说："此等诗只家常话、烂熟调耳，然少时读之，白首而不厌者，何也？与老杜《寄旻上人》之作，可称伯仲。"其要在情真。李庆甲《瀛奎律髓汇评》许印芳评："晓岚讥前半为闺情语，虽是刻核太过，然亦可见诗人措辞各有体裁，下笔时检点偶疏，便有不伦不类之病，作者不自知其非，观者亦不觉其谬，病在诗外故也。"于此诗颇有微词，盖因"身多疾病思田里，邑有流亡愧俸钱"，为别一格颂圣语也。

赠子蒙

白居易

昔闻元九咏君诗，恨与卢君相识迟。
今日逢君开旧卷，卷中多道赠微之。
相看泪眼情难说，别有伤心事岂知。
闻道咸阳坟上树，已抽三丈白杨枝。

早年，白居易与元稹是诗友，更是政治上的战友，他们共同开创并领导了声名久远的"新乐府运动"，以诗为政治号角，向中唐弊政开战。晚年，白居易半隐半仕，与卢子蒙等人结为"香山九老"，在洛阳一带诗酒往来，不关时政，优游山泉。白居易检阅旧诗，发现卢诗多以"赠微之"（元稹）为题。原来卢子蒙早有诗名，得与元稹唱和，白居易心向往之已久，如今得以交游，已觉荣幸，而且卢子蒙又是元、白二人的共同朋友，现在与这位特殊的朋友共读元稹诗，感慨万千，不能自已，而作此诗。原诗无题，今摘卷后跋语"览卢子蒙侍御旧诗多与微之唱和感今伤昔因赠子蒙题于卷后"作诗题。

首联说，卢子蒙的诗名甚著，元稹言语，多称引卢子蒙诗句，而自己未曾见面，现在交游，正恰应"相见恨晚"一语。颔联承首联而下，叙写两人翻阅卢子蒙的旧作，诗中提到"微之"之处甚多，原来卢子蒙也欣赏元稹，白居易倍觉亲切，也倍感伤情。颈联再承颔联，描写白、卢两人读诗的情态，可以说是纤毫毕见：表象是"相看泪眼"，朋友共读旧诗，诗中旧友出现，而旧友已作古多年，于是泪眼相对。内涵则是"情难说"：白居易对元稹的感情，难以一一陈述，他们有相同的政治见解，倡导相同的事业，又遭受相同的政治打击，抑郁难伸，此中滋味，实在难以细述。卢子蒙与元稹交往更多，遭际尤堪伤，三人时地不同，如今通过旧诗，等

唐诗掠影

怀人品

于聚到一起，感慨歔欷，伤心无限。"事岂知"既有不如意事两不相知，不堪回首之意。也有白、卢两人相对陈说从前，倾诉不已之意。言简意深，深厚绵远，在唐诗中也不多见。

尾联又承颈联，说元稹墓。两人与元稹已有十年阴阳异路。元稹在咸阳的坟墓，已经孤独地躺了十年，坟上的白杨，也长到三丈高了。这里不再说元稹，不说元稹诗，也不说元、白、卢交往与情谊，只说那株白杨，白杨高高，白杨萧萧。这里暗用了汉诗典故。"古墓犁为田，松柏摧为薪"，"白杨何萧萧，松柏夹广路"，"浩浩阴阳移，年命如朝露"。"白杨"往往与"墓地"和"悲风"相关，想到元稹墓上的白杨，悲切之情更多，思念之情更甚。

这首悼念亡友的诗，感情真切深厚而自然，作者和读者的感情都难以自已，为他们的情与诗所感动。在艺术上，全诗一气贯注，不曲不折，不枝不蔓，为浓厚的感情创造了通畅的表现载体，却天然合律，达到了内容与形式的完美和谐与统一，在同类诗作中确实不可多得，唯杜甫"赠李白"诸诗可与之等量，作并齐观。

遣悲怀

元　稹

谢公最小偏怜女，自嫁黔娄百事乖。

顾我无衣搜荩箧，泥他沽酒拔金钗。

野蔬充膳甘长藿，落叶添薪仰古槐。

今日俸钱过十万，与君营奠复营斋。

太子少保韦夏卿（"谢公"是比喻，也有不直言翁家姓氏之意）不嫌元稹贫困，把小女儿韦丛嫁与元稹。元稹和妻子韦丛开始了七年的艰难岁月。首联为全诗定了基调：我贫贱妻家富贵，妻为我受百般贫苦，如今我尊荣在身，妻子却早归垅中，因是我终生歉疚。

早年元稹家境一贫如洗，无衣无食，颔联具体写韦公小女的安贫与贤惠。为丈夫无衣，妻子搜检陪嫁，为他救穷；为了应酬同僚，妻子从头上把钗环取下，卖钱买酒。多年生活在贫困之中，陪嫁与"金钗"终有空时，夫妻在贫困中苦捱日月。如果是普通人家的女子，倒也罢了，但韦公女出身贵胄，如今却饱受贫寒，使诗人分外悲伤。如果是一般的家贫倒也罢了，遗憾的是元稹家长期生活在贫困线以下，所以愈加悲伤。颔联把贫困细细说来。一是粮米，家贫无粮，野菜充饥而且天天如此。长期如此，妻子竟无怨言。二是柴薪，家中无积蓄，妻子只得打柴扫落叶，用来煮饭。一位富贵家的小姐，因丈夫贫困，居然挖取野菜拾捡柴草，此事何曾见？此情何以堪？这里，诗人在深深地自责，把无尽的懊恨寄予这两联诗句之中。诗人对亡妻十分思念，又因长期贫困，使这种思念痛彻肺腑，尤其是如今诗人不再贫穷，他已进入上流社会，跻身于"中产阶级"，成为"肉食者"之一员，可是爱妻却早就离她而去。从前的苦日子，她一天也没躲过，现在的好日子，她却一天也没有享受到。抚今追昔，诗人愈加懊恨伤悲。

尾联回到目前。现在，诗人俸禄丰厚，但爱妻无福享受了。作为抚慰，他营奠营斋，悼念亡妻。希望妻子在地下接受这份馈赠，也算是对爱妻长期受苦的一点补偿。诗人知道这没有实际意义，但此时诗人希望亡人真的有知。在万般无奈的情况下，虚幻的意识也会带来很大的安慰，奠与斋的本意不就是如此吗？

这首怀念亡人的诗非常著名，在文学史中可作模范之作。元诗令人叹惋不已，因为很多人都有元稹的经历。《遣悲怀》三首之二说："诚知此恨人人有，贫贱夫妻百事哀。"说出了天下贫贱夫妻的心里话。同诗之三说："惟将终夜长开眼，报答平生未展眉。"诗人长夜不眠，为的是报答爱妻一生的"不展眉"。陈寅恪《元白诗笺证稿》说："所谓'长开眼'者，自比鳏鱼，即自誓终鳏之义。"因为"鳏鱼眼长开"。只有睁着双眼，整夜思念，来报答亡妻曾经为我作出的牺牲，和经历过的忧患苦难。《离思》五首之一说："曾经沧海难为水，除却巫山不是云。"爱妻是沧海之水，爱妻是巫山之云。世界上除了沧海不见水，除了巫山再无云。认定爱妻天下无与伦比。"取次花丛懒回顾，半缘修道半缘君。"取意《诗经》的《出其东门》："出其东门，有女如云。虽则如云，匪我思存。"蘅塘退士说："古今悼亡诗充栋，终无能出此三首范围者。"

142

唐诗掠影

怀人品

忆江上吴处士

贾 岛

闽国扬帆去，蟾蜍亏复圆。
秋风生渭水，落叶满长安。
此地聚会夕，当时雷雨寒。
兰桡殊未返，消息海云端。

吴处士离开长安，前往闽地（福建）已经一个多月了。深秋季节，秋风吹过渭水，渭水变凉。秋叶飘落，长安尤觉凄凉。并非秋天来到，而是因吴处士离开长安所致，更准确地说，是因为吴处士离京，诗人眼中的长安倍觉凄清，秋凉日甚。回想送别时的宴会，风雨交加，雷电不息，似乎也为他们分别而伤心。漫长的一个月过去了，吴处士还不回来。诗人期盼有吴处士的消息从海上传来，云中的大雁会捎来远方朋友的书信吧。

此诗最精彩为颔联："秋风生渭水，落叶满长安。"渭水与长安同义，秋风与落叶搭配，两句诗写一个意思，深秋的长安，凄凉无限。"生"字与"满"字尤为出色，风过渭水，渭水为之波动，说风生自渭水，把两关系颠倒过来说，与张九龄"海上生明月"并为佳妙。长安遍地落叶，说它"满"，铺张了深秋景色，这是用景色衬托离情。秋风落叶，与诗人此时对友人的思念，因友人离别导致的愁绪，切合无间。这种比兴手法源自《诗经》，中国诗人用得十分广泛而熟练。《诗经·蒹葭》云："蒹葭苍苍，白露为霜。所谓伊人，在水一方。"与贾岛此诗的境界相似，用秋景比兴人的情绪；《桃夭》说："桃之夭夭，灼灼其华。之子于归，宜其室家。"与贾岛此诗相反，用桃花盛开衬托喜庆场面。这些比兴体的诗很好地体现了中国诗的基本风格。

除了比兴，本诗的比喻也很有特点。它用指代的方法构造章句，用

143

"蟾蜍"指代月亮，用"兰桡"指代吴处士。用"海云端"指代书信。比喻都很贴切，意象也都在虚实之间，经人点破，则击节扼腕，痛惜自己得不到如此佳句，原本人人习见之物，习用之词。这种构词符合中国诗人的习惯和中国诗歌传统，读来使人会心，更会发生与诗人相同的审美情调。通过这几项比喻，诗人与读者获得了畅通无阻的言语交流和情感共鸣。

贾岛作诗十分讲究，据说《题李凝幽居》中"鸟宿池边树，僧敲月下门"一句，因"推"或"敲"长久吟咏，不能决定取舍。他作诗之用心于此可证。贾岛诗也有直抒胸臆，与唐代主流诗风吻合者，《剑客》说"十年磨一剑，霜刃未曾试。今日把示君，谁有不平事。"居然有侠士之风，语词流畅豪迈。《寻隐者不遇》"松下问童子，言师采药去。只在此山中，云深不知处"，则直拟王维山水哲理诗，塑造了幽居者、隐逸之士的高冷形象。

王世贞《艺苑卮言》称赞颔联："'秋风吹渭水，明月满长安'。置之盛唐，不复可别。"周珽《唐诗选脉会通评林》魏淳父《风骚句法》云："秋风一联为'洞庭摇橹'，谓双有声也。王世贞曰：次二句置之盛唐，不复可别。当秋风落叶之际，念故人久别不返，因追想当时聚首情景，浑古遒劲，深浅合度。"

赠 人

李群玉

曾留宋玉旧衣裳，惹得巫山梦里香。
云雨无情难管领，任他别嫁楚襄王。

　　全诗用比喻在陈述一件事，劝慰一失恋的男子。诗本事已不可考，表达的意思却显豁，一睹知全，深刻悠远。

　　这位男子大约是一位文士，而且有一定的名望。所以李群玉把他比作宋玉，他爱恋着一位女子，两人关系密切，诗用"曾留宋玉旧衣裳"作喻，暗示他们的爱恋很深。但是她用心不专，在梦中还与"楚怀王"相会。她如同云雨一般多情缠绵，销人魂魄。但巫山云雨还有反复无常、善于移情别恋的缺点，这位男子显然不是她唯一的意中人。李群玉说，对这般"多情"女子，却不必多情，尤不应沉迷，及早解脱倒是幸运。解脱之后任由她嫁与楚怀王还是楚襄王，从此他们毫不相干，各自是路人。

　　男子深爱一位女子，却被女子无情抛弃。这是文学的常见题材，古今诗人为此吟诵不止。《诗经·汉广》："南有乔木，不可休思。汉有游女，不可求思。"这位汉水岸边之"游女"，歌者百般追求终不能得。张衡《四愁诗》说："我所思兮在太山，欲往从之梁父艰，侧身东望涕沾翰。"为心爱的女人流泪，对多情男子来说也是通习，所以这位失恋者"涕沾翰"之后，又"涕沾襟""涕沾裳""涕沾巾"。其实他在失恋中挣扎，诗中所谓"美人赠我"之类，纯为自我宽慰。对于失恋，苏轼有很精明的见解："天涯何处无芳草。"李群玉的绝句反复劝慰那人干脆抛却那些"旧衣裳"，尽管它们曾经切"宋玉"之肤。多情人不必再为那不会有结果的爱恋苦恼，那些恋，也许是没有宾词的单相思。后来苏轼"天涯"一句就是李诗的总结和升华。"天涯何处无芳草"，比起"任他别嫁楚襄王"，优雅沉稳多了，规劝的力度更大，不过索解委婉曲折的诗意，玩味涵咏，还是李群玉此诗为更上乘。

这首绝句以典故成章，整首诗只用宋玉一宗典故，但典中寓典，典中有理，理中寓情。这些典故把作者不便明言直说的话说出来，劝慰失恋人，得体大方而有据有理，只说古人事，不论眼前理，说服力不言自在。这首以典故成，又以典故胜的诗，在文学史中可称经典。

聂石樵、李炳海《中国文学史》说作者错用了典故。据《高唐赋》，和神女有过关系的只有楚怀王一人，并无作者所谓"别嫁楚襄王"的情况。其实这正是李群玉的用意所在，怀王襄王，神女自己也不能肯定，以此证明"神女"的滥情。邻人为恋爱不成而苦恼，诸君纷纷劝他"想开点"，何其苍白，李群玉以楚王和宋玉故事作喻，或可导人破颜莞尔。至于比喻是否周延，却也不必计较。比较而言，周延是赋，不是比或兴。李群玉《醒起独酌怀友》可作旁证："西风静夜吹莲塘，芙蓉破红金粉香。摘花把酒弄秋芳，吴云楚水愁茫茫。美人此夕不入梦，独宿高楼明月凉。"盼望来入梦的是吴国美人还是楚国美人？

吊白居易

唐宣宗

缀玉联珠六十年，谁教冥路作诗仙。

浮云不系名居易，造化无为字乐天。

童子解吟长恨曲，胡儿能唱琵琶篇。

文章已满行人耳，一度思卿一怆然。

　　白居易逝世于会昌六年（846年），当时的皇帝宣宗李忱十分感伤，作了这首七律。以一位至尊皇帝，作诗凭吊一位诗人，在历史上是罕有。尤其这首诗更能总结白居易一生，修辞朴素，立意真切自然，情感浓郁深沉，较纯粹文人作怀念白居易的诗，更有韵味，更传真情、达实意。

　　首联就是总结，指出白居易一生作诗不辍。说他"缀玉联珠"，既是比喻，也是对白居易一生诗作的评价，把他的诗比作"玉"和"珠"，正所谓"诗成珠玉在挥毫"。出句如此，对句急转直下，写出自己的无限遗憾："谁教冥路作诗仙。"白居易虽是诗之仙，无奈仙人相隔，今后再无缘见到学士的新诗篇了。不过，尽管他已仙逝，即便在冥路上，诗人也会仍然吟诵不辍的，他的诗名将传遍仙冥二界。

　　颔联由白居易的名、字作题，把他的名、字与他的性格、经历相联属，切合本事。他不求浮名，一生求简易，所以名为"居易"；他不与世道人心自然"较劲"，凡事顺其自然，顺应造化，所以字为"乐天"。宣宗皇帝确实掌握了白居易的特点和一生行状，那么，白居易作诗"惟歌生民病，愿得天子知"，是取得了效果的，皇帝的确知道这位当代大诗人，当然也知道他因为自豪的"讽喻诗"和"新乐府"。

　　但天子所知果然包括他的"新乐府"吗？未必，颈联指出，白居易所作的两首《长恨歌》和《琵琶行》，连童子和胡人都被沾濡了教化。小孩子不解诗，胡人不知汉语，但童子和胡人（胡儿）都能吟咏白居易的代表作。从侧面证明白居易诗的影响既广且远。但是，宣宗并未提及"新乐府诗"，说明白居易与皇帝毕竟还有隔膜。

尾联重申白作并收束本题。白居易诗名伟大，天下无人不知白居易，无人不晓白诗，这里留下了一丝悬念。就宣宗来说，他更欣赏白居易的《长恨歌》诸作，但这不意味天下人都是如此，也许有许多人欣赏《卖炭翁》之类。白居易人格高尚，诗作优美，宣宗皇帝深为喜爱，为白居易的逝世伤心，"一度思卿一怆然"，皇帝为一位诗人"怆然"，说明诗人品位不凡，诗作高超于世。联想到出句"文章已满行人耳"，那么，对句暗含另一层意思：思卿怆然的，不仅是宣宗皇帝本人，更有人民大众。

宣宗李忱是一位很风趣的皇帝，据《全唐诗》作者小传，宣宗在宴会上经常与诗人唱和，为不曾取得进士功名遗憾，作诗饯行，往往自题名号曰"乡贡进士李道龙"："重科第，留心贡举。常微行，采舆论，察知选士之得失。其对朝臣，必问及第与所试诗赋题，主司姓氏，苟有科名对者，必大喜。或佳人物偶不中第，必叹息移时。"

谒 山

李商隐

从来系日乏长绳，水去云回恨不胜。

欲就麻姑买沧海，一杯春露冷如冰。

李商隐妻王氏早逝，诗人在葬王氏的玉山谒墓，作此绝句。谒山，即扫墓。

上联用"系日长绳"的典故，形容时光难留。太阳一步不停，一天一天在天空行走，人也就一步步一天天一年年地变老，王氏走向这座荒寂的玉山谒墓。如果有一条能挽住太阳不使它移动的长绳，人也就不会衰老不会死亡吧。可是，从来就不存在这样的"绳子"，无奈只能看着爱妻远去，无法挽留。对此，诗人恨不止，怨不休，恨怨缠绕，不能自拔。李商隐对亡妻的怀念十分深切，《房中曲》说："枕是龙宫石，割得秋波色。玉簟失柔肤，但见蒙罗碧。"枕上依然留得爱妻的肤泽，席间却已无她的身影。可见诗人的"恨不胜"果然渊源有自。

下联又有比喻。据说麻姑在天上观看人间，地上沧海桑田的变换十分迅急，转眼间已有九度。那么，就请麻姑仙子让时光倒流吧，让爱妻重回身边。麻姑买沧海和系日乏长绳，这两个比喻十分新奇有意蕴，诗人将两个相似的比喻分置于两联之中，互相印证，有呼应，也有分隔，促成舒张有度的诗歌节奏。

诗句归结到诗的本题。他是来"谒山"的，一切虚想都是"虚想"，无济于事。爱妻长眠地下，魂归九泉，天人永绝，无法相见。在亡妻墓前，诗人献上一杯酒，酒是温热的，代表他对亡妻的深情浓意，洒在墓门前，似乎可借此与爱妻晤谈，一杯酒，一番话，一片情。可是，因为暌隔日久，酒已冷，魂已逝，情寄何方？人在何处？清屈复分析此句是："杯露之微，其冷如冰，不能回春。"

　　李商隐是晚唐时期的大诗人，诗婉约，人多情。对妻王氏尤其挚爱。王氏在世时，李商隐曾远仕巴蜀地，写了千古绝唱《夜雨寄北》，在巴山观夜雨，思念亲人，遥望故乡，期待团聚，团聚之时，却将分离之事仔细叙说。诗写得缠绵悱恻，情意浓厚。所以李商隐可被称为晚唐第一大才子，天下第一有情人。

　　说到李商隐，人们首先想到他的《无题》诗，似乎他是一位感情泛滥然而不很阔的公子，与宋代更不很阔的柳三变相似乃尔，所以人们对于这首《谒山》十分陌生，对《谒山》诗浓浓夫妻伉俪情更觉隔膜，觉得不应该是李义山的作品。这种见解受"知人论世"观念的影响过甚，每首诗都要左右看顾，前后思量，这样一来，评判就失了底气。读诗不可不知世，亦不可泥于事。就事论事，就诗论诗，如牵扯越多，则疲累越甚，这也是20世纪文学批评的弊证，源自对人际关系的刨根问底。张说《幽州夜饮》壮志豪情冲云天，其实张说爱财受贿，被贬是因贪腐事发。这样一追究，张诗便一无可取。

　　傅玄《九曲歌》说："岁暮景迈群光绝，安得长绳系白日。"傅诗说"安得"，已经说明这种愿望不可企及，李诗更说"从来系日乏长绳"，干脆将"长绳系日"的设想彻底否定了。

送僧归日本

方　干

四极虽云共二仪，晦明前后即难知。

西方尚在星辰下，东域已过寅卯时。

大海浪中分国界，扶桑树底是天涯。

满帆若有归风便，到岸犹须隔岁期。

　　这首送别诗十分独特别致。唐人诗送别题材是大宗，送别日本人归国的也不少见，如李白有《哭晁卿衡》（晁衡，日本名阿部仲麻吕），韦庄有《送日本国僧敬龙归》。唐时有大批日本学者来华求学，他们与中国文人尤其与中国诗人结下了深厚的友谊。这首诗的别致在于以"时差"作为诗的主旨，强调因时差而导致的两国作息之别。他的别致还表现在全诗并不直言离别，也不倾诉对友人的离愁别绪，但离别之远离别之长，自在诗中显豁而出。不言而言，也是中国诗歌创作含蓄蕴藉的基本要旨。

　　在唐时，普通民众对中日两国有时间差并不很了解，所以此诗开头便伸张此义：虽然四极生于二仪，天下一体，但白天黑夜却未必如人们常识那样天下一致。颔联重申时差问题：中国大地还是繁星满天时，东方的日本已经阳光灿烂了。由于地球曲面关系，日本京都与中国长安时间差为三个小时，今人不知道方干如何确知这一数据，在通信科技尚不发达的唐代，诗人有这样的推算很令人惊讶。颈联暗含"别"字，而且此别还涉及国界。中日以大海相隔，僧人将要回归的日本国远在天涯，那是中华典籍屡屡提及的扶桑之国。这一联又有令人惊讶处：大海浪中分国界。中国传统以海岸为界，海外即为荒蛮之地，即使有人烟，也与中华无甚关系，中国人对于大海，并不刻意去分割。此诗一反常态，居然提出海中"国界"问题，隐约有了"海域"的观念，这大概是中国人最早的"海上疆域"的意识了，特别值得注意。而且诗人把海界推得很远，在"大海浪中"。显然国界在远海，而不是普通的近海和"大陆架"。

　　尾联隐含"远"字。载送这位日本僧的帆船，航行迅急，或许还有顺风作便。当然，主人归心似箭，更是船行迅速的动力。但即使如此，横绝广阔的大海，抵达扶桑之地日本国，仍需漫长的时日，——岂能以"时"和"日"来计算行期，"月"也不足计算海程的遥远，两国的距离要以"年"作计量单位。今年出发，明年抵岸，这才是实情，叫作"隔岁期"，这是本诗第三项令人惊讶的创造。中国与日本，隔着浩瀚的东海，交通依靠海船，路程竟以"年"为单位，这根本打破了人们传说"里"的距离观念。比较千年以后欧洲天文学家创造的"光年"，中国人可以会心一笑，光年，也是以时间单位做距离单位的。不过，大批"遣唐使"来华，中日远隔似乎已不为海外奇谈，知识者大都知晓，但方干创造的"天涯"观念把日本国"推"得更远了。地域理念扩展了传统的目光，这对中国人对海外的认知，是有积极作用的。

爱

悦

品

　　《诗经》首篇《周南·关雎》的主题是爱情，它像预言一样，预告人们，中国诗歌，爱情将拥有显要的地位。果然，《诗经》"国风"160篇，爱情主题占了最大的比重，近半数是对爱情的描写与叙述。《周南·汉广》写一位男子失恋，《召南·摽有梅》写一位女子对爱情的热烈呼唤，《野有死麕》写一对男女在林间约会，《邶风·静女》写青年男女约会的戏剧性场面，《鄘风·桑中》写一场野外幽会，《王风·君子阳阳》写一对初相识的男女互相作爱的试探，《郑风·遵大路》写女子对男友的情感依依，《出其东门》写男子对女友的忠贞不贰，《溱洧》写春游时男女的邂逅，《齐风·鸡鸣》写男女佳期密会的百般不舍。这些诗章把上古人们的生活状态的一个侧面，用文学的形式记录下来，上古人对爱情的追求和赞美拥有巨大的艺术魅力，它们开创了中国诗尤其是抒情诗的优良传统。它们表现爱情的热烈奔放，场面精彩，语词爽朗，塑造了一系列光彩照人的男女恋人形象，更完成了系列抒情主人公的形象的塑造。《汉广》中为心上人出嫁他人准备车驾的伤心青年，《野有死麕》中收获猎物颇丰自信满满的青年猎人，《静女》中专程从郭外赶到城墙角约会的牧羊人，《溱洧》中手持兰花寻找意中人的游客，都是这类形象。《楚辞》中也有优美的爱情诗章，《湘君》《湘夫人》写神的恋爱与失恋，写得凄美冷艳;《山鬼》的山中女神在凄风苦雨中等待，在美艳之上更增加了哀婉忧伤。六朝时期南北朝乐府诗，特别是南朝乐府诗，爱情诗的比例更高了，几乎全部与爱情相关。《读曲歌》"打杀长鸣鸡，弹去乌臼鸟。愿得连暝不复曙，一年都一晓"，是其代表。这些乐府诗热烈而直接，没有掩饰，不加修饰，坦言爱情。五言四句的小诗，跃动着爱的火焰，那些火焰是爱情在燃烧。南朝爱情诗唯一的长篇《西洲曲》，以"连环画"的构章形式，把爱情主人公设计在秀丽清雅、如水墨画一般的艺术环境中，给爱情的"心灵美"再赋自然美。"忆梅下西洲，折梅寄江北。单衫杏子红，双鬓鸦雏色";"西洲在何处，西桨桥头渡。日暮伯劳飞，风吹乌臼树"。读来余香满口，听后余音绕梁，观览彩丽竞繁，细思量，回忆却泪下潸然。这种写法影响了以后的爱情诗创作。连环画、自然美两者，是爱情诗的"金科玉律"，历久弥新。

　　唐代诗歌中有大量的表达爱悦情感的诗篇。初盛唐时期，诗人们把注意力集中于对功名事业的渴望。优秀作品也集中于这些题材，中晚唐时期才涌现了更优秀的爱情诗，崔护《题城南庄》以桃花起兴人面，描写自己的一次春游偶遇，立意和风格与《诗经》"国风"诗十分相似。刘禹锡的《竹枝词》取拟于南朝乐府诗，只是把五言改为七言。白居易是爱情诗中高手，《花非花》写朦胧的爱情，把爱情与哲理和合一体，爱情不再是单纯的男女相悦，诗人把爱情延入更广大的人生范畴之中。《真娘墓》以江南花塞北雪比喻美丽的容易消失，比喻得冷酷而哀伤。《南浦别》仅有四句二十字，但把一对挚爱却只能分离的恋人描写得伤心欲绝。《长恨歌》和《琵琶行》虽然不可作纯粹的爱情诗看，但它们对爱的描写，对爱情大背景的深刻揭示，使人们宁可相信这是唐代爱情华章中的华章，精品中的精品。

　　唐代爱悦诗品的华章与精品，无疑由李商隐创作完成。李商隐对政治前途悲观失望，爱，就是他的另一个世界。在这个世界，他是主人，同时也是奴隶。他拥有自己的爱情，爱情使他坚强，更使他高尚，所以他是主人；爱情占有他，牢笼他的身，攫住他的心，所以他是奴隶。李商隐很满意这种身份地位，守护着他的爱，守望着他的情。从这个意义上说，李商隐是中国诗歌史上的情圣。

　　李商隐爱悦诗统名为《无题》，它们名为《无题》，其实题目就在心里，那就是爱与情。"春蚕到死丝方尽，蜡炬成灰泪始干"，"身无彩凤双飞翼，心有灵犀一点通"，"归来展转到五更，梁间燕子闻长叹"，"春心莫共花争发，一寸相思一寸灰"，"斑骓只系垂杨岸，何处西南待好风"，"不须浪作缑山意，湘瑟秦箫自有情"。这些披肝沥胆的爱情告白，使人世间最美好的事物变得更美了，李商隐的爱情经历虽然未必有多么高尚优雅，但这些诗确实使人们，尤其使恋爱中的青年男女的感情上升为崇高。

南浦别

白居易

南浦凄凄别，西风袅袅秋。
一看肠一断，好去莫回头。

　　这是一首小诗，依《楚辞》立意、起兴，写古今第一题材：爱别离。诗的主旨是：爱，但不得不别；别，终难割舍此爱。一首五绝，涵咏人间至情。短短四行，诉尽别离苦，寥寥二十字，曲尽未了情。

　　上联出句源自《楚辞》，《九歌·河伯》说："子交手兮东行，送美人兮南浦。"执手而行，分手南浦，南浦即有了象征意义，与"长亭"一样，成为送别的代名词。南朝江淹《别赋》也说："送君南浦，伤如之何！"南浦之别，必有感伤事，使人不堪其别。对句仍然取自《楚辞》，《湘夫人》说："袅袅兮秋风，洞庭波兮木叶下。"宣示此一别在深秋时节，南浦水生波，树叶纷纷落，水波激荡，人心波涛滚，树叶飘零，满目尽凄凉。地点引人伤痛，时令更增凄清，此地此时，执手须臾，舟子招摇，帆举旌扬，分手在即，人何以堪？

　　下联把伤痛更推一步，达到高潮，把别离人推向最心碎的时刻。人心似铁，只因情感不似炉，熔炉一炼，顽石作铁，熔炉百炼，钢铁化作绕指柔，面对心上人，心中的熔炉岂止百炼千炼。千呼万唤，命运终究不回头，别离之后，日近长安远，片帆远去，此生再无约期。再多看一眼，音容笑貌铭刻心底；却又不忍多看，一看肠断，再看心碎，三看而后，五内俱作烟雾飞。于是挥手掩袂，不管它沾翰沾裳，沾襟沾臆，就让它泪飞顿作倾盆雨，哽咽叮嘱，乘风远去，切勿回眸，那一回头的温柔，会使万般努力尽付水东流。斩钉截铁告诉自己不再留恋，爱她就让她从此自由，一刹那会使指天誓言雨散云收，或者跳下浩浩江水人没船浮，或者挽住臂膊，令船靠岸，倩人长留。青山隐隐，绿水悠悠，重作誓厮守到白头！"断肠"首见于干宝《搜神记》，李白《宣城见杜鹃花》道："蜀国曾闻子规鸟，宣城还见杜鹃花。一叫一回肠一断，三春三月忆三巴。"因思乡而断肠。马致远《天净沙》说："夕阳西下，断肠人在天涯。"因感时伤怀而断肠，人生谁无断肠事，底事教卿痛断肠！

这是一首奇特的诗，诗人为了爱而牺牲爱。他深爱着那位心上人，但由于不可抗的原因，心上人要远行，再不会重聚，他强迫自己尊重她的抉择，以极为矛盾的心情在南浦送别。小诗平淡如水，词语平凡如话，不事一丝渲染，但情意之深之浓，伤痛之重之切，不但诗人心碎，再难修补，读诗之人也在俯仰之间朱颜凋朽，华发满头。

竹枝词

刘禹锡

杨柳青青江水平，闻郎江上唱歌声。
东边日出西边雨，道是无晴却有晴。

　　刘禹锡因参与王叔文"改革"获罪，由京官贬为外任，长期转徙于西南一带，因感当地土风，采民歌而成《竹枝词》。刘禹锡《竹枝词》既有通俗活泼生活气息浓厚的本色，又有文雅清幽的文士风，是文人文学与民间文学相结合的典范。

　　这是一首情歌，但情尚在朦胧阶段，有情人处于试探时期。有几分期待，有几多迷惘，乍晴乍雨，乍惊乍喜，天气一日九变，心肠一刻九转。上联的出句，指明这是春天，杨柳青青，江水正盛，一派春意溢满人间，正是爱情悄然萌动时节。果然，江上歌声若有若无，丝丝缕缕，牵人心思。这声音何其悦耳，与山水呼应谐谐，亲密无间。声音悦耳在于它似曾相识，似曾熟悉。那似乎是情郎的进行曲，或者劳动号子，不管他唱什么歌，是粗豪，还是宛转，都令人心旷神怡。具体说，是令"她"心旷神怡，但她也许是在单相思吧，"有女怀春"而已。那歌声时断时续，若有若无，一时如怨如慕，如泣如诉；一时又似全无心思，随口吟唱，短笛无腔信口吹，并不知她的存在，真是教人无法再想他，但又教人如何不想他？

　　一阕情词，一阕朦胧的情词，写得如此婉约多情，柔肠百结，思绪万千，做白日梦式的引申串联，这得益于刘禹锡对民间文学的深入了解和广泛采纳。刘禹锡的《竹枝词》传下来的数量不多，但就仅有的几首来看，他应是对民间文学从内涵精神到表现形式了解把握相当全面的大文学家。另一首《竹枝词》唱得也好："山桃红花满上头，蜀江春水拍山流。花红易衰似郎意，水流无限似侬愁。"与这首"杨柳青青江水平"同调同曲。另外《杨柳枝词》唱道："轻盈袅娜占年华，舞榭妆楼处处遮。春尽絮花留不得，随风好去落谁家。"借杨柳花絮无落脚处作喻，哀叹女子不遇其人，难诉其情。苏轼依此作《水龙吟》道："似花还似非花，也无人惜从教坠。抛家傍路，思量却是，无情有思。萦损柔肠，困酣娇眼，欲开还闭。梦随风万里，寻郎去处，又还被莺呼起。"把"随风好去落人家"敷衍得开合错落，委婉曲致。《红楼梦》又依此意作《柳絮词》道："嫁与东风春不管，凭尔去，忍淹留！"情词最著称于中国诗史，如刘禹锡情词，则上承《诗经》，中经南朝乐府，下启明清民歌，其文学史地位，确在高标。

刘禹锡《竹枝词》现存 11 首，在刘集中别为一体，"日出三竿春雾消，江头蜀客驻兰桡。凭寄狂夫书一纸，信在成都万里桥。"已经接近文人诗，"山上层层桃李花，云间烟火是人家。银钏金钗来负水，长刀短笠去烧畲。"则保留更多民歌本色。

严羽《沧浪诗话》说："学诗，先除五俗：一曰俗体，二曰俗意，三曰俗句，四曰俗字，五曰俗韵。"总之，诗与俗不两立。朱熹也说："要使方寸之中无一字世俗言语意思。"二贤或从不读刘禹锡《竹枝词》。

赠　婢

崔　郊

公子王孙逐后尘，绿珠垂泪滴罗巾。
侯门一入深似海，从此萧郎是路人。

　　一次寒食节郊游，崔郊在路上遇到一位年轻女性，女子貌美异常，有许多公子王孙追逐不舍，争睹芳容。这少妇不是别人，原是崔郊旧时相识，她曾在崔郊姑母家为婢女，崔郊爱慕非常，但她后来被卖到富豪家，从此不得相见。不意竟在郊外相遇。崔郊感慨万千，心潮裂岸，遂有此诗。

　　上联写实，用描述法。春游郊外，人群聚集处，衬托出一位亭亭少妇，众人簇拥，更显少妇的美貌绝伦。对句点明人物本原，用绿珠作比喻。晋代石崇的宠妓绿珠被权臣孙秀威逼侵夺，石崇因此被害，绿珠忠于石崇，在孙秀来抢人时跳楼而亡。崔郊把这位家婢比作绿珠，不很贴切，但是切合他此时的心情，他热切希望这位家婢像绿珠忠于石崇那样对待他，摆脱那些公子王孙的纠缠，投入他的怀抱。当然这是一厢情愿，少妇和他，已经是过去时，即使从前有好感甚至有爱恋，如今也旧曲难弹。

　　下联写虚，是作者的想象和评论。家婢被卖入富家，恰似侯门深似海，从此不能相见。"从此萧郎是路人"，刘向《列仙传》说："萧史者，秦穆公时人也，善吹箫，能致孔雀白鹤于庭。穆公有女字弄玉，好之。公遂以女妻焉。日教弄玉作凤鸣，居数年，吹似凤声，凤凰来止其屋，公为作凤台。夫妇止其上，不下数年，一旦皆随凤凰飞去。故秦人为作凤女祠于雍宫中，时有箫声而已。"据此，"弄玉"代指美女，"萧史"代指情郎。崔郊以萧郎自况，把一段很平凡的没有结局的爱情故事诗化了。全诗因此笼罩着浓厚的离情别绪，哀怨绵长悠远，使人忧伤，令人感叹，更引人惋惜——为爱慕不遂的诗人惋惜。尤其"侯门一入深似海"句，比喻生动，构思巧妙，千言万语，千愁万绪尽在七字之中。

爱恋却不能相守，倾慕终究落空，是文学的一个永恒的主题。与本诗相似，崔护《题都城南庄》写道："去年今日此门中，人面桃花相映红。人面不知何处去，桃花依旧笑春风。"也是写一个没有结局的似与不似的爱情故事，几许感伤，几许怅惘，其事虽殊，其情则一。

崔郊、崔护，所作诗都可以考索"本事"，本事也仅止于诗，去年此门的姑娘没有机会再相见，前女友被大门阻隔。但是民间有感于诗的美丽，总希望他们也有美丽的结局。杂剧《人面桃花》写崔护与那位乡村"可儿"结为连理，还给她安排一个贵族姓氏"杜"。范摅《云溪友议》说，崔郊爱恋的那位婢女原是卖给显贵于頔的，于頔读到此诗，便让崔郊把婢女领去，传为诗坛佳话。佳话原是虚话，范摅倒真是个老措大。

会真诗

元　稹

微月透帘栊，萤光度碧空。
遥天初缥缈，低树渐葱茏。
龙吹过庭竹，鸾歌拂井桐。
罗绡垂薄雾，环佩响轻风。
绛节随金母，云心捧玉童。
更深人悄悄，晨会雨濛濛。
珠莹光文履，花明隐绣栊。
宝钗行彩凤，罗帔掩丹虹。
言自瑶华浦，将朝碧帝宫。
因游洛城北，偶向宋家东。
戏调初微拒，柔情已暗通。
低鬟蝉影动，回步玉尘蒙。
转面流花雪，登床抱绮丛。
鸳鸯交颈舞，翡翠合欢笼。
眉黛羞频聚，朱唇暖更融。
气清兰蕊馥，肤润玉肌丰。
无力慵移腕，多娇爱敛躬。
汗光珠点点，发乱绿葱葱。
方喜千年会，俄闻五夜穷。
留连时有限，缱绻意难终。
慢脸含愁态，芳词誓素衷。
赠环明运合，留结表心同。
啼粉流清镜，残灯绕暗虫。
华光犹冉冉，旭日渐曈曈。

警乘还归洛，吹箫亦上嵩。
衣香犹染麝，枕腻尚残红。
幂幂临塘草，飘飘思渚蓬。
素琴鸣怨鹤，清汉望归鸿。
海阔诚难度，天高不易冲。
行云无处所，萧史在楼中。

　　《会真诗》原是元稹的一篇独立作品，后来被他纳入《莺莺传》，构成传奇的主要故事情节，董解元、王实甫先后据《莺莺传》作《西厢记》。诗中所记事便被文学家们渲染为一场爱情的千古绝唱，主题也被改造升华为"有情人终成眷属"。

　　《会真诗》六段，第一段自"微月透帘栊"至"晨会雨濛濛"共十二句。天色向晚，这位诗人发现一位绝代佳人，披着如薄雾般的罗纱衣，身上环佩叮咚，在微风中十分悦耳。他被女子的美艳俘虏了。《西厢记》杂剧把这一情节题作"惊艳"，切合本诗之意。第二段自"珠莹光文履"至"偶向宋家东"八句。先写她的衣服佩饰，已经语涉香艳，次说此女来历，用典故比喻：她从瑶池王母处来，本想去天宫朝见青帝，路过洛阳城，很偶然来到了宋玉的东邻家，其实女子是想到佛殿进香，不料闯到了他的房间。用这些典故，把一次偶然的误入写得仙风缥缈，同时也有"遇仙"的暗示。最后一句用宋玉《登徒子好色赋》典，宋玉东邻有女，是人间仙姝，有意于宋玉多年，用此典等于是明白说出此女中意于他。第三段自"戏调初微拒"至"翡翠合欢笼"八句。他挑逗调戏女子，女子初始微拒，实则半推半就，经过一番恳求和短暂犹豫，女子终于与他同床合欢。第四段自"眉黛羞频聚"至"发乱绿葱葱"八句，描写女子情态。她因羞而皱眉，皱眉更觉其美，她的吻极为香暖，她浑身散发着清幽的兰香，她的肌肤如美玉般柔润，她动作轻柔，香汗点点，发丝凌乱。这一段是中国诗歌史上最著名的"艳词"，前无古人后多来者，因为它具体描写了男女私情，床第之欢，尤其写交欢时女子的形体和动作行为，连花花公子杜牧都斥之为"淫言媟语"。第五段自"方喜千年会"至"旭日渐瞳瞳"十二句，希望此一会延续千年，但幽欢未已，天却向明，他们海誓山盟，并互赠信物，女子为分别而伤心，啼泪不已。第六段自"警乘还归洛"至结尾十二句。美人离去，衣裳上还有她的香气，枕上留有她的脂粉。他孤独而处，十分忧伤。美人如行云，不知何所往，追寻不及，探求不得，从此只除梦中才能再欢会。他却像当年青年萧史，虽有笙箫，却不得美人弄玉陪伴，没有机会乘凤凰同邀天空，如今只能独坐楼中。

这首长篇情诗，或许是写元稹的亲身经历，或许只是诗人的白日梦，但诗所表达的情绪是真实的，情绪虽显轻佻，甚至语涉"淫媟"，但却深含挚爱，并非无赖子的凿穴钻隙，肆情偷欢。全诗香艳然而典雅，当推为情诗的经典之作。

无　题

李商隐

相见时难别亦难，东风无力百花残。
春蚕到死丝方尽，蜡炬成灰泪始干。
晓镜但愁云鬓改，夜吟应觉月光寒。
蓬山此去无多路，青鸟殷勤为探看。

　　李商隐作了十多首没有题目的七言律诗，作者不便于为这些诗拟出题目，或无法给出题目，于是以"无题"为题。这些诗的主题相近，都是男女爱恋之词，其中有的可能别有寄寓，也可能有恋爱本事以为依托。读李商隐《无题》诗，应以诗歌形象所构成的意境为依据，把它们作为一般爱情诗对待，认识它们的艺术价值，追索本事却是逐末。

　　与她相见很难。难，在于两个人之间有重重阻隔，或社会的，或身份的，都存在着障碍。颔联用了两个非常精彩的比喻，他对她的思念，如春蚕，直到老死，才停止吐丝。春蚕的一生就是为了这一道"丝"，诗人的一生，也是为了对她的"思"，生命不息，思念不止，而且愈久愈深。他心中的哀伤，如蜡烛，燃烧的蜡烛在滴泪，是泪在燃烧，他也在滴泪，泪就是他自己，他的生命在为爱燃烧。直到烧尽自己。这两个比喻透射李商隐对这位"她"深深的爱，爱得一往无前，爱得忘记自己。

　　颈联同时写恋爱的双方，他和她。她晨起揽镜，总是担心比昨天衰老许多，所以怕揽镜。云鬓改，因思念他而改。《古诗十九首》"思君令人老，岁月忽已晚"，李商隐把这两句诗改成"云鬓改"三字，改得端庄轻柔，宣示心上人的大家闺秀做派，如写作"云鬓白"或"云鬓渐白"，诗韵就会丧失大半。后主借用作"朱颜改"，境界又深了一层。他永夜难眠，披衣起徘徊，吟诗作赋诉哀情，但身边无她，月光也会格外清冷，并不适于作诗。他和她不能相见，不通音讯，正所谓"一种相思，两处闲愁"。这份闲愁岂止是"闲"，它摧折着两个人的身与心。

尾联仍是比喻。诗人所爱慕的那个"她"，却是一位仙女。她住在遥远的蓬莱仙山上，那里人烟渺邈，音信难通，只有神界的青鸟可以到达那里。既然如此，李商隐就拜托青鸟，经常去看望她，为她带去诚挚的问候。尾联的这个比喻，正是李商隐无题诗的玄机暗藏处。他不便明说，但感情折磨他又不能不说，于是借用神话，曲折委婉地倾诉自己的那一段情。这首《无题》中的女主人公是一位深居富贵之门的少妇或小姐，两人偶然相遇，于是相爱，但爱注定没有结果，所以相见难。相见难，别离更难，他在企盼再次相见的机会。青鸟，有双关意，见与不见，都托意于青鸟了。自李诗始，青鸟就有了爱情的象征意义。

无 题

李商隐

昨夜星辰昨夜风，画楼西畔桂堂东。
身无彩凤双飞翼，心有灵犀一点通。
隔座送钩春酒暖，分曹射覆蜡灯红。
嗟余听鼓应官去，走马兰台类转蓬。

与"相见时难"相比，"昨夜星辰"显得轻松欢快。虽然这次相遇也是爱恋，也爱得刻骨铭心，轰轰烈烈，但两人萍水相逢相爱之后，各自南北东西，只把这次爱恋藏在心里。从此永无会期，而且也不盼求再次相见。他与她，相见难，别离不难。

依稀是昨天的事情，但或许已是很久以前了吧，那是一次规格很高的宴会。画楼桂堂，告诉人们主人身份高贵，也告诉人们来宾都是当今名流。这些，都不足以感动与会的名流之一李才子，才子与佳人，才是天然之盟。果然，李才子发现了一位佳人，四目传情，心心相印，虽然不能效比翼鸟双飞人间，而心思如有灵犀，各自一点，自能传心。才子为这次聚会由衷兴奋，有佳人在席，画楼和桂堂都明亮宽敞，任由他们的爱无限制地驰骋。酒席正酣，酒令新奇，将那女子的衣带钩作为酒令道具，击鼓传钩，人手相接，钩停在手，人们宁可为此献歌罚酒，为的是让玉钩在手中多停留一会儿。但佳人属意，显然在于这位才子，其他宾客碌碌，难入慧目。于是在分队做游戏时，才子佳人果然分在一组，或投壶，或猜谜，言笑晏晏，不思其反，忘记了时光匆匆，只觉得春酒暖，蜡灯红，虽是深夜，心中阳光普照。

时光总是短暂的，尤其在欢乐的时刻。早已是五更鼓起，旭日将升，才子身为官人，要到官衙应班点卯，与心上佳人渠会永无缘。想自己身世飘荡，如雨中浮萍不能自主，爱上佳人，却不能长厮守，又岂敢望长厮守？一生一面，再无其他，造化何以如此弄人？才子感慨世事仓皇，身不由己；佳人哀叹，曾不相逢未嫁时。如今琵琶已抱，初相见四目传情，转瞬间泪眼婆娑，无语凝噎。此情此景，宋代大才子柳永有词叹息："念去去，千里烟波，暮霭沉沉楚天阔"，宋代另一多情人秦观也有词致意："此去何时见也，襟袖上、空惹啼痕。"

　　李商隐在诗歌创作上追求唯美，在生活中则是"泛爱"。他的《无题》诗每诗写一段情，一个人，没有重复。他的爱真诚热烈，燃烧着自己，也燃烧着他所爱的人，于是一场又一场惊心动魄的相爱相恋，然后是灰飞烟灭的悄无声息。因此，人们批评李商隐"无行"，即品行不端，有违圣贤教诲。但在李商隐方面，他的心思纯粹得如一片蓝天。这位"昨夜星辰"的佳人，很可能是一位风尘女子。对风尘女子，李商隐不是调笑，而是付以真爱，这很能表现李商隐这位多情才子的真性情。

无　题

李商隐

凤尾香罗薄几重，碧文圆顶夜深逢。

扇裁月魄羞难掩，车走雷声语未通。

曾是寂寥金烬暗，断无消息石榴红。

斑骓只系垂杨岸，何处西南待好风。

在一个百无聊赖的深夜，公子却度过从此牵挂一生的良宵。说它"百无聊赖"，是因为长安大街无人迹，空旷落寞；说它"良宵"，是因为公子遇到了一辆车。车不稀奇，稀奇的是那辆车极为华贵，装饰豪华，材料考究，车上的伞盖更说明车子主人的地位尊崇。车子华贵也无甚稀奇，稀奇的是车中的女子。公子被那位女子掳走了魂魄，他为她入迷，迷得痴狂。

其实，李商隐并未见到那位女子，对她的身世地位婚姻情况更一无所知。在车子经过的那一刻，车厢上的帘掀开一角，一位女子向外张望了一下，只望了一下，而且还用团扇遮住面容的大部分。但是只这一望，就足以把公子的精神彻底击溃。一面团扇，岂能遮住天香国色？遇到绝代佳人，大才子岂能轻言放弃？他要上前，通问讯，但是车子却不能为他稍停片刻，车轮辗在长安夜半时的石板路上，如雷声轰然，车与人都不见了，只留下惆怅的诗人，伫立于凉意袭人的暗夜树下。宋祁也有类似经历，《鹧鸪天》云："画毂雕鞍狭路逢，一声肠断绣帘中。身无彩凤双飞翼，心有灵犀一点通。"

从此，公子转入了深深的寂寥，他守着孤灯，数尽更漏。蜡烛烧空，才子的白日梦（暗夜之梦）仍在继续，檐下石榴花正艳，堂上玉人心如煎，不知何处可得佳人消息。但是玉人才子并不放弃努力，他知道，既然佳人出现在那里一次，就可能出现第二次、第三次，既在长安，就有相遇的可能。于是大才子大诗人李商隐，花大价钱买来一匹与佳人名车相匹配的宝马，每天深夜在佳人名车曾经奔驰过的地方苦苦等待，等待西南好风把佳人吹到他的身边。

这道尾联出自曹植《七哀》诗："愿为西南风，长逝入君怀。"才子还在延续他的白日梦，企盼佳人在一个刹那间出现，投入他的怀抱。这次恋爱，无因无果，甚至没有过程，只是才子在持续不已的单相思。相思之深之苦，不减于曾作海誓山盟，可见公子用情之深。

此诗有的版本首联作"凤尾香罗薄几重，碧文圆顶夜深缝"，"逢"作"缝"，解作"一位深闺中的小姐深夜缝制车盖，回想从前的一段艳遇"。此解可做供酒，是否喷饭，须自便。"碧文圆顶"，名车的标志性部件，只能打造，不可缝制。即或这个顶子一定要"缝"，也是工人去做，贵族的小姐怎么做如此夯重的粗活，而且还要缝到深夜。这一"缝"，后边的三联全都没有着落，看他抓耳挠腮苦苦地曲为之解，想不喷饭，也不能够了。

无　题

李商隐

飒飒东风细雨来，芙蓉塘外有轻雷。
金蟾啮锁烧香入，玉虎牵丝汲井回。
贾氏窥帘韩掾少，宓妃留枕魏王才。
春心莫共花争发，一寸相思一寸灰。

　　李商隐作诗题材广泛，但写得最好的当为爱情诗。他的爱情诗几乎全是失意的，这或许与他本人身世飘零如雨打浮萍有关。因此许多人认定这些诗有寄托，寄托自己对政治的见解，叙述他在官场仕途上的种种失意。其实，那些"奥义"越说越深奥，结果与李诗的原旨愈来愈远。读中国古诗（包括近体诗）应把握的基本原则是字面能讲得通，就不要去"索隐"，探讨所谓背后隐藏的秘密题旨、政治寓意，对李商隐的无题诸作，应当作如是观。这首"飒飒东风"也应如是解。

　　首联写环境，有东风、有细雨、有芙蓉、有轻雷，在东风荡漾的夜晚，细雨绵绵，芙蓉开遍的池塘远处，雷声隐隐传来，这似乎是写实。诗中的场景也为世人所常见，但它们有明显的象征比喻意义，自楚襄王梦巫山神女以来，云与雨就有了比较明确的指向，比喻男女欢会。这个意指可远溯先秦，先秦时幽期密会的喻体是鱼。《诗经·国风》部分，很多篇章说到"鱼"或"食鱼"，"岂其食鱼，必河之鲂。岂其娶妻，必齐之姜"。闻一多以对《诗经》的敏锐感知发现所谓鱼、食鱼其实都是象征语。李诗的"细雨"如此，"名花倾国两相欢，常得君王带笑看。"李白诗以牡丹比杨贵妃容貌，李商隐的"芙蓉"却有特定的意指。

　　颔联继续用比喻，既然"芙蓉"与"芙蓉塘"的比喻指向明晰，那么"金蟾啮锁"与"玉虎牵丝"便会意可解，不须费墨了。颈联用典，贾氏女窥帘见韩寿，倾心爱慕私通款曲，还把西域进贡的异香赠予韩寿。事发，竟得善果。"偷香"之说，为雅士所称。曹植爱甄氏，武帝却将甄氏许配与曹丕。曹植后来得甄氏玉枕，感甄氏之梦，作《洛神赋》。这两个故事，前者得成佳偶，后者永无会缘。但对爱情的追求并无二致，它们感动着大诗人李商隐。他隐约把自己比作韩寿或陈思王曹植。

尾联急转直下，把爱情看得淡了。爱情，并不可爱，相思，绝不美好，因为爱情愈深，失落愈重，相思愈切，失望愈深。那么，劝世上人万勿接近爱情与相思。但为什么会这样？原来红尘有爱。李商隐故意劝人把爱情看淡，恰是他无法把爱情看淡；他对相思表现为恐惧，正因为他把自己全身心投入相思的怀抱。"相思"两句是爱情的怨歌，这样的歌不但不能阻止人们寻求爱情，相反，它更引动人们对爱情趋奉不止。

无　题

李商隐

来是空言去绝踪，月斜楼上五更钟。
梦为远别啼难唤，书被催成墨未浓。
蜡照半笼金翡翠，麝熏微度绣芙蓉。
刘郎已恨蓬山远，更隔蓬山一万重。

　　与其他的几首无题诗相同，这首"来是空言"的本事仍然不能考索。它写对一位所爱女子的强烈思念，以"梦"构作诗章，锦心绣口，才气逼人。

　　首联出句写怅恨。当初许诺再相见，能相见，谁知一去再无消息。可以用现代歌《三年》诠释这句诗："左三年右三年，这一生三年有几天，横三年竖三年，还不如不见面，明明不能留恋，偏又苦苦缠绵，为什么放不下这条心，情愿受熬煎。"对句突然说到钟，时在五更，原来是钟声催醒了他的相思梦。《南屏晚钟》词曰："它催醒了我的相思梦，相思有什么用，我找不到她的行踪，只看到那树摇风。"梦中曾与所爱相会，醒后却是空虚寂寥。诗人泪涕不止，声声低唤，唤回离人倩影；可倩影远去，不应呼唤。现代歌《不了情》及时补位，倾诉这种断肠呼唤："虽说那有情人终成眷属，却为何银河岸隔断双星，虽有灵犀一点通，却落得劳燕分飞各西东。一步步追不回那离人影，一声声诉不尽未了情。"佳人不作停留，杜鹃啼血春不归，就作书相召，至书传情达意。书信写毕，细看字迹清淡，是来不及磨得墨浓，匆忙落笔，以至于此，如《清平乐》的一声叹息："雁来音信无凭，路遥归梦难成，离恨恰如春草，更行更远还生。"诗人陷入更深的怅惘，不知计自何出。环视室内，烛光荧荧，对泪花点点，锦被宛在，上绣芙蓉灿灿如朝霞，香气乍现，丝缕缭绕，诗人又转入了迷惘，曾与佳人晤面，究竟是虚耶实耶？颔联和颈联写梦境与实境交替互换，不但把读者引入虚幻迷蒙之中，恐怕连诗人自己，也为自己制造的诗情意境感动得泪涌如泉。

尾联是总结，是清醒之际对这一场梦中遭际的评说。用刘、阮遇仙典故。《神仙记》载，汉时刘晨、阮肇入天台山采药，遇二仙女，留住半年，思归甚苦。既归，则乡邑飘零，经已十世。李商隐隐约的意念是，既遇仙偶，何必恋尘世。但蓬山遥远，仙人阻断，刘郎遇仙尚且不易，何况李商隐不是刘郎，没有遇仙机缘，所以比刘郎的蓬山更远更远，远到千重万重，远到永远。

全诗浑然一体，层次回环，意境悠远。起句阐明只有空言之约，二、三、四句写相思之情，五、六句极言寂寞，七、八句写隔绝而无路可寻。此诗描写分别相思之苦，逆笔起势，先写梦醒之际的失落怅惘，孤寂凄情，然后倒叙梦境，将实境与幻觉糅合到一起，最后用递进手法重笔点醒蓬山重嶂之恨，传分别之情，在回环曲折中达到极致。

赠邻女

鱼玄机

羞日遮罗袖，愁春懒起妆。
易求无价宝，难得有情郎。
枕上潜垂泪，花间暗断肠。
自能窥宋玉，何必恨王昌。

　　鱼玄机，唐代著名女诗人，所作诗在唐代女诗人当为冠冕。中唐时期薛涛文名或在鱼玄机之上，只因为薛被尊为"校书"，诗以"官"而贵。

　　《赠邻女》是一首劝慰人的诗，邻女被男友抛弃，失恋了，精神萎靡，将要崩溃。女诗人劝她另觅情郎，而且找到一个更优秀的情郎。此诗可以和李群玉《赠人》相对比：都是劝慰失恋，唯所劝一为男一为女。

　　首联写邻女的萎靡之态。因被抛弃，羞于见人，终日遮面。"羞日"不是怕太阳晒，是她羞见一切。而且，一个女子，懒得修饰打扮，到"懒起妆"的程度，可以想见这位邻女心情多么糟糕。颔联，直指邻女之心，说透她的心事，单刀直入，让邻女小心思无所遁藏，然后好对症下药，疗治她的心灵创伤。她的"病"就是：一心寻觅有情有意的情郎，结果却是一场无果的单相思：他离她而去。颈联转，越过颔联呼应首联，描写邻女失恋伤心的痛苦。她在暗夜独自垂泪，泪水湿枕，无人知晓，无限痛苦只能埋在心窝里，正是"感时花溅泪"，行走花丛，花朵和邻女都痛彻心肠，也许从前她与他曾优游闲适地行走花间，睹物思人，情难自禁。原来那位远去的"前男友"也曾经与她情投意合。这样设计劝慰词，很有即时的节奏感：那个人很好的。先肯定她的前男友，然后再转移话题。如果劈头否定她的前男友，贬他一无是处，后来的劝慰则就失去基础，只言片语也难入其人之耳。

尾联归结到劝慰。鱼玄机以女性的心理劝慰另一位女性，或许就是她的闺中密友，很好地把握了分寸：你的那位男友的确优秀，优秀得如同晋时的风流名士王昌，王昌如耀眼的明星，谁不喜爱？这句话潜词是夸赞姑娘"好眼力"，与颔联的"无价宝""有情郎"对应。但邻女读到这一联的上句，会更动心："自能窥宋玉，"宋玉《登徒子好色赋》说，邻女某，美艳无比，暗恋（窥）他三年，他一点不动心。宋玉与王昌比，人更美貌，才学更高，而且还是楚国明星般人物，多少闺阁女的梦中情人。以邻女的才与貌，追求现代版的"宋玉"，何须"窥"，何须窥三年？得宋玉作伴，与宋玉成夫妻，伴宋玉白头偕老，那时，是不是觉得当初不嫁现在这个"王昌"是明智的选择？既然不嫁王昌是对的，那么，还有恨王昌的理由吗？至此，邻女失却"王昌"的哀怨郁结自是豁然冰消，劝慰他人，此诗可谓"最高境界"。

寄外征衣

陈玉兰

夫戍边关妾在吴，西风吹妾妾忧夫。
一行书信千行泪，寒到君边衣到无。

这首绝句写一件事：寄寒衣。

丈夫戍守边关，妻子在故乡守望，故乡在江南吴地，不知北方地冻天寒，西风凄紧，吴地感到深深的凉意，妻子不为西风紧而忧，所忧在夫，丈夫在边关，自然分外寒冷，古代的从军战士，国家并不统一置备军装，战士的服装由家里自行缝制并寄往驻守地，这项制度源自上古贵族武士才有出战资格的传统。武士自备服装、武器，置备这些东西，也是武士本人和家族的荣誉。于是，妻子为丈夫缝制御寒的衣服并送往前线，寄寒衣和送寒衣，成为军旅文学作品长盛不衰的题材，尤其在民间文学中更盛行，尽管后来武器装备由政府统一制作发放，文学作品仍抓住这项题材不放。

下联的出句说书信，妻子写信给丈夫，信和泪写、和泪封、和泪递；字成行，行成页，字字行行都是泪，千滴泪凝为一纸书。泪与字的意义只有一项：寒冷的冬天来到他的身边，我缝制寄出的棉衣寄到了吗？十分浅显的语言，十分深厚的关怀，传达了夫妻间的挚爱。

这首绝句以情取胜，情是此诗的统帅，它辞意显豁，没有修饰，没有比喻，没有典故，它拥有的只有妻对夫的柔情蜜意，对他的细密关怀。这在唐代格律诗考究修辞、用典，追求含蓄蕴藉的风气中，显得十分独特，正因为它朴素无华、情意深厚，被推为同类题材的冠军。

这类题材早见于《诗经》的《王风·君子于役》。妻子惦念她的夫君，在边关是不是饥渴。魏时曹丕《燕歌行》说："忧来思君不敢忘，不觉泪下沾衣裳。"高适《燕歌行》说："少妇城南欲断肠，征人蓟北空回首。"

两地相隔，思念日甚。金昌绪《春怨》从另一个侧面描写夫妇分离之苦："打起黄莺儿，莫教枝上啼。啼时惊妾梦，不得到辽西。"比喻式的写实把思妇对征夫的思念刻画得生动逼真催人泪下，与这首《寄外征衣》共同达到思妇诗的精妙境界。另外一位女诗人葛鸦儿的《怀良人》诗也可与此两诗比肩，诗云："蓬鬓荆钗世所稀，布裙犹是嫁时衣。胡麻好种无人种，正是归时底不归?"仍然是写实与比喻并用的手法，那位"不归"的丈夫很可能也是一位征夫。古时暮婚晨别，"悁悁不归"的征夫很多，杜甫《新婚别》就说："嫁女与征夫，不如弃路旁。结发为妻子，席不暖君床。暮婚晨告别，无乃太匆忙。"《怀良人》所写的思妇家境贫寒，多年无衣可换，"胡麻好种无人种"，是比喻思妇没有子女，与杜甫《新婚别》"妾身未分明"同义，也有年华将逝，"汨余若将不及兮，恐年岁之不吾与"的意义。

金缕衣

无名氏

劝君莫惜金缕衣，劝君惜取少年时。

有花堪折直须折，莫待无花空折枝。

《金缕衣》又名《金缕曲》，貌似近体的七言绝句，其实是一支民歌，语意均平凡无波折曲致，却蕴有人生和生活的哲理，因此自唐代以来广为人关注。

金缕衣，也叫"金缕玉衣"，用金质的线把磨光的玉片串起来拼接成衣服的模样。这种衣裳极为华贵，不是极为富且贵的人物，不能"着"这金缕玉衣。但是，金缕玉衣只供死者穿着，是陪葬品，活着的人与它无关。那么，此诗的意思就十分明白了，就是对句所说："劝君惜取少年时。"应珍惜生命，尤其应珍惜青春年少时的生命。那时的生命富于活力，正是享受生活，享受爱情的季节。下联便进一步揭示主题。花，象征着青春的生命和爱情，繁花满枝，是折取欣赏的好时候，如果花期错过，枝上疏落，即使折取，也没有意义了。青春盛期，不知珍惜，而青春刹那即逝，追寻不可及，懊恨，反而会使懊恨更多。

这首民歌用通俗的语词，阐明人生最大的难题：爱情。对比精彩，不费许多言语而道理自明。作品的倾向性十分明显，没有曲折，没有修饰，直言而出：人生一世，爱情至上。

《金缕衣》的形式虽是民歌，它的依托源头却是文人的大雅之作《古诗十九首》。《冉冉孤生竹》说："伤彼蕙兰花，含英扬光辉。过时而不采，将随秋草萎。"正是"莫待无花空折枝"的意思。《东城高且长》说："回风动地起，秋草萋已绿。四时更变化，岁暮一何速！"《驱车上东门》说："白杨何萧萧，松柏夹广路。下有陈死人，杳杳即长暮。潜寐黄泉下，千载永不寤。浩浩阴阳移，年命如朝露。"这三首诗组合，就是这首《金缕衣》的立意寄托。"十九首"的主题比较复杂，或主张美食，或主张华服，或主张高官，《金缕衣》与其有别，它主张爱情，劝谕人们千万不要使一生的爱情落空。立意明确，倡言显豁，有似醍醐灌顶，有发人深省的功效。孟称舜取崔护《题都城南庄》诗敷衍为戏曲《人面桃花》，唱词有"深昼静莺声自悄，韶华过花色谁娇。庭前淑景迟，镜里红颜老，锁幽闺烟窗寂寥"。正是《金缕衣》本意。近代再改作为京剧，将此诗作为引子，在剧中多次出现，串联全剧剧情，剧作者深知此诗的个中三昧。

此诗作者或称"杜秋娘"。杜秋娘，金陵女。年十五，被镇海节度使李锜纳为妾。李锜叛灭，家女子包括杜秋娘籍之入宫。杜牧曾见晚年沦落民间的杜秋娘，作长诗《杜秋娘诗》，诗中有"京江水清滑，生女白如脂。其间杜秋者，不劳朱粉施。老濞即山铸，后庭千双眉。秋持玉斝醉，与唱金缕衣"。从诗意推测，《金缕衣》为教坊时曲，杜秋娘只是会演唱，未必是她自度曲文。

闲

适

品

闲适品诗即抒情诗，古今命题各异而已。从广义上说，所有的诗歌都是抒情诗，中国诗界有"诗主性情"的命题，而从中国诗歌创作实践来看，抒情诗是主流，与其他文化类型重叙事的传统差别明显。由于抒情诗范围广大，可以从中分析出相对狭义的抒情诗，这类抒情诗情绪感伤，在文学分类上接近悲剧范畴，但辞藻较为艳丽，陆机所说的"诗缘情而绮靡"，很好地总结了这类诗的特点。

秦兵破楚郢都，屈原随残兵南奔，作《哀郢》，为国感伤。老战士八十岁还乡，归家已是松柏坟丘累累，作《十五从军征》，为家感伤。张若虚见江中水、江边花、天上月，作《春江花月夜》，为人生感伤。诗人分外多愁善感，哀伤幽怨苦痛悲戚，郁结在心，发声为长啸，吐字为歌谣，书写为诗章。所以抒情诗切近人的深层心理，是诗中的"忧郁王子"。

《诗经》中最著名的抒情诗是《王风·黍离》，诗曰："彼黍离离，彼稷之苗。行迈靡靡，中心如醉。知我者，谓我心忧，不知我者，谓我何求。"作者为西周王朝镐京的残破而痛心疾首，心中忧伤，但那些妄想狂的小人还以为他另有图谋，对他造谣中伤，于是忧伤转为愤怒悲痛。《魏风》中的《伐檀》《硕鼠》反映时政，对剥削者提出强烈控诉，愤怒怨恨如火山喷发，不可抑止，《小雅·采薇》为久戍在外，不得为政者的关心慰问而怨愤，其怨如云雾弥空，不能驱除。

汉代有两首著名的抒情诗：《悲歌》与《古歌》。《悲歌》曰："悲歌可以当泣，远望可以当归。思念故乡，郁郁累累。欲归家无人，欲渡河无船。心思不能言，肠中车轮转。"《古歌》曰："秋风萧萧愁杀人。出亦愁，入亦愁。座中何人，谁不怀忧。令我白头。胡地多飙风，树木何修修！离家日趋远，衣带日趋缓。心思不能言，肠中车轮转。"这种悲伤无法言传，如车轮旋转，盘桓不去。《古诗为焦仲卿妻作》是继屈原《离骚》之后的第二首长诗。它写一个凄惨的婚姻家庭悲剧，伤感哀痛，不忍卒读。刘兰芝的贤淑端庄，焦仲卿的软弱屈从，焦母的病态专横，性格化描写相当成功。这三种类型的人物在文学史上坚定地树立起来了，长诗作者的伤感情绪贯彻全诗。唐代白居易《长恨歌》的李杨爱情与焦刘悲剧在历史上前后相映生辉。

曹操的拟乐府诗主调是感伤。《蒿里行》为国家命运而感伤，"生民百遗一，念之断人肠"。天下百姓死亡殆尽，这重感伤个人无法承受。蔡琰五言《悲愤诗》取旨于个人命运在国家倾覆之际的不可抗拒，所以它与曹操诗互为表里，是诗史的史实篇。阮籍《咏怀》诗82首，是咏史，也是伤今，更是感怀。"徘徊将何见，忧思独伤心"，"远望令人悲，春气伤我心"，"悦怿未交接，晤言用感伤"，"终身履薄冰，谁知我心焦"，"委曲周旋仪，姿态愁我肠"。这些岁月沉积形成的格言式的诗句，说出了古今多少志士的感伤和庸人的感伤。当然也启迪了唐代诗人，摹写抒发自己的独有的情绪。

张若虚《春江花月夜》是初盛唐之交著名的带有浓厚感伤色彩的抒情诗。"江畔何人初见月？江月何年初照人？人生代代无穷已，江月年年望相似。不知江月待何人，但见长江送流水"。长江在身边流过，年年月月不变，明月高挂天空，月月年年不变，人们熟视无睹，但张若虚由此引发了不能消弭的感伤，月亮、江水、岸边赏月人都在动，月亮圆了又缺，江水来而复去，赏月人世代相传，却在做同样的一件事：赏月。同时，它们是恒久、永远的江、月、人。从哲理上分析，到此为止，世界归于"一"。文学不是，文学肯定了江和月的恒久，否定了人的恒久，把两者对照，扬物抑人。以造化的立场看，人未尝变，人与江月同样恒久，但就"人"的个体的立场看，他们如川流如月蚀，百年一生，瞬息而过，这种感伤则具有恒久性。《春江花月夜》的感伤超越了时代，在文学上也达到了恒久。

李白、杜甫是伟大的抒情诗人，所抒之情当然包括了感伤。李白《梁甫吟》《将进酒》《宣州谢朓楼饯别校书叔云》《行路难》等歌行、乐府名作，写自己抑郁不得志的感伤，有征服人心、撼动人心的力量。它们是李白的诗风形成的主导因素，杜甫《醉时歌》《哀江头》《哀王孙》《茅屋为秋风所破歌》《登高》，丰富了杜甫诗的内容，使杜诗风格多样化。李贺为古人感伤，李商隐为今人动情，各有名篇传世。

唐代抒情诗最典型的当属白居易的两首长诗《长恨歌》和《琵琶行》。《长恨歌》叙写唐玄宗与杨贵妃的特殊爱情，白居易作此诗，表达了唐人的共同感受，这首感伤长诗的成功还在于它的辞藻丽语，沁人心脾。《琵琶行》则属于另一种情形，诗人把两重感伤合并一处，由自己一身承担。这种感伤确实陪伴他一生到终老。

唐诗掠影

闲适品

行路难

李 白

金樽清酒斗十千，玉盘珍馐直万钱。

停杯投箸不能食，拔剑四顾心茫然。

欲渡黄河冰塞川，将登太行雪满山。

闲来垂钓碧溪上，忽复乘舟梦日边。

行路难，行路难，多歧路，今安在。

长风破浪会有时，直挂云帆济沧海。

行路难，乐府旧题，南朝鲍照作《拟行路难》，抒发怀才不遇、壮志难酬的壮士怨情。李白的三首《行路难》从立意到行文及至文气，都在模仿鲍照，但李诗立意更为高远，行文波折更多。

诗以李白最爱之物酒开篇。此酒非凡酒，它要斗酒十千，才能购得。至于菜肴，也同样珍贵：玉盘盛珍馐。第三句急转直下，面对如此美酒佳肴，李白停杯投箸，难以入喉。仗剑在手，满怀豪情，却无处宣泄。之后用两个比喻，表明自己的处境。黄河冰塞川，渡不得；太行雪满山，登不得。渡黄河，登太行，比喻他对仕途的渴望。李白是一位诗人，但他绝不甘心做一个纯粹的诗人，他的胸襟抱负不弱于盛唐任何一位文士。在《赠何七判官昌浩》中，他明言自己的志向是出将或者入相，直接辅佐圣明天子，他要做一代贤臣名将，驰名青史，不肯老死阡陌。但求仕求显达多年，地位却每况愈下，所以他感慨"行路难"。对于行路之难，他几进几退，没有放弃对理想的追求，晚年从李光弼讨伐安史叛军，是他追逐理想的最后一次努力。

李白的心情经常处于矛盾之中，因为行路难，他索性不"行"，作一位隐士，垂钓于一片江湾，似乎已心如止水，不关仕进之事，但心里却有难以按捺的骚动不安，屡次梦见在垂钓的溪上乘上小舟，直达长安，听命于天子。这是有可能的，当年太公望就是在磻溪被周文王征召入朝，为周朝建立了不世之功。李白自诩才能绝不在太公之下，可是"文王"始终没有出现，李白空自嗟叹，世上谁人听见，所以，拔剑四顾的李白长叹息："行路难，行路难，多歧路，今安在。"一位走投无路报国无门的志士形象应声而出，其声沉痛，其志凌霄。

如果诗人至此而止，那么李诗与鲍诗无甚差异，但李白在长吁"无路"之后，忽然笔锋又一转，在绝望之中，怦然而生希望："长风破浪会有时，直挂云帆济沧海。"李白不肯向绝望低头，在无路中期望有路，他将乘一艘满帆的大船，越过茫茫大海，达到理想的彼岸。李白的本意更豪迈，他本身就是一艘航海大船，只待时来运转，他就要乘长风，破万里浪，功成名就，天下仰望。

这首诗层次鲜明，同时又跌宕起伏，洋溢着怨愤之情、孤独之感和豪迈之气，矛盾的情绪互融于一首诗，却转换自然得体，全诗浑然一体，表现了李白高超的驾驭主题和结构的艺术才能。

将进酒

李　白

君不见，

黄河之水天上来，奔流到海不复回。

君不见，

高堂明镜悲白发，朝如青丝暮成雪。

人生得意须尽欢，莫使金樽空对月。

天生我材必有用，千金散尽还复来。

烹羊宰牛且为乐，会须一饮三百杯。

岑夫子，丹丘生，将进酒，杯莫停。

与君歌一曲，请君为我倾耳听。

钟鼓馔玉不足贵，但愿长醉不复醒。

古来圣贤皆寂寞，惟有饮者留其名。

陈王昔时宴平乐，斗酒十千恣欢谑。

主人何为言少钱，径须沽取对君酌。

五花马，千金裘，

呼儿将出换美酒，与尔同销万古愁。

　　将进酒，乐府旧题，李白此诗以饮酒为名，抒发自己志向难伸的郁闷不平。

　　开篇突兀，如天外来句，揭出"黄河"二字，气冲霄汉。果然，补足"天上来"，把黄河的状态气势与力量轰然无保留地倾泻在诗中，陈列在读者面前，不由人不凛然生畏，奋然生威。首句如此波澜壮阔，对句却突然弱了下去，一扬一抑，令人踟蹰。黄河从我们身边流过，再也不能返回，尽管它自天上来，也无法改变自己"一去不复返"的命运。至此，读者约略知道诗人想表达的意思了，就是第三句。高堂现在揽镜自照，为白发繁生而悲叹，可谁都知道，他们的白发，不久前还乌黑，其迅急仿佛只经历短暂的一天，"朝如青丝暮成雪"。第四句仍不是诗的主题，第一件事铺垫第二件事，两件事又是第三件事的铺垫：既然时光短暂（朝青暮白），时光不返（黄河不西流），那么人生该做的事情只有一件了：莫使金樽空对月。主题既出，以下便酣畅淋漓展开对酒的礼赞。

饮酒首先需要钱，李白说，不必考虑钱的事，钱是人"捉"来的，有人就有钱，有钱就痛饮。千金变酒，饮完再去"捉"钱。眼前不是还有钱吗，那就把肥美的牛羊献上来吧，我们一次畅饮三百杯，一醉方休甚至醉也不休！看伙伴还犹豫，李白劝酒不迭，还唱歌助兴。"祝酒歌"也很别致，拉古圣贤为自己现身说法。他说，从古以来，圣君贤臣有几个留下姓名使人钦敬的？倒是酒徒声名远播、充塞天地。不知道李白如何得出这般结论，但他说得理直气壮。为了证明自己的说法颠扑不破，他从古人中超拔出陈思王曹植。这位王子在平乐坊大摆宴席，宾主放开喉咙灌美酒，那酒价格昂贵，斗酒十千。有陈王做榜样，李白毅然宣称：但愿长醉不复醒。把钟鼓馔玉的富贵抛到天外，不需要它了！

到底还是发生了钱的问题，千金确实散尽，它们没有回来，新钱也不来报到，酒该收场了吧？李白说，只管斟来便是，有五花马，有千金裘，用它可以换取无数个"斗酒十千"。李白要与岑夫子、丹丘生等一伙酒徒，一醉解千愁，二醉销万古！

这首诗充分表现了李白豪爽洒脱，睥睨万物的壮士性格，有几分狂放，更有几分天真，使人敬、令人爱，以致历代饮者都引李白为同调。全诗感情率真强烈，不受拘系，气势磅礴，如长江黄河，奔腾而下，一泻千里。

梁甫吟

李 白

长啸梁甫吟，何时见阳春。
君不见，
朝歌屠叟辞棘津，八十西来钓渭滨。
宁羞白发照清水，逢时吐气思经纶。
广张三千六百钓，风期暗与文王亲。
大贤虎变愚不测，当年颇似寻常人。
君不见，
高阳酒徒起草中，长揖山东隆准公。
入门不拜逞雄辩，两女辍洗来趋风。
东下齐城七十二，指挥楚汉如旋蓬。
狂客落魄尚如此，何况壮士当君雄！
我欲攀龙见明主，雷公砰訇震天鼓。
帝旁投壶多玉女，
三时大笑开电光，倏烁晦冥起风雨。
阊阖九门不可通，以额扣关阍者怒。
白日不照我精诚，杞国无事忧天倾。
猰貐磨牙竞人肉，驺虞不折生草茎。
手接飞猱搏雕虎，侧足焦原未言苦。
智者可卷愚者豪，世人见我轻鸿毛。
力排南山三壮士，齐相杀之费二桃。
吴楚弄兵无剧孟，亚夫咍尔为徒劳。
梁甫吟，声正悲。
张公两龙剑，神物合有时。
风云感会起屠钓，大人嵫屼当安之。

梁甫吟，乐府旧题。梁甫是一座山，在泰山之侧，古代皇帝封泰山，必禅梁甫，合称"封禅"。李白这首诗借歌咏几位历史人物表达自己的远大志向，以及在实践这一志向时遭遇的挫折，是李白感时伤怀的代表作之一。

诗先提到太公望。姜尚垂钓渭水，文王访贤相遇，倾心拜揖道："太公望久矣！"于是他就叫"太公望"。他原是商都朝歌的一位屠夫，八十岁来到渭水，并不以为时光已晚，期待与圣君相遇，施展抱负，他的钓鱼钩不是简单的鱼钩，那是准备"钓"君主的，所以广张三千六百只钓钩。古人说大人虎变，君子豹变，虎豹应时才会变，振作而起，整顿江山，愚人怎能认识大贤？只把他们当作寻常之人。李白以太公望自比，认为自己有济世才，可惜世人不识，君王也不识。不过没关系，他还年轻，不到八十岁，还可以再等。虽然如此，他心中的期待已经跳跃难耐了。接着说郦食其。这位大谋士自称"高阳酒徒"，访问汉王刘邦，入门不拜，只是驰骋雄辩之词，震惊了刘邦。刘邦一改对文士的轻慢作风，奔过来奉迎他，忙乱中竟踢翻了洗脚盆。郦食其不负汉王的信任厚望，以游说之词解除齐国的武装，为汉帝国树立奇功。姜尚、郦食其，都是狂狷之士，虽然落魄无着，但逢时吐气，立刻雄风大作，横扫六合。壮士逢时，势必如此。

李白在赞美了两位历史人物之后，开始说自己了。他有太公望之谋。有郦食其之辩，他是一代壮士，国家用人之际，正该他"逢时吐气"，施展"经纶"。于是向君王送游说之词。李白很自负，他要晋见天帝。天帝很高兴得到李白这位大天才，开怀大笑，宇宙因之格外明亮了。可是一刹那，天地晦暗，风雨骤降，眼前不见了天帝，自己身在天宫九重门之外。李白震惊、愤怒，用额头叩关，但守门人更怒，把他斥逐出来。从此无缘见天帝，弥天绝伦之才无处施展。李白这一番"神话"其实是写实。他应召到长安，见了唐玄宗，玄宗礼遇甚厚，至于"亲为调羹"，李白的眼前一片光明，以为得遇明主，逢明时，成就大业指日可待。不料，皇帝将他置于闲散，并不重用，而且受到多人谗毁，被迫自我请求"放还"，从此流落"秋水多"的江湖，舟楫又总是"失坠"。

　　李白对此心有不平，却也无可奈何，只得自我安慰说，天下本来无事，我倒是庸人自扰。可是真的无事吗？害人的野兽横行，是后羿拯救了天下，射杀野兽，在焦土上广济苍生。李白认为世事不可理喻，智者总是委屈着，愚者却趾高气扬。比如齐国三位壮士，武能排南山，文能绝地纪，但晏婴用两只桃子就把他们害死了。思念这些古人，心中郁闷，唱起梁甫吟，越唱越悲伤。神剑终究飞腾而去，姜太公到底得遇文王，而我机遇在何地，在何时？忧愁忧思，戛然作结。

宣州谢朓楼饯别校书叔云

李　白

弃我去者，昨日之日不可留；
乱我心者，今日之日多烦忧。
长风万里送秋雁，对此可以酣高楼。
蓬莱文章建安骨，中间小谢又清发。
俱怀逸兴壮思飞，欲上青天览明月。
抽刀断水水更流，举杯消愁愁更愁。
人生在世不称意，明朝散发弄扁舟。

谢朓楼也叫谢公楼、北楼，谢朓在宣城任太守时所建。李白在此与任秘书省校书郎的李云饯别，作此诗。李云为李白的叔辈。

全诗以忧愁为主旨，开篇便是悲愤郁闷感情的倾诉，昨日已弃我而去，是忧，今日正乱我心，更是忧，忧愁缠绕李白，李白就是忧愁的化身，通体皆忧。在谢朓楼设宴，自然联想到南朝大诗人小谢，而且眼前长风万里，秋雁凌空，好一派秋高气爽，直令人意气风发，此景足堪举杯畅饮。汉魏文章风骨刚劲，后人难以为继，所赖小谢以清新活泼的诗风接续汉魏，文章正风得以不泯。李白说，在谢朓旧地，与小谢作历史的晤谈：我与小谢有相同的逸兴和壮思，它们托举着我和小谢升腾天宇，六合无碍，直上九天，揽明月在怀。这一段回到了李白诗的本色，以豪放奔腾跳跃为特征，表现李白的豪士性格。李白遭遇穷愁潦倒，蹉跎岁月，功业难成，但他从没有放弃希望，从没有停止追求。消极但不颓废，失望但不绝望，这就是李白。

后四句在情绪上回到了忧愁郁闷，与开篇二句呼应，忧愁如水，水不可以刀截断，举杯消愁，犹如以刀断水，刀不能断水，酒更不能消愁，此

唐诗掠影

闲适品

愁何以能解，李白陷入了困惑。从前曹操说过："何以解忧，唯有杜康。"酒是销愁的最好介质，李白自己也说过，用酒"与尔同销万古愁"，但现在，酒失去了效用，不能解忧愁了，可以想见此时李白的心情郁闷之甚。他得出极悲观的结论：人生在世不称意。这倒也是一条定律，古人云，人生在世，不如意事常十八九。李白则分外不如意，既然不如意那就远离俗世，隐居山林水泽，"明朝散发弄扁舟"，以自由自在的心情，摇一条自由自在的小船，从此自由自在地浪迹天涯。

此诗以情绪统摄，以情驭辞，辞随意至，挥洒自如，而且情绪转变突然，忽焉而至，忽焉而去，似乎连诗人自己也不知情绪何来何去。这种情绪是李白的主调，这种诗风是李白的一贯风格，尤其在抒情诗的写作上，李白诗一般都是大起大落，大开大合，读者追逐情绪变化很难，但也给人们带来审美的惊喜。

春 望

杜 甫

国破山河在，城春草木深。
感时花溅泪，恨别鸟惊心。
烽火连三月，家书抵万金。
白头搔更短，浑欲不胜簪。

　　这首五律诗作于唐肃宗至德二年三月。安史叛军在前一年攻破长安，长安城沦为废墟，杜甫在战乱中陷城中，被押赴长安，此诗即杜甫被囚禁在长安时所作。感时伤怀，愁家忧国，而且时局不明，国运难测，所以落笔沉重，情绪抑郁。

　　国都残破，国家败落，山河依旧，世事全非。长安的春天草木繁荣，但难掩战火的摧残。此诗四联都是名句，颔联尤其著名，"感时花溅泪，恨别鸟惊心"，是杜诗最著名的句子之一。因为它感人至深，还因为它可作两解，两解可能都是杜甫的意思，而且又都与全诗和谐完整，用意深远。第一解：感慨时局的不靖，国运难支，观花花不语，我流泪；因分别日久，音信难通，见鸟鸟无言，我痛心。这个解说把花鸟看作自己的观照物，以花鸟起兴抒情，感情深沉，意兴浓厚。第二解：时局不堪收拾，花也为之滴泪，别期无限，音信难托，鸟也为之伤心。这种解法把人与花鸟密合为一体，用花鸟的感情代指人的感情行为。颈联把国事家事统为一体，战火三月不息，局势仍然危急。一封家书如天书般难得。司马光《温公续诗话》云："古人为诗，贵于意在言外，使人思而得之，故言之者无罪，闻之者足以耐也。近世诗人，唯杜子美最得诗人之体，如'国破山河在，城春草木深。感时花溅泪，恨别鸟惊心'。山河在，明无余物矣；草木深，明无人矣；花鸟，平时可娱之物，见之而泣，闻之而悲，则时可知矣。他皆类此，不可遍举。"

尾联不说国，不说家，只说自己，说自己也不说心，只说身，说身也不说穷愁困苦，衣食难觅，形销骨立，奄奄待毙，只说自己的头发。这是高度集中，以细密具象表达高度抽象。作诗手法，在以少总多，以偏概全，由表及里，举重若轻。杜甫说，他的头发变白了，稀疏而且短了，发簪都无处扦入了。胡震亨《唐音癸签》："对偶未尝不精，而纵横变幻，尽越陈规，浓淡浅深，动夺天巧，百代而下，当无复继。"

此诗因身而家而国，又归结到家，叙述自然，结构密合为一个不可分解的系统，情与辞契合无间。《月夜忆舍弟》可作此诗的对应篇。诗云："戍鼓断人行，边秋一雁声。露从今夜白，月是故乡明。有弟皆分散，无家问死生。寄书长不达，况乃未休兵。"颔联"露从今夜白，月是故乡明。"因露影引起月影，隐含故乡之思，与张九龄《望月怀远》"海上生明月，天涯共此时"，同为唐人咏月怀人诗句的双璧。杜甫的祖父杜审言是初唐大诗人，《和晋陵陆丞早春游望》诗曰："独有宦游人，偏惊物候新。云霞出海曙，梅柳渡江春。淑气催黄鸟，晴光转绿蘋。忽闻歌古调，归思欲沾巾。"祖孙二人诗格毕肖。

丹青引

杜 甫

将军魏武之子孙，至今为庶为清门。

英雄割据虽已矣，文采风流今尚存。

学书初学卫夫人，但恨无过王右军。

丹青不知老将至，富贵于我如浮云。

开元之中常引见，承恩数上南薰殿。

凌烟功臣少颜色，将军下笔开生面。

良相头上进贤冠，猛将腰间大羽箭。

褒公鄂公毛发动，英姿飒爽来酣战。

先帝御马玉花骢，画工如山貌不同。

是日牵来赤墀下，迥立阊阖生长风。

诏谓将军拂绢素，意匠惨淡经营中。

斯须九重真龙出，一洗万古凡马空。

玉花却在御榻上，榻上庭前屹相向。

至尊含笑催赐金，圉人太仆皆惆怅。

弟子韩幹早入室，亦能画马穷殊相。

干惟画肉不画骨，忍使骅骝气凋丧。

将军画善盖有神，必逢佳士亦写真。

即今漂泊干戈际，屡貌寻常行路人。

途穷反遭俗眼白，世上未有如公贫。

但看古来盛名下，终日坎壈缠其身。

引，唐代杂曲的一种，丹青引，即一支描写与绘画有关的人或事的歌。此诗副题为"赠曹将军霸"，曹霸，唐代著名画家，因"安史之乱"

流寓成都。

据世系，曹霸应为魏武帝曹操之后，玄宗时任职左武王将军，因罪削籍为庶人。诗歌赠曹霸，特别提及他的出身，以资荣耀，而且仍称他为"将军"，也是人们对落职者的习惯称呼。前八句赞美曹将军，有恭维的成分，但很得体，突出将军的"文采风流"，符合他的"专业"特色。把他被削籍即开除公职说成"富贵于我如浮云"，是劝慰，也是婉辞。

第九至二十八句，写将军作画的光荣经历，是两件事。一件是重画凌烟阁功臣像，另一件是为天子马玉花骢画像。这一段描写细致，用笔洒脱，文采斐然，意兴蓬勃。将军为凌烟阁功臣别开生面，把人物画"活"了，"褒公鄂公毛发动，英姿飒爽来酣战"，二位将军似乎要突壁而出。杜甫此诗与李白《怀素上人歌》很相似，极尽用笔之生动，表现人物性格、形态活灵活现，读来犹如目前。李诗写大书法家怀素的用笔如"墨池飞出北溟鱼，笔锋杀尽山中兔"，怀素写的字则"左盘右蹙如惊电，状同楚汉相攻战"，"恍恍如闻鬼神惊，时时只见龙蛇走"。一作画，一作书，都臻于极妙，出神入化。玄宗有马"玉花骢"，请曹霸作画，那匹马像一条龙，在宫殿上昂然而立，将军展素挥毫，经过惨淡经营，"真龙"出现了，从古至今的一切"马"都被这匹画上的真龙扫荡了。最令人惊讶的是，人们已经辨不出御榻上画成的马与庭间站立的马哪匹是真马，两匹马互相看，好像它们也迷惑了。天子高兴，催促赏赐。管马的人们更为难：该牵哪一匹马回马厩呢？"弟子韩干"以下四句用韩干画马反衬曹霸之画之无人匹敌。"将军画善"句到结尾，意思转换。前边诗笔潇洒，诗情洋溢，诗兴飞扬。至此突然转为压抑，回到杜甫诗的本色风格。将军从前荣耀逾常，只为佳士画像，而且只在他兴致很高的时候才画。如今因战乱漂泊四处，为生计所迫，为凡夫俗子画像求润笔以糊口，仕途末路，被俗人白眼相加，不但穷，而且贫困得世间少有。杜甫为曹霸愤愤不平。本节结尾二句又有一点小的主题转移。杜甫说，将军你也不必太伤悲，世道从来如此，从古至今，凡是著名的人物，有谁是一帆风顺的？他们的道路崎岖，沟壑无已，艰难险阻缠绕不去。这其中也包括杜甫自己。

一首意兴盎然的赞美诗，写到最后，竟成抒发郁闷的怨情诗。处境对人的影响，对人的作品的影响，由此昭然。

醉时歌

杜 甫

诸公衮衮登台省，广文先生官独冷。

甲第纷纷厌梁肉，广文先生饭不足。

先生有道出羲皇，先生有才过屈宋。

德尊一代常坎轲，名垂万古知何用。

杜陵野客人更嗤，被褐短窄鬓如丝。

日籴太仓五升米，时赴郑老同襟期。

得钱即相觅，沽酒不复疑。

忘形到尔汝，痛饮真吾师。

清夜沉沉动春酌，灯前细雨檐花落。

但觉高歌有鬼神，焉知饿死填沟壑。

相如逸才亲涤器，子云识字终投阁。

先生早赋归去来，石田茅屋荒苍苔。

儒术于我何有哉，孔丘盗跖俱尘埃。

不须闻此意惨怆，生前相遇且衔杯。

《醉时歌》杜甫原注："赠广文馆博士郑虔。"郑虔作为唐玄宗升平世界的点缀，曾被赐为"广文馆博士"，但不久，广文馆舍因雨倾塌，遂废，郑虔无职无官，处境穷困。杜甫感郑虔遭遇，作此歌相赠。歌是写给郑虔的，但抒情之人却是杜甫自己，抒发自己的郁闷，为自己的处境困顿发出不平之鸣。

开头用对比手法写郑虔的困顿。官员们雍容端正，到各自官衙办公，广文馆博士的办公室"独冷"。冷有两重意义：一是寒冷，广文馆舍年久失修，漏雨而冷；二是清冷，广文馆是冗职冗官，无权无利，是典型的

"冷衙门"。长安城的有地位的人家粮肉无算，广文馆博士却连饭也吃不饱。博士的道德品质直接出于羲皇上人，才学比屈原宋玉还高，可是，品德高尚，却总是路途坎坷。才学广博深厚，文名卓出当代，又有什么用处？第九至十二句说自己。杜甫说他更悲惨，穿着粗布衣服，又窄又短，头发花白，只靠政府每天发放的救济粮度日。杜甫说，反正是活不下去了，索性把救济粮换成酒与郑老先生痛饮，醉后就什么烦恼都没有了。

"得钱"四句变为五言，气势更壮。他说，有钱就要来找郑老先生，喝酒到沉醉，沉醉忘形至于以"尔汝"相称。在清爽的夜晚饮酒，灯前，细雨如丝；檐上，花瓣飘落。美景、美酒与挚友共享，狂歌一曲，有如神助，明天就是饥饿而死，委身沟壑，也不去管它了。"清夜沉沉"四句，直抒胸襟间怨气，不加掩饰，惊心动魄。"相如逸才"二句引古人自重，也以古人自解。司马相如的才名不算小了，但他得在小酒馆中做杂役。扬雄是文字学家，却因文字从阁上投下自杀，我们处境如此狼狈，也是事理必然。因为郑虔比司马、扬还才学多、文名大。既如此，杜甫鼓励郑虔博士及早归隐，效陶渊明。故乡的田地荒芜，茅屋生苔，急需回去打理。

以上还只是怨，结尾一节四句已经在怒了，竟至喊出杜甫生来最激愤的话："儒术于我何有哉，孔丘盗跖俱尘埃。"他不再承认自己是儒生，这确为石破天惊之论，因为杜甫一向以儒家嫡传自命。他在《奉赠韦左丞丈二十二韵》中也有类似的话："纨绔不饿死，儒冠多误身。"头上戴一顶儒生的帽子，致使一生坎坷。既然说自己不再是儒生，索性说得更彻底决绝，否决儒家的祖师孔子。孔子是圣贤，跖是盗贼，但他们同样已化为泥土尘埃，无差别了。杜甫为自己的愤怒激烈震惊，所以要劝慰郑虔：不要因为我的发言狂躁而悲伤，我很正常，我们还是喝酒吧，只要还活着，那就喝完我们的生前之酒！

登　高

杜　甫

风急天高猿啸哀，渚清沙白鸟飞回。

无边落木萧萧下，不尽长江滚滚来。

万里悲秋常作客，百年多病独登台。

艰难苦恨繁霜鬓，潦倒新停浊酒杯。

　　重阳节登高，是中国的一种习俗，"九九"重阳节是中国的重要的节日，农历九月九日逢双九，九为阳，"双九"则是"重阳"。用以代表人的生命进程，即老年。杜甫这一年在夔州重阳日登高，感身世处境之艰难，作此诗。

　　首联和颔联写秋景。首联有六物，成六景，六景合为一景：重阳之秋。出句三事：风、天、猿，对句三事：渚、沙、鸟。六事各有修饰词：风急、天高、猿啸哀；渚清、沙白、鸟飞回。这些景象共同构成长江两岸深秋的肃杀气氛，似有寒气逼人，令人凛然肃然。颔联接着写深秋的肃杀，以"落木"为代表，落木指树叶凋落，加上"无边"，就把江岸的景色向横的方向延伸了，延伸到不知多远的远方，取"去"势。对句的长江把景色向纵的方向延伸，也延伸到不知多远的远方，直到不知在何处的长江源头，取"来"势。一去一来，勾画出天地间一派深秋之景。两联相合，景物完成，情绪自在其中。秋景凄清，诗人心凄凉；秋景萧落，诗人心冰冷。

　　颈联顺势而下，写人、抒情。人即诗人自己，情即抑郁忧思。本联的核心词是"作客"和"登台"，各为句中主导。杜甫长年在外流浪，主要在川中寓居，李白诗说："锦城虽云乐，不如早还家。"川中虽富庶，毕竟不是故乡，而且自严武卒后，杜甫又跌入贫病困顿，处境狼狈，"作客"

的无奈心情更沉重了。常作客，在悲凉的秋天作客，在去家万里的地方作客，在秋风肆虐的季节长久地作客，三层悲苦重压着杜甫的心。登台望景，心潮难抑。杜甫这次重阳登高，是孤独的一个人，是独登台，当时杜甫患病，多病登台，杜甫年纪已大，以年迈而多病的身体孤独地登上高山。三重艰难折磨着杜甫。杜甫笔锋雄健，善于因小取大，纳万里于方寸，收万载于须臾，颈联二句可见杜甫作诗功力的奇伟超凡。

尾联的结束很"弱"，但弱而绵，绵远悠长，余音不息。出句是颔联两句的延伸，突显自己"霜鬓"而且"繁"，白发很多了。对句说自己潦倒困顿，已经不再喝酒了。从前杜甫是位豪饮之客，"得钱即相觅，沽酒不复疑"，他曾写了赞美饮酒客"酒中八仙"，对酒近乎狂热地崇拜。现在却不饮酒，是无心情饮酒。从前在走投无路、忧愁忧思的时候，他总是饮酒解忧愁，"不须闻此意惨怆，生前相遇且衔杯。"如今他不饮酒了，他以何解忧，人们为他的不饮酒深以为忧。联想到杜甫三年后殁于江湖，人们的愁愈深，此诗的哀痛也更烈。

琵琶行

白居易

浔阳江头夜送客，枫叶荻花秋瑟瑟。
主人下马客在船，举酒欲饮无管弦。
醉不成欢惨将别，别时茫茫江浸月。
忽闻水上琵琶声，主人忘归客不发。
寻声暗问弹者谁，琵琶声停欲语迟。
移船相近邀相见，添酒回灯重开宴。
千呼万唤始出来，犹抱琵琶半遮面。
转轴拨弦三两声，未成曲调先有情。
弦弦掩抑声声思，似诉平生不得志。
低眉信手续续弹，说尽心中无限事。
轻拢慢捻抹复挑，初为霓裳后六幺。
大弦嘈嘈如急雨，小弦切切如私语。
嘈嘈切切错杂弹，大珠小珠落玉盘。
间关莺语花底滑，幽咽泉流水下滩。
冰泉冷涩弦凝绝，凝绝不通声暂歇。
别有幽愁暗恨生，此时无声胜有声。
银瓶乍破水浆迸，铁骑突出刀枪鸣。
曲终收拨当心画，四弦一声如裂帛。
东船西舫悄无言，唯见江心秋月白。
沉吟放拨插弦中，整顿衣裳起敛容。
自言本是京城女，家在虾蟆陵下住。
十三学得琵琶成，名属教坊第一部。
曲罢曾教善才服，妆成每被秋娘妒。
五陵年少争缠头，一曲红绡不知数。

钿头银篦击节碎，血色罗裙翻酒污。
今年欢笑复明年，秋月春风等闲度。
弟走从军阿姨死，暮去朝来颜色故。
门前冷落鞍马稀，老大嫁作商人妇。
商人重利轻别离，前月浮梁买茶去。
去来江口守空船，绕船月明江水寒。
夜深忽梦少年事，梦啼妆泪红阑干。
我闻琵琶已叹息，又闻此语重唧唧。
同是天涯沦落人，相逢何必曾相识。
我从去年辞帝京，谪居卧病浔阳城。
浔阳地僻无音乐，终岁不闻丝竹声。
住近湓江地低湿，黄芦苦竹绕宅生。
其间旦暮闻何物，杜鹃啼血猿哀鸣。
春江花朝秋月夜，往往取酒还独倾。
岂无山歌与村笛，呕哑嘲哳难为听。
今夜闻君琵琶语，如听仙乐耳暂明。
莫辞更坐弹一曲，为君翻作《琵琶行》。
感我此言良久立，却坐促弦弦转急。
凄凄不似向前声，满座重闻皆掩泣。
座中泣下谁最多，江州司马青衫湿。

　　这首长歌作于唐宪宗元和十一年。白居易在朝廷中任左赞善大夫，因直言上疏，被朝廷以"越职言事"的罪名贬到江州任司马。《琵琶行》是写实之作，他在浔阳江上偶遇一位弹琵琶的歌女（已从良嫁与商人），听她自诉身世，白居易觉得自己当前处境与这位琵琶女很相似，于是作诗以记。

　　诗由三段构成。"浔阳江头夜送客"至"唯见江心秋月白"为第一段，写事情的缘由，主要描写琵琶演奏的情景。这是中国文学描写奏乐最精彩的一章。一面琵琶，演奏出大型交响乐团的气势。弹奏的引子是几下无意的抚弦，未成曲调先有情，演奏者不是简单的弹与拨，而是把自己的"一生不平事"融入曲子中。大弦小弦，急雨私语，如大珠小珠在玉盘中跳跃，莺语花底滑，泉流水下滩，对乐曲的比喻非常精彩。"无声胜有声"的描写造成绕梁余音。银瓶乍破、铁骑突出则比喻乐曲的高亢激越。

"沉吟放拨插弦中"至"梦啼妆泪红阑干"为第二段，写这位现为商人妇的"前琵琶女"的身世。她也是京城长安人，自小琵琶娴熟，在教坊中位列头牌，曾经有过万人簇拥，风光无限的经历。但随着年龄渐大，人老色衰，无人逢迎，只得嫁人，嫁给不知情趣，只求财利的商人。别时多，聚时少，忆念从前，悲情难抑，啼泪阑干。

以下为第三段。白居易把自己与琵琶女的身世作比较，觉得很相似，都是沦落在天涯的孤苦人，心自相通，于是为她作一曲，请她演奏。这支曲子融进了两个人的共同悲苦，凄怆悲凉，人不能堪。白居易流泪最多，因为那曲是写他和她的。

这首长诗兼叙事、抒情、描写于一体，都达到很高的艺术境界，使它成为中国诗歌史上的珍品。它与另一首长诗《长恨歌》视为白居易诗歌的双璧，熠熠生辉，彪炳于诗的历史画廊之中。特别是描写音乐的一节，形象而生动，比喻精彩切近，修辞上言义兼顾，情韵互谐。同时它又是一首惊心动魄的诗。说它惊心动魄，有两层含义：一是它描写的音乐本身，乐曲的进程出人意料，人的情绪完全被音乐控制了；二是这段描写本身极为精彩，审美的价值极高。

作品产生不久就流传全国以至境外，"童子解吟长恨曲，胡儿能唱琵琶篇"。《琵琶行》还创造了许多优美的诗句，传诵于古今中外，它们是："千呼万唤始出来，犹抱琵琶半遮面。""转轴拨弦三两声，未成曲调先有情。""嘈嘈切切错杂弹，大珠小珠落玉盘。""间关莺语花底滑，幽咽泉流水下滩。""银瓶乍破水浆迸，铁骑突出刀枪鸣。""同是天涯沦落人，相逢何必曾相识。"

长恨歌

白居易

汉皇重色思倾国，御宇多年求不得。
杨家有女初长成，养在深闺人未识。
天生丽质难自弃，一朝选在君王侧。
回眸一笑百媚生，六宫粉黛无颜色。
春寒赐浴华清池，温泉水滑洗凝脂。
侍儿扶起娇无力，始是新承恩泽时。
云鬓花颜金步摇，芙蓉帐暖度春宵。
春宵苦短日高起，从此君王不早朝。
承欢侍宴无闲暇，春从春游夜专夜。
后宫佳丽三千人，三千宠爱在一身。
金屋妆成娇侍夜，玉楼宴罢醉和春。
姊妹弟兄皆列土，可怜光彩生门户。
遂令天下父母心，不重生男重生女。
骊宫高处入青云，仙乐风飘处处闻。
缓歌慢舞凝丝竹，尽日君王看不足。
渔阳鼙鼓动地来，惊破霓裳羽衣曲。
九重城阙烟尘生，千乘万骑西南行。
翠华摇摇行复止，西出都门百余里。
六军不发无奈何，宛转蛾眉马前死。
花钿委地无人收，翠翘金雀玉搔头。
君王掩面救不得，回看血泪相和流。
黄埃散漫风萧索，云栈萦纡登剑阁。
峨嵋山下少人行，旌旗无光日色薄。
蜀江水碧蜀山青，圣主朝朝暮暮情。

行宫见月伤心色，夜雨闻铃肠断声。
天旋地转回龙驭，到此踌躇不能去。
马嵬坡下泥土中，不见玉颜空死处。
君臣相顾尽沾衣，东望都门信马归。
归来池苑皆依旧，太液芙蓉未央柳。
芙蓉如面柳如眉，对此如何不泪垂。
春风桃李花开日，秋雨梧桐叶落时。
西宫南内多秋草，落叶满阶红不扫。
梨园弟子白发新，椒房阿监青娥老。
夕殿萤飞思悄然，孤灯挑尽未成眠。
迟迟钟鼓初长夜，耿耿星河欲曙天。
鸳鸯瓦冷霜华重，翡翠衾寒谁与共。
悠悠生死别经年，魂魄不曾来入梦。
临邛道士鸿都客，能以精诚致魂魄。
为感君王辗转思，遂教方士殷勤觅。
排空驭气奔如电，升天入地求之遍。
上穷碧落下黄泉，两处茫茫皆不见。
忽闻海上有仙山，山在虚无缥缈间。
楼阁玲珑五云起，其中绰约多仙子。
中有一人字太真，雪肤花貌参差是。
金阙西厢叩玉扃，转教小玉报双成。
闻道汉家天子使，九华帐里梦魂惊。
揽衣推枕起徘徊，珠箔银屏迤逦开。
云鬓半偏新睡觉，花冠不整下堂来。
风吹仙袂飘飘举，犹似霓裳羽衣舞。
玉容寂寞泪阑干，梨花一枝春带雨。
含情凝睇谢君王，一别音容两渺茫。

昭阳殿里恩爱绝，蓬莱宫中日月长。

回头下望人寰处，不见长安见尘雾。

惟将旧物表深情，钿合金钗寄将去。

钗留一股合一扇，钗擘黄金合分钿。

但教心似金钿坚，天上人间会相见。

临别殷勤重寄词，词中有誓两心知。

七月七日长生殿，夜半无人私语时。

在天愿作比翼鸟，在地愿为连理枝。

天长地久有时尽，此恨绵绵无绝期。

　　长恨，意为永远的遗憾。遗憾，既有为唐玄宗与杨贵妃生离死别而遗憾，也有诗人白居易以及天下人为李杨的爱情悲剧而遗憾。"安史之乱"起，玄宗带着杨贵妃仓皇奔蜀，扈从军队至马嵬，杀杨国忠，又迫使玄宗缢杀杨贵妃，此诗在这件悲惨的事实上展开。

　　全诗为四段。第一段，"汉皇重色思倾国"至"尽日君王看不足"，写玄宗对杨妃的宠爱。玄宗爱美色，在全国寻找，多年不得所爱。杨家女儿天生丽质，入选皇宫，从此开始了甜蜜的爱情生活。后宫佳丽三千被冷落，天子废除了早朝。这一段写得柔情蜜意，春风无限，把君王的爱情描写得钟情而专一。而杨贵妃因自己的美貌，既赢得了爱情，又使家族荣耀，弟兄姊妹都得升迁，一荣俱荣，以至民风为之一变，重女轻男。这一段多处用"为尊者讳"的曲笔，轻轻地改变史实。又把批判隐于赞美之中，似褒似讽，意义朦胧。"汉皇重色思倾国"表面上歌咏玄宗对真爱的执着，一定要得到"倾城倾国"的美人。但"重色"与"倾国"两词，无疑可以作另外的解说：重色必荒政，倾城与倾国，佳人难再得。果然，国家将被"倾"了，诗歌转入第二段。

　　自"渔阳鼙鼓动地来"至"回看血泪相和流"为第二段。渔阳叛军南下，急报传来，骊山的仙乐与霓裳舞被打断，都城烟尘顿起，天子车驾仓促巡狩西南，贵妃随同车驾，情景犹疑彷徨，十分可怜。更可怜的还在后面，车驾西行百里许，六军哗变。蛾眉佳丽在阵前灰飞烟灭了，贵妃的贵重饰品散落地上，也在哭泣它们的主人。天子不忍看贵妃被杀，更无力挽救。从这一段开始，诗人的感情发生了转变，此前对李杨的爱情有微词，现在只有同情了。这是因为贵妃已死，对死者应当宽厚，而且唐代文士普遍认为贵妃无罪，至少罪不致死，"花钿委地"两句是标志，同情、惋惜如墨泼纸，不加抑止。

自"黄埃散漫风萧索"至"魂魄不曾来入梦"为第三段。写玄宗对贵妃的刻骨相思，是全诗的核心部分。玄宗独自到蜀，峨嵋山下没有人，旌旗无光，太阳灰暗，因为贵妃不在了，玄宗便有"国无人"的感觉，眼前所见，无非哀怨之色。本来指望返京时与贵妃再见一面，可是泥土中的贵妃不知去向，最后一点安慰也失去了。玄宗失魂落魄，任由坐骑把他带回长安。长安城池苑依旧，看见芙蓉，想起贵妃的面目，看见柳叶，想起贵妃的美眉。面对一盏孤灯，玄宗无法入眠，听着钟鼓，数着星辰，日复一日，年复一年。"悠悠生死别经年，魂魄不曾来入梦"，写尽了离别人的沉痛，沉痛得无以言谈，因魂魄不来入梦，引出第四段。

以下为第四段，转梦幻世界。一位在长安流浪的江湖道士，自称能召唤亡灵，与生者相会。他被玄宗对贵妃的真情感动了，决定为天子效劳。道士上天入地，也没有找到贵妃，那只有一种可能：她已登仙箓，身在蓬莱。道士到蓬莱见到杨贵妃，是本诗另一精彩之处。贵妃听到玄宗的使者来到，"九华帐里梦魂惊"，急忙跑出来。从诗的描写看，应该是扑出来，以至层层珠帘，纷纷闪开，摇曳不止，来不及梳妆的贵妃花冠不整，与使者相见。她花容忧郁，泪珠点点，仿佛雨后梨花，美得令人伤心。贵妃告诉使者，长安还有尘雾，天子也将不久于世，两人将会在仙界相会。贵妃还把玄宗非常熟悉的一只金钿盒委托道士寄给天子，并重述了她与玄宗的誓约：在天愿作比翼鸟，在地愿为连理枝。最后二句是诗人的叹息：天长地久，但与李杨爱情相比，天不长，地不久。他们的爱情誓言才是真正的"天长地久"。

这首长诗缠绵悱恻，哀婉动人，两个要点使李杨的爱情升华。第一点，玄宗在人世间对贵妃的思念，已超出了一般的爱情范围。它把爱化为自身，自身便是爱，爱与自己不能分离。第二点，贵妃在仙界对玄宗的思念。诗中没有直接描写，但间接表明了这一点，从杨贵妃的"花冠不整下堂来"，"梨花一枝春带雨"的描述，从杨贵妃寄钿盒、寄词的陈述，看出贵妃对玄宗的思念同样深厚，不直接描写，是为了与对玄宗的描写一明一暗，错落有致。

这首长诗创造了脍炙人口的佳句，它们是："回眸一笑百媚生，六宫粉黛无颜色。""后宫佳丽三千人，三千宠爱在一身。""花钿委地无人收，翠翘金雀玉搔头。""行宫见月伤心色，夜雨闻铃肠断声。""芙蓉如面柳如眉，对此如何不泪垂。""西宫南内多秋草，落叶满阶红不扫。""夕殿萤飞思悄然，孤灯挑尽未成眠。""上穷碧落下黄泉，两处茫茫皆不见。""玉容寂寞泪阑干，梨花一枝春带雨。"

浩 歌

李 贺

南风吹山作平地，帝遣天吴移海水。
王母桃花千遍红，彭祖巫咸几回死。
青毛骢马参差钱，娇春杨柳含细烟。
筝人劝我金屈卮，神血未凝身问谁。
不须浪饮丁都护，世上英雄本无主。
买丝绣作平原君，有酒唯浇赵州土。
漏催水咽玉蟾蜍，卫娘发薄不胜梳。
羞见秋眉换新绿，二十男儿那刺促。

　　南风吹啊吹，天长日久，把大山吹成了平地，但也可能是一刹那就把
山吹掉了，谁知道呢？在历史的长河中，实在没有时间的久与暂，天帝闲
得无事，把大海移来移去。所以，一忽儿大海，一忽儿桑田地没个准头。
西王母的仙桃，三千年一次开花结果，也不知开了多少次花了，少说也有
一千回了吧。彭祖巫咸大概也活得不耐烦了，死去活来的不知道折腾了多
少遭。我骑着青毛骢骏马，马身上是金钱纹，这可是一匹名贵的宝马啊！
春风杨柳，烟雾笼罩，正好，那位弹筝的艺术家劝我多饮几杯酒。饮酒就
饮酒，反正我也成不了仙，精神肉体无法分离，白日飞升与我无缘，再说
了，就是飞天成神成仙，又能怎样？刚才不是说了吗，神仙也得死，神仙
不死的话，烦也把他烦死了，那么要我成神仙就是很无聊的事情。

　　李贺说，这些玄虚的事情，说说也就罢了，当不得真，神仙谲怪，汗
漫无可稽考。咱们都是平凡人，就得做平常事，说平凡话，别离世间太
远，功名事业也得关心着点。说到功名，世上人最看重"英雄"了，丁都
护是英雄吗？说他是，他就是，说他不是呢，也行。因为所谓"英雄"，

原来就没有什么定义。不过对平原君，倒可以格外垂青些，如果有酒，就祭奠这位不是英雄的英雄吧，因为他广纳天下之士，收拢了许多真正的英雄。在人间就说人间，你看人间的时间多急促啊，沙漏一会儿就滴完了，月亮一会儿就缺了又圆了，卫子夫刚才还美貌甲天下，转一个眼珠的辰光，她的头发就稀得挂不住梳子了，枯黄的头发取代了漆黑的头发，她都不好意思见她的皇帝兼丈夫汉武帝——怎么啦，又回到了玄虚谲怪！我的意思很明白，现在重申一遍：二十岁的大丈夫，要抓住时光啊，尽早尽早，当个顶天立地、改天换地的大英雄！

　　李贺一向被人称作"鬼才"，与李白"仙才"对称。但从这首诗看李贺并不"鬼"，他嬉笑怒骂，把神鬼仙都调侃了一遍，诙谐幽默，很有人情味。虽然后半部转得太快，有些语无伦次，显出了他的神经质的性格特征，但此诗仍然是他最好的"人间诗"，用仙界事抒人间情，抒得超凡脱俗。

锦　瑟

李商隐

锦瑟无端五十弦，一弦一柱思华年。
庄生晓梦迷蝴蝶，望帝春心托杜鹃。
沧海月明珠有泪，蓝田日暖玉生烟。
此情可待成追忆？只是当时已惘然。

　　李商隐最善于作七律。律诗以诸《无题》成就最高，而一首不名"无题"，实为《无题》的七律则为李商隐镂心之作，它就是《锦瑟》。《锦瑟》的主题一直不明确，人们不知道李商隐在诗中表达什么感情，叙说什么事情，所以全诗朦胧，李商隐也因此被推为"朦胧派"诗人的鼻祖。

　　首联以锦瑟起兴。锦瑟五十弦，密密麻麻布满琴面，那一弦，那一柱，好像是我的一岁一年，年华在不知不觉逝去，想要追回，那是不可能了，试追忆，也迷离恍离，似有若无，欲说还休。从前的一切，朦胧恍惚如庄生之梦，悲伤辛酸如啼血杜鹃。庄周梦破，始知变作蝴蝶是梦幻一场，但从此不可解脱，陷入蝴蝶与庄生究竟谁仍在梦中的逻辑悖论之中。庄周的迷惑就是李商隐的迷惑，他不能确指，是什么使有情人变成了陌路人。到如今他呼唤千万遭，如杜鹃啼血，终唤不回那远逝的爱情。颈联继续引申朦胧的意境。沧海出夜明珠，明珠有泪，是谁的眼泪在飞？眼泪为谁而流？蓝田之山含玉，阳光照耀下，含玉的山崖有烟缭绕，但有谁知美玉隐于哪个方寸之间？知有玉却无法得玉，空自嗟叹，闻空山鸟语，睹花开花谢，玉玲珑，鸟婉转，花迎风，伤如之何？美人如美玉，可望而不可即，远瞻依稀可见，近睹忽焉前后。

　　尾联把无限忧伤留给自己，不怨天，不尤人，只有深深的自责。事已过，境已迁，人已去，情已断，相处时的桩桩件件，相爱时的丝丝缕缕，有缠绵，有倾诉，有依赖，有孤独，有小隙，有埋怨。征兆已朕。有响无应，有情无缘，嗟叹歔欷，独自凭栏，爱望苍天，怅然惘然，今夕何夕，明年何年？

《苕溪渔隐丛话》引黄朝英《缃素杂记》说："义山《锦瑟》诗云：锦瑟无端五十弦。山谷道人读此诗，殊不解其意，后以问东坡。东坡云：此出《古今乐志》：锦瑟之为器也，其弦五十，其柱如之。其声也适、怨、清、和。案李诗庄生晓梦迷蝴蝶，适也；望帝春心托杜鹃，怨也；沧海月明珠有泪，清也；蓝田日暖玉生烟，和也。一篇之中，曲尽其意。史称其瑰迈奇古，信然。"元好问《论诗三十首》第十二首云："望帝春心托杜鹃，佳人锦瑟怨华年。诗家总爱西昆好，独恨无人作郑笺。"不解之解，却似颇得李商隐之心。

山水品

中国文化追求人与自然的和谐。道家执着于宇宙自然与社会人生的整合关系，它认为，并非人要去迎合自然，人自然地与宇宙自然密合，是"合自然"。中国文化传统坚信人是自然的和谐组成部分，中国文人不但在情感上热爱自然，还投身于自然。他们在自然山水中"存在"，不是作为山水的点缀，更不是让人成为山水的主宰。在山水中，他们会作哲学的思考，会"觉悟"，与一般意义上说"旅游"并无共同处。他们登临山水创作了山水诗，但它们不是旅游纪行，不能把它们归于"旅游文化"。它们是文人们对社会人生认识的另一种表达方式。

山水诗作为中国诗歌的重大题材，在六朝和唐代成熟并取得最多、最高的成绩，其标志是形成一个独立的"山水诗派"，出现了繁荣灿烂的山水诗章。代表诗人有谢灵运、谢朓和王维、孟浩然，以及刘长卿、韦应物等。

由于独特的文化大系统，中国各种题材的诗也有山水的加入。诗人认为用山水表情达意比言语更含蓄，韵致更丰富，《诗经》就是如此。《桃夭》写女子出嫁，开篇却是"桃之夭夭，灼灼其华"。用灿烂的桃花烘托喜庆气氛，这就是中国诗歌独有的艺术手法：比兴。比兴一般都是风景山水，刘勰称之为"附庸"，即诗主体的附加成分。但在西汉，这位"附庸"独立为"大国"，演变为风行两汉影响深远的大赋。大赋以描写山水为主，实际是自由体的山水诗。经过六朝时期的改造，纯粹意义的山水诗与自由体山水诗分离，而有谢灵运等著名诗人诗作。谢灵运、谢朓被称为大、小谢，他们的山水诗色彩纷纭，美不胜收。大谢的"池塘生春草，园柳变鸣禽"堪称山水诗的绝巘。池塘在不知不觉间生出春草，猝然相遇，心为之一动，而柳枝间有鸟儿跳跃，它们从哪里来的？不会是柳芽变成的吧，不然何以有那么多崭新的鸟，飞也飞不完？小谢诗"余霞散成绮，澄江静如练"，形容晚霞如彩色丝锦散布天际，远望江河，宛似一条弯曲的白练，景色秀丽中寓有壮美。诗用对仗法，绮与练的对比，联类形象，诗意如丝，诗景如画，诗情仍如"诗"，这是诗中之诗。

初唐山水诗秉承六朝诗风，诗风秀丽，彩丽竞繁，在对山水的颂美中渗透出对人世的淡淡的忧伤，引申出对人世的留恋。杜审言《和晋陵陆丞早春游望》的二、三联："云霞出海曙，梅柳渡江春。淑气催黄鸟，晴光转绿蘋。"这些景色都是诗人游春所见，但写在诗中，它们就不仅仅是诗的素材，而有了传达诗人主观情绪的意义。有了它们的参与，诗人的情绪可以完整地表达出来。言语是支离的，而山水永远完整。贺知章《咏柳》，"二月春风似剪刀"堪称神来，孟浩然《春晓》把夜雨、落花、春眠人整合为一个小系统。这个小系统属于宇宙自然的大系统，大小已无分别。诗人在小诗中作深思，或顿悟。《宿建德江》"野旷天低树，江清月近人"，是盛唐山水诗人与自然最完美的和谐，淡雅疏朗，意境超凡超俗。孟浩然、王维的山水诗既有六朝的雅，更有当代的远，还有个人情致的深。雅、远、深是中国山水诗的本质核心。王维山水诗含咏佛学禅理。他的山水五言绝句体制虽小，而意境绵长，他的诗采用了绘画技法，诗中有画，但毋宁说他的诗为绘画开创了新思路。"诗画同源"，王维为这项理论提供了强有力的支持，但毋宁说有了王维的实践，才有了这项理论。王维诗还创造了"散点"方法。它没有固定的观照点，景象随人的主观意愿而变化，画面当然是真实的，但人的主观可以把画面作适于表达自己情绪的各种组合。纳万里于咫尺，收千载于一瞬，这就是王维山水诗和山水画，也是中国山水诗和山水画。《终南山》《观猎》随步换景，景随步移，《竹里馆》《鸟鸣涧》人与物化，追溯人生根本，诗的境界被无限地扩大了。李白、杜甫不以山水诗名世，但他们对山水的感悟，把感悟再赋予山水诗，新人耳目，《独坐敬亭山》《入清溪山》《望天门山》等优异的山水诗为诗歌史推出另一面李白：思虑深沉、心思淡泊。杜甫《望岳》借山水言志，《春夜喜雨》借山水抒情，可做山水之领袖。

中晚唐山水诗更趋圆熟，诗人在山水诗中注入更多的个人情绪。韦应物《滁州西涧》，诗画中无人，但读者能够体会到人正在画中。白居易《赋得古原草送别》，"远芳侵古道，晴翠接荒城"，把无名草作抒情主人公，赋予无限人性，"野火烧不尽，春风吹又生"，则把草与历史和社会人生归并，创造了一个合自然的"大系统"。《钱塘湖春行》《暮江吟》《白云泉》等为中国山水诗增添了更为美丽的画卷。柳宗元《江雪》和《渔翁》把道家文化化为美丽的画面和乐章，使山水诗的内涵更深厚。杜牧的山水诗与咏史题材吻合，开拓了山水诗的题材范畴。温庭筠以填词见长，他的山水诗引词入诗，又使山水诗在淡雅秀丽中融入婉约，《商山早行》的"鸡声茅店月，人迹板桥霜"妙句，无声与有声，远景与近景，虚物与实物，创造了山水风景诗的新美，是散曲中山水的先声。

宿建德江

孟浩然

移舟泊烟渚，日暮客愁新。
野旷天低树，江清月近人。

　　诗中描写的是常见而且典型的江南山水。江南多水，所以舟楫必不可少，江南多烟，所以迷蒙如画如诗，诗人孟浩然在这诗画般的江南山水中徜徉，即兴作了这首小诗。

　　傍晚，在辽阔的原野上，一道蜿蜒的江水缓缓流过。江上，一只轻巧的小船，停靠在烟雨笼罩的"码头"上。码头空旷无人，远望平畴深处，天空延伸到极远，落在树林的后面。天低了，树木也低了，仿佛消失在地平线下。身边江水如砥如镜，高高的月儿映现在水中，水中的月亮不再那么高高，它与诗人很近，似乎触手可及，把握可得。水中月有情有义，与岸边的诗人心意相通，大概是在安慰这位孤独的旅人吧。"野旷天低树，江清月近人"二句，在盛唐山水诗中卓尔不凡，奠定了孟浩然在山水诗人中的地位，在中国山水诗的长廊中，也显得清新可人，韵味隽永。

　　中国山水诗与山水画在理念上相同：在本质上表现山水。它们只取山水最具有代表性和象征性的某些方面，刻意描摹，并加进情感理念，写实又写理，具体又抽象，极似又极不似。山水情，山水画就在这似与不似之间达到了艺术的极致。山水诗符合山水画的"构图"原则：一首诗均有近、中、远三景。近景工笔，远景皴染，层次分明。这首《宿建德江》就是如此。全诗清新秀丽，灵动飘逸，在尺幅之间蕴含无尽风采，远景是"天低树"，中景是"泊烟渚"，近景是"月近人"，三景过渡自然，画面和谐而优美。

　　清澈平静的江水，以及水中的明月伴着船上的人，画面上见不到而应该体味到的，则是诗人的愁心。这一隐一现，一虚一实，相互映衬，相互补充，正构成一个人宿建德江，心随明月去的意境。这"宿"而"未宿"，意味深长地表现出"日暮客愁新"。

中国的山水画一般有人点缀其间，山水诗也是如此。《宿建德江》的主题是自然风景，但"人"始终活跃在画面中，"移舟"的是人，月亮靠近的还是人，而且画面中还有不出现的"人"："日暮客愁新"。客是诗作者，即本诗的抒情主人公，也是风景的实际主人。在这首小诗中，自然风景表现秀气，画面的组成形成灵气，而客参与其间，则渗透了"理"。诗，因此成为立体。

罗大经《鹤林玉露》云："孟浩然诗云'江清月近人'，杜陵云'江月去人只数尺'，子美视浩然为前辈，岂祖述而敷衍之耶？浩然之句浑涵，子美之句精工。刘宏煦、李德举《唐诗真趣编》曰：'低'字从'旷'字生出，'近'字从'清'字生出。野惟旷，故见天低于树；江惟清，故觉月近于人。清旷极矣。烟际泊宿，恍置身海角天涯、寂寥无人之境，凄然四顾，弥觉家乡之远，故云'客愁新'也。下二句不是写景，有'愁'字在内。刘、李评诗，清人字斟句酌之风跃然矣。"

次北固山下

王　湾

客路青山外，行舟绿水前。

潮平两岸阔，风正一帆悬。

海日生残夜，江春入旧年。

乡书何处达，归雁洛阳边。

　　王湾是盛唐时期的著名诗人，虽然诗作存世仅有数首，但诗名早著，为当时文士典范。《次北固山下》曾被张说推为律诗的作诗标准。

　　首联写两景：远景和近景。道路延展到青山之外，诗人所乘之船在绿水中前行。青山与绿水，远与近，构成青翠满目的江南山水画面，切合"山水诗"的本旨。正是春潮时节，潮水涨岸，尤觉宽阔，好风凭借力，鼓起船帆，船行迅急。颔联与首联又形成动与静的呼应，远近动静，互相比照映衬，创造了秀美和壮美。"外"与"前"，突出事物的间隔，造成幽远和阔大的景观，"阔"与"悬"，突出动感，创造出活跃的艺术审美过程。"海日"指在江上初升的太阳，中国诗习惯把江面比作海。南朝《西洲曲》"卷帘天自高，海水摇空绿"，海水即江水，长江阔大无边，宛如大海。"海日生残夜"若依一般的拟章方法，应属拗句，但联系到它所寓含的景物以及景物背后诗人的心情，却佳妙逾常。残夜，指天将晓；海日，也是指天将晓。两个同义重复词共存，用"生"字串联。诗人对"海日"的欣喜，对"残夜"的抑郁活画而出。经过漫漫长夜，见太阳跃出"海"面，世界豁然开朗。诗人的心情随之振奋，获得了大欣喜。其实，与其说是海日带给诗人大欣喜，不如说诗人把大欣喜的情绪赋予了海日。中国山水诗吟咏的对象多是诗人情感的载体，所谓借景抒情，就是这个意思。这句诗因对句精彩而更精彩：江春入旧年，江水泛春，青山、绿水都洋溢着春的气

221

息，张扬着春天将至的消息：春天的脚步，春天的歌声向诗人走来，"旧年"与"残夜"一样，被时光带走了。如果诗人对残夜与旧年的情感，与对海日与江春的情感纯粹对比，将两者相对，诗的感染力不会有现在的强烈。诗人用"生"和"入"两字，把旧与新、明与暗紧密结合，浑为一体，前后或相续、或包容，微妙的感情用微妙的手法表达，创造了尤为微妙的艺术氛围、微妙的美学境界。胡应麟认为这一联是盛唐有别于初唐、中唐的标志，是它们之间的分界线，是十分精到的见解。

　　山水诗总有与山水相关的人。这首诗的人虽不出面，"行舟"之"人"隐约山水间，似有似无，这位"人"当然是诗人自己。他在怀乡，思念他的洛阳故乡。但怀乡之"人"仍不出面，用"归雁"作指代，让大雁传递书信到洛阳。"归雁洛阳边"意在写人，写人的情感，却表现为写景，又回归了山水诗的主色调。

汉江临眺

王　维

楚塞三湘接，荆门九派通。
江流天地外，山色有无中。
郡邑浮前浦，波澜动远空。
襄阳好风日，留醉与山翁。

　　王维山水诗继承了陶渊明田园诗的格调，立意高古自然，弃绝流俗，具有超凡脱俗的气质。又把哲理融入山水，形成山水、田园、哲理密合的诗歌流派。

　　首联以气魄取胜，它采用中国山水画的大写意手法，把无限山水纳入尺幅之间，数字之内。楚塞与荆门，是两个点，由这两个点生发开去，辅以广阔无际的想象，接三湘、九派。这些江流眼前可见，但它们终于消失在人们的视线之外。群山层层叠叠，由近及远，在天空中若隐若现。颈联是首联与领联的复现，但不是同义重复，而是深化。浮与动强调画面的动感，在此，山水诗又归结为远、近、动、静四要素。近景郡邑，以及楚塞、荆门，远景是"天地外"和"有无中"。它们固定在人们的视线中，为静物素描，但郡邑由江流托举，江流上接天空，便有了动感。颈联与孟浩然《望洞庭湖赠张丞相》的领联取景立意相似："气蒸云梦泽，波撼岳阳城。"云梦泽与岳阳城原为固定景物，"气蒸"和"波撼"将它们置于不稳定之中，在静中产生动。

　　《汉江临眺》与王维的另一首写山水的《终南山》有明显的区别。《终南山》的视角一直在转变，诗人不断转移立脚点，所处位置的变化，导致视角变化，景物随之改变，整首诗处于变动之中。《汉江临眺》却是诗人取固定的视角，他固定在一点，纳风景于眼前，然后展开想象，虚实相合、相间，对立、呼应，使山水的内涵绵远不尽，有助于人们于山水之外展开遐想。比照绘画的透视法，《终南山》用散点透视法构图，《汉江临眺》则是焦点透视法，两种画风，形成截然不同的画面，但都清新淡雅，同属王维。

抒情主人公在尾联出场了。他是"山翁"，即诗人自比。诗人为眼前的景物感动了，当然，也被自己诗的"取景框"的景物所感动，决定长留不返。山水可供他一醉再醉，从此与山水相伴，远离俗世与俗事。由此可知，所谓山水诗，并非纯为山水，它是诗人某种情感的寄托。诗人的思想感情用山水生动地表现出来，比直抒胸臆更能传情达意，中国诗尤其是山水诗的含蓄蕴藉，言无穷意亦无穷，尽在于此。

刘辰翁《王孟诗评》曰："顾云：此等处本浑成，但难拟作，恐近浅率。"屈复《唐诗成法》云："前六雄俊阔大，甚难收拾，却以'好风日'三字结之，笔力千钧。题中'临泛'，不过末句顺带而已。"王士禛《唐贤三昧集笺注》云："三四气格雄浑，盛唐本色。五六即第三句之半。"诗界英雄，所见略同。

山居秋暝

王 维

空山新雨后，天气晚来秋。
明月松间照，清泉石上流。
竹喧归浣女，莲动下渔舟。
随意春芳歇，王孙自可留。

　　这首诗作于蓝田辋川别墅，写终南山中这座别墅秋季雨后傍晚的景色，抒发诗人流连山川、热爱自然的情趣。全诗紧扣三个字：秋、雨、晚。三字之后是总括、提升，表现诗人对山水的独特感受和情愫。

　　秋。秋在空山。王维作山水诗，最擅长"空"字，"空山不见人，但闻人语响。""深林人不知，明月来相照。""人闲桂花落，夜静春山空。""涧户寂无人，纷纷开且落。"空既有实景之空，也有佛教禅理"四大皆空"之空。终南山的深秋，经过一场秋雨，空气清新，万木扶疏，令人心旷神怡，整个世界和人的心情都清且净，表里俱澄澈。

　　雨。雨后水聚成溪，成河。秋雨清亮透彻，不杂纤尘，潺潺汩汩，流淌在石板上，发出叮咚清脆的声响，那是大自然最美妙的音乐。天空一轮皎洁的明月，透过松林，照在地上，树影斑驳，月光柔美。明月与清泉相伴，天地一体，人的胸怀随之与它同在、同态。

　　晚。天气向晚，洗衣服的姑娘和打鱼的老翁回家了。诗人并不知道他们的存在，他被明月和清泉迷住，被新来的雨挽留了心思，听到竹叶沙沙，洗衣女从竹林中出现了。莲叶拂动，荷花荷叶中荡出一叶小舟，渔翁撑篙，悠然自得，或许收获颇丰。浣女与渔翁，是诗人最钟爱的山水诗题材，他们当然在意象之列，最适宜表现诗人追求隐居，向往闲适的心情。王维在性格上属于隐逸者，在终南山中的这座别墅中，描绘了浣女和渔

225

翁，与他的经历和生活品位相合。

尾联用典，楚辞《招隐士》说："王孙兮归来，山中兮不可久留。"这一联先抑，肯定"春芳歇"。深秋季节，春光早已远去，秋景与春日大相径庭，诗人大多对春景游赏，对秋景却多回避。但王维特别取秋景入诗，并且赋予它有别于春景的独特意义。他的结论就是：春花确已消歇，但秋景依然美丽。古人说"山中不可久留"，诗人则认为应该长留山中，享受这美丽的秋景，而且精神心情随春花秋月自然流转，身与心都是最自由的。所以，留，是最佳的选择，身留山中，心留山中，久久地留于这魅力无限的终南山中。

《鸟鸣涧》与这首五律描写的景色相近，只是前者夜景，后者日景，前者取静，后者取动："人闲桂花落，夜静春山空，月出惊山鸟，时鸣春涧中。"有版本首句作"人间桂花落"，闲（閒）误作间，景色、韵味、义理全失，且依对仗的视点，"人间"与"夜静"忕离。编者解说为"桂花落人间"，与原诗意越发遥远了。

终南山

王　维

太乙近天都，连山接海隅。

白云回望合，青霭入看无。

分野中峰变，阴晴众壑殊。

欲投人处宿，隔水问樵夫。

艺术创作贵在以不全求全，刘勰称之为"以少总多"。作为诗人兼画家的王维，深得其中奥秘，用小小一首五言律诗，为浩大的终南山传神写照。

首联用夸张手法勾画了终南山的总轮廓。这个总轮廓，得之于作者的远眺，作者近在天都峰，是写实；但说连绵的山脉一直延续到东海，则是虚构。其实中国诗大体都是这个路数，在虚实之间完成对诗情画意的铺张引申。

次联写近景，"白云回望合"一句，"回望"既与下句"入看"对偶，入终南山而"回望"，望的是刚走过的路。诗人身在终南山中，朝前看，白云弥漫，看不见路，也看不见其他景物，仿佛再走几步，就可以浮游于白云的海洋；然而继续前进，白云却继续分向两边，可望而不可即；回头看，分向两边的白云又合拢来，汇成茫茫云海。

"青霭入看无"一句，与上句"白云回望合"是互文，它们交错为用，相互补充。诗人走出茫茫云海，前面又是蒙蒙青霭，仿佛继续前进，就可以摸着那青霭了；然而走进去，却不但摸不着，而且看不见；蒙蒙漫漫，可望而不可即。互文本来是对仗的大忌，但王维用来却浑如天成。

这一联诗，写烟云变灭，移步换形。即如终南山中千岩万壑，苍松古柏，怪石清泉，奇花异草，值得观赏的景物还多，一切都笼罩于茫茫

"白云"、蒙蒙"青霭"之中，看不见，看不真切。唯其如此，才更令人神往，更急于进一步"入看"。另外，已经看见的美景仍然使人留恋，不能不"回望"，"回望"而"白云""青霭"俱合，则刚才呈现于眉睫之前的景物或笼以青纱，或裹以冰绡，由清晰而朦胧，由朦胧而隐没，更令人回味无穷。

第三联高度概括，尺幅万里。首联写出了终南山的高和从西到东的远，这是从山北遥望所见的景象。至于终南从北到南的阔，则是用"分野中峰变"一句来表现。游山而有"分野中峰变"的认识，则诗人立足"中峰"，纵目四望之状已依稀可见。终南山东西之绵远如彼，南北之辽阔如此，只有立足于中峰，才能收全景于眼底；而"阴晴众壑殊"，就是尽收眼底的全景。这里王维以阳光的或浓或淡、或有或无来表现千岩万壑千形万态。

对于尾联，王夫之《薑斋诗话》说："欲投人处宿，隔水问樵夫，则山之辽廓荒远可知，与上六句初无异致，且得宾主分明，非独头意识悬相描摹也。"沈德潜《唐诗别裁》也说："或谓末二句与通体不配。今玩其语意，见山远而人寡也，非寻常写景可比。"

渡荆门送别

李白

渡远荆门外，来从楚国游。
山随平野尽，江入大荒流。
月下飞天镜，云生结海楼。
仍怜故乡水，万里送行舟。

李白出蜀，过三峡，进入江汉平原，与友人告别，从此踏上漫漫的求仕之路。此时的李白，豪情满怀，壮志凌云，视天下如掌中，将相唾手可得，在他的思想意识中，前途一片光明。大唐江山也将因李的出蜀而格外光彩灿烂。李白在流寓关中、山东期间，遭受重重挫折，理想破灭，转而哀叹人生之不遇，与本诗的气氛格调不偶。

首联写经历。李白从巴蜀来到楚地，因地理环境的改变，心情为之一变，紧接着颔联写这种心情，用景物作表征：三峡一路的崇山峻岭在身后消失，眼前是一望千里的大平原，大江奔涌，流向莽苍的东方。这两句在李白诗集中并不显得突出，但最切合眼前景、心中情，景象写实，情绪写实，两者结合无间，在李诗中格外引人注目。成为脍炙人口的佳句秀章。杜甫的名句与李白极为相似，《旅夜书怀》说："星垂平野阔，月涌大江流。"两首诗在意境上极为相近，显示了盛唐两位伟大诗人在审美方面的共同追求，相同造诣。王琦《李太白全集注》引丁龙友语："胡元瑞谓'山随平野尽，江入大荒流'，此太白壮语也；子美诗'星垂平野阔，月涌大江流'二语，骨力过之。予谓李是昼景，杜是夜景；李是行舟暂视，杜是停舟细观。未可概论。"

颈联继续对楚地山水的赞叹。月亮本来是一面飞到天上的镜子，现在它静静地漂在水里。天上也很热闹繁华，彩云聚结成了高屋广厦，华丽壮观。颈联和颔联对比连类写四事：山、江、月、云。这原是很呆板的写法，不容易生出波澜。但诗人用超凡的笔力，使四事互相类连，动感强烈，使人们忘记了个体"四事"，只觉得一个壮阔的场面劈面而来，使人惊讶不已，赞叹不止。李白特别善于在诗中创造大场面，《蜀道难》的实写加虚构，《梦游天姥吟留别》的虚构加实写，足以证明李白在这方面的独特才能。

尾联的想象十分奇特，正是"李白式"的诗歌情结。李白身已出蜀，但对故乡的感情却不因山水断隔而减弱，身边就有故乡物事使他依恋：故乡的水随他的船一直来到这里，"仍怜故乡水，万里送行舟"。把感情赋予本无"情"的江水，诗人心情的朗畅，诗情的浓烈，艺术手法的新奇，集于此一联十字之中。

俞陛云《诗境浅说》论此诗，颇有可采。文曰："太白天才超绝，用笔若风樯阵马，一片神行。首二句，言送客之地。中二联，写荆门空阔之景。惟收句见送别本意，一语到题。昔人诗文，每有此格。次联气象壮阔，楚蜀山脉，至荆州始断；大江自万山中来，至此千里平原，江流初纵，故山随野尽，在荆门最切。四句虽江行皆见之景，而壮健与上句相埒。后顾则群山渐远，前望则一片混茫也。五、六句写江中所见：以'天镜'喻月之光明，以'海楼'喻云之奇特。惟江天高旷，故所见如此；若在院宇中观云月，无此状也。末二句叙别意，言客踪所至，江水与之俱远，送行者心亦随之矣。"

蜀道难

李　白

噫吁嚱，危乎高哉。

蜀道之难，难于上青天。

蚕丛及鱼凫，开国何茫然。

尔来四万八千岁，不与秦塞通人烟。

西当太白有鸟道，可以横绝峨眉巅。

地崩山摧壮士死，

然后天梯石栈相钩连。

上有六龙回日之高标，

下有冲波逆折之回川。

黄鹤之飞尚不得过，

猿猱欲度愁攀援。

青泥何盘盘，百步九折萦岩峦。

扪参历井仰胁息，以手抚膺坐长叹。

问君西游何时还，畏途巉岩不可攀。

但见悲鸟号古木，雄飞雌从绕林间。

又闻子规啼夜月，愁空山。

蜀道之难，难于上青天。

使人听此凋朱颜。

连峰去天不盈尺，枯松倒挂倚绝壁。

飞湍瀑流争喧豗，砯崖转石万壑雷。

其险也如此，

嗟尔远道之人胡为乎来哉。

剑阁峥嵘而崔嵬，

一夫当关，万夫莫开。

所守或匪亲，化为狼与豺。

朝避猛虎，夕避长蛇。

磨牙吮血，杀人如麻。

锦城虽云乐，不如早还家。

蜀道之难，难于上青天。

侧身西望长咨嗟。

　　蜀道，指川陕之间越过秦岭山脉的交通道路。川蜀四塞，与中原交通极为不便，东出三峡，北过秦岭，都极为艰难，所以"蜀道"一向为畏途，李白取意于此，成就了这篇咏山水名物的巨作《蜀道难》。据传，李白第一次到长安，将此诗呈献太子宾客贺知章，知章读未毕而大惊，赞赏道："子，谪仙人也。"说他是天神下凡，才有如此精妙无比的诗作。杜甫诗也说："昔年有狂客，号尔谪仙人。"可见此事有据。就诗本身来看，它确为李白的代表作之一。

　　诗开篇嗟叹："噫吁嚱"以叠加的叹词劈头抓住读者的心思，欲知诗人何以嗟叹，于是回应："蜀道之难"。蜀道难，本无可惊怪，世人皆知蜀道不易，李白就在这"世人皆知"中横空而出名词："难于上青天"蜀道难于上青天，便是本诗的立意。以上为开篇。

　　自"蚕丛及鱼凫"至"愁空山"为第一段。写蜀地、蜀道的历史，蜀道的形势以及人们对蜀道的恐惧，构成完整的"蜀道难"的主题。蜀道难，亦本无足奇，奇的是蜀地本来无"道"，漫长的蜀地历史中，不与中原相通，因为有"危乎高哉"的崇山峻岭阻隔。这高山从中原绵延至峨眉山，这里只有"鸟道"，绝无人迹。"鸟道"的比喻，新奇而夸张，出人意料，属"神来之笔"。一个偶然的原因，地崩山摧，才有了所谓"蜀道"。尽管已经"地崩山摧"，山仍然高峻，高峻得黄鹤飞不过，猿猴爬不过，甚至载着太阳的六匹龙驾着的羲和之车，到这里也得往回折。不过好在终于可以在山上开"天梯"架"石栈"了，好歹算是有了路，即所谓"蜀道"。这里有一处矛盾：山崩之前尚有"鸟道"，山崩之后却"黄鹤之飞尚不得过"，"上有六龙回日之高标"。但人们为李白的构章气势所折服，不会在意它们是否前后抵触。写山水必有人，是山水诗通例，"蜀道难"中的"人"是"难"的图解。这位"人"千难万难爬上蜀道，举起手就摸到了天穹，因为山的压迫，他的呼吸都很困难，他愁啊，愁得狠狠地捶自己的胸膛。第二个"人"出现了，他责备那个在蜀道上挣扎的家伙，你看这蜀道，根本就过不去！鸟儿们都在哭，哭着在枯树间盲目地飞，雄飞雌从，大家都在盲目地乱七八糟地边飞边哭。说到哭，果然听到了鸟的哭声，是杜鹃。它从白天一直哭到深夜，由于杜鹃的啼哭，整座山都笼罩在愁绪之中。所以，你还是快点回去吧，别在蜀道上受折磨了。这一段写山之高、路之险、人之难，完成了"蜀道难"的主题，写得奇峰突起，云诡波谲，奇不胜览，美不胜收。唐代诗人写山水多从秀丽雄伟着笔，在风景中蕴含哲理，文人气息饱满。李白却从奇与险入手，开创了另一类型的艺术之美。

在描写完蜀道之难以后，诗就结束了。为了与开篇呼应，诗人重复"蜀道之难，难于上青天"，以此作结，堪称完美。但诗人忽然觉得意犹未尽，诗犹未完，主要是他觉得还不足够难与险，还得接着写，于是作第二段。人们听到了蜀道之难，立刻就变老了，听了一段话就使人变老，这种神话式的夸张似乎只有李白才作得出。第二段很短，写枯松悬于绝壁，写山涧奔腾冲得大石头乱跑，千山万壑轰隆隆，就像雷霆不断；写山峰高得快接上天了，其实这些在第一段都写过了，本段加了注解和夸张。第一段说冲波逆折之回川，没有声音，现在加上"雷"声；第一段写"扪参历井仰胁息"，没有写数据，现在加上，说山与天的空隙还不到一尺。

第三段仍是附加，诗人觉得只写山水，没有涉及蜀地之人，有些不妥，便把处蜀地之险与难申说一回，"嗟尔远道之人胡为乎来哉。"其实在第一段中有"人"存在，只是李白自己不觉得，加上这一段，主旨似乎在强调蜀地难居，外地人不该来此。锦城虽然富足，但那是蜀地人自己的事，实非远道之人所宜居，便归结到"不如早还家"。但这不是李白诗的本意，这首诗极写蜀道之雄奇险难不可测，连带而及人居的艰难。有人说李白此诗在于讽刺玄宗在安史之乱中逃奔成都，这是臆想。作此诗时，李白只有二十几岁，30年后才发生安史之乱。玄宗幸蜀，李白是欣喜的，因为天子到了他的家乡，那是家乡的荣耀。为此，他还写了一组诗赞美此事，其中一首说："谁道君王行路难，六龙西幸万人欢，地转锦江成渭水，天回玉垒作长安。"还有人说李白此诗意在对蜀地割据者如章彝作乱的担忧，更缺乏根据。

绝 句

杜 甫

两个黄鹂鸣翠柳，一行白鹭上青天。

窗含西岭千秋雪，门泊东吴万里船。

这首绝句写草堂春日风景。

两只黄鹂在初绽嫩芽的细柳间穿行，边飞边叫，声音妙曼；白鹭成行，飞上天穹，消失在天空深远处，直到看不见。远望西岭，千年积雪未融，在阳光下闪烁，晶莹耀眼；近看门外，是一个船队，整帆待发，它们来自遥远的东吴。

这首绝句与中国诗人的大多数山水诗不同，它开创了一种山水诗的全新写法，即固定的取景框和固定的视点的"焦点透视法"。焦点透视法是西洋绘画的基本构图法。它取一个固定的观察点，这个观察点当然是虚拟的，作者固守在这个点上，画面内容以此为限，而且聚焦于一点，在虚拟的"地平线"处消失。王维诗曾采用过这种方法，但作者和读者都未必了然其间，杜甫用焦点透视法取景作诗，这是他对生活细密观察研磨而出的艺术手法，有开创之功。中国山水诗与山水画同源，此前它们都没有固定的取景框，作者也不固定在一个点，所以画面没有焦点，这种拟景、构图法富于变化，内涵深厚灵活飞动，与中国艺术家的性格、修养吻合。

杜甫这首绝句的"取景框"是他家的那个窗口，黄鹂、翠柳、白鹭、青天、西岭雪、东吴船，都在窗口映现。它们聚在窗口，构成色彩绚丽，动感强烈，景深邃远的一幅风景画。它们是实景，也是画，生活与现实同构出现。这种构思为后世江南园林采用，江南园林的"借景"与杜甫这座"窗口"的创意极为相似。

这首绝句在诗律上十分成功，它平仄谐和，对仗工稳。所表现的色彩鲜艳，表达的情感欣悦，读来使人产生对生活、对艺术的亲近感，尤其在对仗方面，两个、一行，数目对；黄鹂、白鹭，名物对和色彩对；鸣、上（动词），动态对；翠柳、青天，名物对和色彩对。下联也是这样。如此工稳的对仗，可作格律诗的模范。杜甫善于写格律诗（近体诗），律与绝都达到了纯熟，它们在诗歌艺术方面奠定了杜甫在中国诗歌史上的不朽地位。所作自是百代之圭臬。

唐代宗广德二年春，严武再次镇蜀。其时，安史之乱已平，杜甫得知这位故人的消息，也来到成都，建造草堂。这是诗人一生中最快乐的时光，面对这生气勃勃的景象，情不自禁，写下了这一组即景小诗。兴到笔随，事先既未拟题，遂称"绝句四首"。王嗣奭《杜臆》说"是自适语"，杨伦《杜诗镜铨》说："此皆就所见掇拾成诗，亦漫兴之类。所谓漫兴，就是触景生情，随遇所感，似漫不经心也。"漫不经心竟成就如此好诗，真是令人惆怅，"忍使骅骝气凋丧"也。

其余三首录此。

堂西长笋别开门，堑北行椒却背村。
梅熟许同朱老吃，松高拟对阮生论。
欲作鱼梁云复湍，因惊四月雨声寒。
青溪先有蛟龙窟，竹石如山不敢安。
药条药甲润青青，色过棕亭入草亭。
苗满空山惭取誉，根居隙地怯成形。

滁州西涧

韦应物

独怜幽草涧边生，上有黄鹂深树鸣。

春潮带雨晚来急，野渡无人舟自横。

　　滁州风景秀美，西涧俗称上马河，在城西，故称"西涧"。《滁州西涧》是一首纯粹写风景的绝句，韦应物为唐代山水诗人之一，他的许多山水诗脍炙人口，如《寄全椒山中道士》"落叶满空山"、《秋夜寄丘二十二员外》"空山松子落"、《赋得暮雨送李胄》"漠漠帆来重，冥冥鸟去迟"等都表现了韦应物对风景物理的深切感受，显示他对自然独特的观察视角。

　　幽草，即春草，春草细而密，遍生涧边，一片生命蓬勃的印象。诗人由景生情，因情生怜（爱），对大自然的热爱浓而密，浸透了诗人的身与心。幽草与树木伴生，树上有黄鹂声传来，但因树叶已盛，只闻声而不见鸟。正是春潮桃汛时节，涧水盛，涧水蓝，涧水蜿蜒，青凉葱翠，满世界生机盎然。傍晚时分，春雨飘落，春雨伴春潮，春潮带春雨。诗人满目皆春，跃动着春的喜悦。在一座很简易的渡口上，船夫可能因晚而归家，或许躲雨而离船，无人求渡，无人摆渡，小船在水中摇晃，横在岸边。

　　这首山水诗只写物，不见人，在唐山水诗中很少见，诗即景，景即诗，春草茂盛，春树绽花，春鸟鸣唱，春水漾舟，一幅沁人心脾的春之画，一首温暖人心的春之歌，二十八字完成一部中国式的"春的礼赞"。

　　绝句可解作"截句"，意为截取律诗的两联而成。截取的方式有四种：取一、二联，取二、三联，取三、四联，取一、四联，但由于粘对所限，不能截取一、三联或二、四联，因截取律诗的位置不同，绝句的对仗便有四种，或上联对，或下联对，或全对、或全不对，总之，绝句对对仗没有规定，对不对，怎么对都是合式的。韦应物的这首绝句，截取一、四联，故两联全不对仗，但表现春景，自由流畅，不会因辞害意。杜甫的《绝句》有一个取景框以巧胜，所以两联都对仗，创造了小巧玲珑的秀美。韦应物的这首绝句没有取景框，它是开放式的结构，不作边界的界定，自由阔大，在秀美之上还创造了壮美。

高棅《唐诗品汇》说："欧阳子云：滁州城西乃是丰山，无西涧，独城北有一涧水极浅不胜舟，又江潮不到。岂诗人务在佳句而实无此景耶？"欧老，北宋文坛魁首，却也善于煞风景，读韦诗齿牙生香，一定要到现场看一看究竟，未免无谓疲乏其身。"候馆梅残，溪桥柳细。草薰风暖摇征辔。离愁渐远渐无穷，迢迢不断如春水。寸寸柔肠，盈盈粉泪。楼高莫近危阑倚。平芜尽处是春山，行人更在春山外。"候馆、溪桥在何处？高楼、危阑在何方？同书，谢枋得果然批评欧阳修不解风情，可是，他的解风情却引申过度："谢叠山云：幽草、黄鹂，此君子在野，小人在位。春潮带雨晚来急，乃季世危难多，如日之已晚，不复光明也。末句谓宽闲寂莫之滨，必有贤人如孤舟之横渡者，特君不能用耳。此诗人感时多故而作，又何必滁之果如是也。"一首精美的咏景诗，竟被叠山歪解成影射文字。文学之事，难矣哉！

钱塘湖春行

白居易

孤山寺北贾亭西，水面初平云脚低。
几处早莺争暖树，谁家新燕啄春泥。
乱花渐欲迷人眼，浅草才能没马蹄。
最爱湖东行不足，绿杨阴里白沙堤。

　　四季最美在春天，春光之美属杭州。所以诗人钟情杭州，歌咏杭州之春。在诸多咏杭州之春的诗作中，白居易此诗或可居首席。

　　全诗突出"早春"的特点。水面初平，是早春气象，云脚低，暗示将有春雨，"平"与"低"适成对照，给杭州西湖的状态定下基调。"早莺"和"新燕"是一对伙伴，但各有所求，莺忙着在向阳树上筑巢，燕则专注于衔泥垒窝，它们很忙。在诗人的眼中，又是和谐的春的象征，树而暖，泥而春，在两个名词前加形容词修饰作为莺、燕动作的宾词，显得春意盎然，朝气蓬勃，也显示了诗人对自然的由衷热爱，对生活的热切关心。

　　花因初绽而乱，也因各处花的争相开放而乱。"乱"不是混乱，它突出百花迎春、争奇斗艳的早春景象。因"乱"字而境界全出，着一"乱"字而百态毕现，生命的跃动在诗行中活灵活现，不假他语。浅草之"浅"最为形象，一个"浅"字竟将春草的形态甚至性格置于读者面前，一览无余。"没马蹄"补充说明草之浅，更意在显示骑马者的欢乐心情，而这位"骑马者"很可能就是诗人自己，因为他的目光很快就转向东湖："最爱湖东行不足，绿杨阴里白沙堤"。西湖美景不可胜计，随步即景，诸景皆美，但最爱的却是绿杨遮掩的白堤。这里的"最"并不具有比较级的意义，实际上白居易无心轩轾西湖诸景，他用这种笔法表达对西湖的难以言说的喜爱。

　　这首七律写得十分欢快，场景转换自然。行动因"马蹄"而迅速，心情也因"马蹄"之快而舒畅。各联之衔接不着痕迹，首联孤山在湖之西，诗人骑马绕湖而行，或驰或缓，见早莺暖树，送新燕春泥，赏迷眼乱花，拂没蹄浅草，就到了湖东。各处风景不同，游春的终点在白堤，于是说"最爱"。白居易在杭州任职时筑堤钱塘门，时称白公堤。彼"白公堤"，并非诗中的"白沙堤"。

　　此诗用白描法写西湖，在唐诗中最为突出。苏轼用比喻法写西湖，把西湖比作或淡妆或浓抹的西施，地点和形态都很贴切，因此很讨巧，写西湖之美，举重若轻无过于此。柳永词《望海潮》写到西湖，用渲染法："烟柳画桥，风帘翠幕，参差十万人家。云树绕堤沙，怒涛卷霜雪，天堑无涯。市列珠玑，户盈罗绮，竞豪奢。重湖叠巘清嘉，有三秋桂子，十里荷花。羌管弄晴，菱歌泛夜，嬉嬉钓叟莲娃。"三位诗人都凭依西湖成就文名，名人与名景相得益彰。

渔 翁

柳宗元

渔翁夜傍西岩宿，晓汲清湘燃楚竹。

烟销日出不见人，欸乃一声山水绿。

回看天际下中流，岩上无心云相逐。

　　柳宗元被贬到永州，对政治悲观失望，优游山水，寄情山林，作著名
的以永州风景为题材的《永州八记》，开创了中国山水小品的先河。《渔翁》
作于这一时期，它的意旨和文学特点与《永州八记》相同。

　　渔翁夜晚宿于野外的一处山崖下，拂晓时，取江水，烧枯竹，准备他
的"早餐"。夜里的浓雾消散，太阳出来了，山里格外空旷，万物蓬勃，
却不见人在哪里，似乎宇宙间从来不存在什么"人"。忽然橹声吱呀，原
来渔翁还在，他已经摇船劳作打渔。在橹声中，阳光灿烂，青缋满眼，绿
色铺满天地间，绿色并不因橹声而生，但橹声使山水更绿，听山水是美，
看山水是美，听山水与看山水相合，山水尤其美。回望天水相接处，水渺
渺天苍苍，极其辽远，引人遐思不止，再凝眸青山，白云朵朵，徘徊山
间，似相伴又似相逐，似有心又似无意，山水云三者相处和谐。意境悠
然，使人流连不忍离去。

　　于是人出现了，其实他始终在风景之中，就是诗人，渔翁就是他的代
言人，代行者。诗人超凡脱俗，身在青山绿水中，心如青山绿水之性，不
染纤尘，不沾俗务，境界高居于万物众生之上。云朵相逐，悠闲无心，正
是诗人的映象。中国文人乐于以渔翁樵夫自况，认为二者悠闲自在，与俗
务远隔。柳宗元的这首"渔翁"比一般的渔翁更写实，也更超脱，更适于
代指诗人自己，这位渔翁"汲清湘燃楚竹"，清湘和楚竹都是极高雅的事
物。把泉水写作"清湘"，把枯竹写作"楚竹"，刻意营造了渔翁即诗人的

高雅。

全诗优雅脱俗，格调高尚，尤其"欸乃一声山水绿"，是秀句中的秀句，读之意味无穷，它兼用象征与写实，把山水的状态和山水给人的感受彰显出来，更把山水赋予人的性格和感情。此秀句中有秀字："绿"，兼有形容词和动词的词性，既有绿的色彩，又隐含了绿的过程，更有因绿色产生的审美激动。白居易词《忆江南》"春来江水绿如蓝"，与柳诗近似，王安石《泊船瓜洲》"春风又绿江南岸"之"绿"尤其接近柳诗之"绿"。

苏轼《题跋·书柳子厚渔翁诗》说："诗以奇趣为宗，反常合道为趣。熟味此诗有奇趣。然其尾两句，虽不必亦可。"严羽《沧浪诗话》从苏说："东坡删去后二句，使子厚复生，亦必心服。"然刘辰翁认为："此诗气泽不类晚唐，正在后两句。"诸贤真知灼见，但他们可能没注意到，如果删去后两句，形式上接近七绝，但宿、竹、绿（音路）、逐入声，属仄声韵。仄声的"七绝"实为弄险，诗家多不用。既然律绝一体，绝句也不应该用仄声韵。于是腰斩的《渔翁》就成了四句的古诗，"欸乃一声山水绿"，果然精彩，很有坡公的风采，但入声韵音调短促，不见张力，没有七绝平声尾韵舒缓悠扬的延伸效果，所以后两句断不可省。

江南春

杜 牧

千里莺啼绿映红，水村山郭酒旗风。

南朝四百八十寺，多少楼台烟雨中。

与白居易《钱塘湖春行》相同，这首《江南春》也写江南春景。白作集中写江南的一处胜景：杭州西湖，杜作则把整个江南风景纳于尺幅之间，挂一总万，以少驭多。

江南春景有两种主色调：绿与红。绿树与红花互相映衬，便是江南的无穷图画，千里江南，尽是如此，所以题作"江南春"。此"江南"取广义，即长江以南之意，并非确指今江苏省南部的一处区域，唐时这一区域为"江南道"。故唐诗人笔下的"江南"专指江南道。绿与红只是色彩，作为风景诗，应有音声相伴，诗人当然不会忽略这一要素，所以首提"莺啼"。有了黄莺在草树花丛间飞翔鸣叫，江南景色便活起来了。这句诗描写出自南朝丘迟《与陈伯之书》，"江南三月，草长莺飞"，丘文与小杜诗，都抓住了江南风景的特点，浓缩为一行数字，读丘文，吟杜诗，都会刻骨铭心，于江南风景永志不忘怀。

第二句写水。江南多水，水绕城，城纳水，山涵水，水依山，山水滋育的村郭城池，万物辏集，人烟繁盛，其中最耀眼者，当为酒家旗帜。诗人多爱酒，所以小杜诗在此特别提出"酒旗风"，便与多数文人结缘。酒旗在轻风中招摇，似乎招引文人墨客，人心不由得一动。这首与杜牧的《清明》绝句互相印证："借问酒家何处有，牧童遥指杏花村。"诗人最关心的正是酒。欣赏江南山水烟霞，品味江南杏花美酒，这本身就是风景。

第三句写寺，第四句写楼。江南广有寺院，它们大规模兴建于南朝齐梁时期，至唐晚，这些古建筑多凝固为文物，睹物咏史，引人发"思古之幽情"，那么，这"四百八十寺"就不仅是寺院了。江南引人流连的，除了风景，更有深厚的文化底蕴比如寺庙。几百年的积淀，熔铸为深厚儒雅的江南文化，杜牧于此有不同于一般游客的文化层面上的感动。江南多楼台，楼台多半时候笼罩烟雨迷蒙之中，如歌如吟，如诗如画；委婉多姿，温柔多情。

因独特的审美趣味，杜牧格外热衷于描写江南烟雨和烟雨中的楼台，《题宣州开元寺水阁》"深秋帘幕千家雨，落日楼台一笛风"，《润州二首》其二"城高铁瓮横强弩，柳暗朱楼多梦云"，《泊秦淮》"烟笼寒水月笼沙，夜泊秦淮近酒家"，《怀吴中冯秀才》"唯有别时今不忘，暮烟秋雨过枫桥"，《长安秋望》"楼倚霜树外，镜天无一毫"。这些烟雨、楼台的诗句都体现了杜牧的唯美倾向，它们塑造的江南"烟雨笼罩楼台"的朦胧美，使后世同类题材都不可避免有杜氏印迹。杨慎所谓江南千里目力所不及，径改千里为"十里"，何文焕讥为不知诗，还算忠厚之评。

哲

理

品

诗言志，诗缘情，诗录事，这是中国诗人一致赞成的。所以，有明志、励志诗，有抒情达情诗，有叙事咏史诗，它们各有界范又互通声气，从而使中国诗多姿多彩，在各种文明类型中，中国文明中的诗歌表现为内涵深厚、格高调雅、彩丽竞繁。

除了志、情、事，中国诗还有议论说理一途。所谓"说理"，不是泛泛议论政治得失，臧否人物，而是指诗人把宇宙、自然、人生的本质问题引入诗界，成为诗作题材之一宗，叫作"哲理诗"。哲理诗在东晋早期曾经是诗界主流，诗家以能作哲理诗为荣，不晓玄理，便被讥为俗物，见鄙于士林。他们的所谓"哲理"实际是六朝的玄学，他们的作品，概称"玄言诗"，代表诗人有孙绰、许询。孙绰《秋日诗》云："萧瑟仲秋月，飂飕戾风云高。山居感时变，远客兴长谣。疏林积凉风，虚岫结凝霄。湛露洒庭林，密叶辞荣条。抚菌悲先落，攀松羡后凋。垂纶在林野，交情远市朝。淡然古怀心，濠上岂伊遥。"锻炼造句功夫不浅，但总有时人"老干部体"的格调。钟嵘《诗品》说："永嘉时，贵黄老，稍尚虚谈。于时篇什，理过其辞，淡乎寡味。爰及江表，微波尚传。孙绰、许询、桓、庾诸公诗，皆平典似《道德论》，建安风力尽矣。"玄言诗风行一时，但很快被抛弃，因为把哲学概念、推理与诗拼接，实在是一件很煞风景的事情，其结果是两者互相伤害，诗不能成其为诗，哲理也不成其为哲理。刘勰《文心雕龙》批评南朝玄言诗"诗必柱下之旨归，赋必漆园之义疏"，这些诗人本来对哲理和诗两者都泛然无所知，只是托庇于老子、庄子，张大其势，又借用五言诗的外壳，填充字句，所以南朝东晋所谓哲理诗，确为诗史上的恶札，很快被大浪淘尽。

但是，哲理的确应当入诗，而且能构造为十分精彩的诗章。经过东晋南朝的教训，哲理再次出现在诗中，或者说诗界延请哲理入席。唐代诗人以深厚的文学修养，时代造就的宽广胸怀，以及历代积累的远见卓识，在诗中渗入哲理，或者以哲理统摄诗创作，诗与哲学，达到了和谐一致，共处于统一体中。佛学在哲学与文学和同的进程中起过很重要的作用。佛学在唐代广泛传播于士林，一些文人士大夫如王维、裴迪、储光羲等，本人就是虔诚的佛学信徒。佛学的禅宗注重修与悟，悟的禅机给人以哲学、逻辑方面的启示。文士们的哲学思辨达到了新的高度，这些文士多是诗人，积习所致，诗作中自然能入哲理。或多或少，或浅尝辄止，或追本溯源，使唐诗的哲理内涵更厚重了。

王梵志诗风格简易通俗，属于"打油诗"之类，但他在诗中阐发的哲理足以警醒人心。他最著名的《城外土馒头》一诗，把汉《古诗十九首》的人生哲理作进一步挖掘，把"人总是要死的"这一日常真理毫不留情地宣布于世人，其言语直截了当，很冷酷，直言每个人都是还在"走"的馒头馅。人们会惊讶甚至愤怒于他的冷酷无情，却也只能默默地接受他的结论，承认自己是"馒头馅"。李白对哲学问题一向不加意，但他的诗自然昭示哲理。《独坐敬亭山》对山与人的关系进行富有哲理的阐发，所谓"阐发"仅有二十字，却包含着概括"物我相依"的哲学意蕴。哲学的命题之一是"物我两忘"，但有"两忘"也就意味着有"两依"，它们共存于同一个哲学命题之中。"相看两不厌，只有敬亭山"，人与宇宙、自然达到最圆满的和谐统一。人与山，岂止是"不厌"，实际已经"不分"。常建《题破山寺后禅院》一向被诗界推为哲理诗名作。它有丰厚的佛学底蕴，"曲径通幽处"绝非字面的直接意义所能包容，它的更深更广的内容，可能常建本人都未必意识到。人们在解读哲理诗时，时常遭遇所答非所问的尴尬。解者的深入阐发很可能超出了诗作者的原初意图，这样的解诗人往往被讥讽为"伧父"。然而伧父解诗，言之成理，持之有故，横看成岭侧成峰，正是哲理诗的魅力所在，也正是唐哲理诗高于南朝玄言诗的原因所在。

王维精通禅理，他的诗除了与画同格、同调、同形，还寓有深远的哲理。他笔下的山水并非纯粹的山水，而是他对外界物体认知的载体。所以，王维山水诗多乏人物，即使有人，也仅以意象存在，不参与自然界山水的流转变换。"深林人不知，明月来相照"，"返景入深林，复照青苔上"，"月出惊山鸟，时鸣春涧中"。这样的诗句，不仅是景象、形象和意象，还包含着"理象",这种理象可能不得言传,但人们可以在哲学层面上体认它的奥秘,达到人、物、我三者的密合无间。柳宗元《江雪》,白居易《大林寺桃花》,贾岛《寻隐者不遇》,温庭筠《商山早行》,李商隐《乐游原》都应作如是观。

诗三首

王梵志

一

梵志翻着袜，人皆道是错。

乍可刺你眼，不可稳我脚。

二

城外土馒头，馅草在城里。

一人吃一个，莫嫌没滋味。

三

他人骑大马，我独跨驴子。

回顾担柴汉，心下较些子。

　　王梵志诗在唐诗中最为奇特。与唐诗的雅相反，梵志诗俗，俗到"不入流"的程度。中唐诗人白居易作诗尚俗，力求"老妪可解"，但与梵志诗比较，白诗还是大雅之作。梵志诗直接取民间俗语，不作修饰改造，它们根本就是民歌，与南朝乐府民歌如出一辙，但是在这些大俗的外表下，包含着大雅的内容，雅，即哲理。

　　这三首诗分别说三件事。第一件事，颠覆俗理。梵志反穿袜子，把接缝的棱角露在外表，这很不得体，会为人嘲笑，因为世上人都不反穿袜子，大家把接缝的棱角藏在里面，认为那才体面。梵志之所以不肯"正穿"，是因为正穿硌脚（稳脚），硌我的脚，我难受。顺你的眼，你受益。我不舒服你受益，做这种事岂非愚痴。再追究一步，世上人所谓的"正穿"，是正穿吗？所谓我的"反穿"，是反穿吗？正与反，在不同的立场判断，会得出截然相反的结论。庄子说，物无非彼，物无非此，此亦一是非，彼亦一是非，推究到底，无所谓是与非。

第二件事，说死与生。城外有坟场，坟场的坟丘酷似圆馒头，不过它们是土做的。但说人是馒头里面的馅，就过于冷酷，简直是对生命的不尊重，轻慢了自己，更轻慢了别人。说它是"馒头"，就隐含着"馅"即人的肉体的意思。唐人所说的"馒头"其实是今天的"包子"，比现在的包子大许多，略小于人头，原来叫作"蛮首"。范成大的《重九日行营寿藏之地》说："家山随处可行楸，荷锸携壶似醉刘。纵有千年铁门限，终须一个土馒头。"把人体比作馒头的肉馅也还可以一笑了之，但梵志偏不肯给人面子。他指着城里熙熙攘攘的人们一声断喝：你们都是馒头馅！冷酷至极。随后加一句：包括我。馒头分配绝对公平，一人吃一个，好吃不好吃，都得吃。其实哪有什么"滋味"，如何分辨它好吃与否，因为那就是自己，自己吃自己，你说什么滋味。这一番绕来绕去的话，把人绕到坟墓里，但在进坟墓之前，人们还是会彻悟的：生不可选择，死不能逃避，大家安心"吃"自己的馒头吧。

第三件事，论贫富。有人骑西域大宛马招摇过市，鼻息干虹霓，而我只骑一匹小瘦驴，过小桥，买一小壶酒。我很羡慕那位马上仁兄，他也不枉来世上一回！我很失落，很懊丧。偶一回顾，见一担柴汉子吃力地迈着步子，那柴担便是他的全部生计。于是心理平衡了：这汉子过得不如我。这种现象最普遍，是人群就会有比较，有人比较得自己不想活，有人比较得滋润熨帖志得意满，这全看他的切入点。王梵志的比较最人性化：比上不足，比下有余，知足常乐，能忍自安。这是最简单的人生道理，可惜世人会说得多，洞彻得却少。

赐萧瑀

唐太宗

疾风知劲草，板荡识诚臣。
勇夫安识义，智者必怀仁。

萧瑀，南朝梁元帝萧绎之后，仕于隋唐两朝，封宋国公，为人刚正，多谋略，唐太宗赞他为"真社稷臣"，称其"不可以厚利诱之，不可以刑戮惧之"。太宗这首绝句就是称赞萧瑀的。

"疾风知劲草，板荡识诚臣"。这两句十分著名，历代为人传诵。疾风知劲草，是孔子"岁寒知松柏之后凋"的另一种说法，把"松柏"换为"劲草"，虽然减弱了物的力度，但更有诗的韵味，把一个具体的点扩大为面，读此句，仿佛看到在广阔的平原上，烈风吹过，百草披靡，只有劲草在风中挺立不动，联系到作者的身份地位，很容易得出"帝王气魄"的评价。把大臣比成"劲草"，也符合帝王心理。板荡出典《诗经》的《板》《荡》二篇，这两首诗写西周末年的国家危难。在国家"板荡"之际最需要忠臣义士，戮力王室，拯救国家。"劲草"实化为"诚臣"，过渡自然，比喻奇妙。下联用对比句，赞扬萧瑀智勇兼备。治国安邦，必须倚重这样的人。

这首诗表现了唐太宗高瞻远瞩、知人善任的政治家风度，展现了他海纳百川、求才若渴的贤君胸怀。在艺术上，此诗温柔敦厚，用词讲究，造语得体，在帝王词章中属杰出之作，尤其是前两句，千锤百炼，才能达到这般境界。明胡震亨说太宗诗在唐诗发展过程中有"首辟吟源"的开创作用，应指此诗。清潘德舆称赞太宗诗"雅丽高朗，顾盼自雄"，也指此诗。

据此诗字面义，应归于"励志品"，本书却列入"哲理品"，因为从诗的背后可以体悟出另一番言语。无名氏在"中国少年国学院"网发布一篇解析文排众议，于我心有戚戚焉，摘录于此。

　　萧瑀被太宗屡抑屡起，终无暗怨之言，数跌而未稍改忠节，此实为臣者亦大难，故太宗喻为"疾风"下之"劲草"意。其实唐太宗李世民并不是真正看重萧瑀，因萧瑀曾事隋、唐二朝三帝，皆无大建树，其才略远逊于魏征、房玄龄、杜如晦、李靖诸人，且萧瑀对诸人微过小题大做而诋毁之，太宗亦深怒所为，故死后谥"贞褊"。褊，器量狭窄。太宗要在众臣宴会上赐诗萧瑀，详玩诗味，明赞实责。何者？事隋时明知炀帝骄暴，料无终局，故谏琐事而轻忤旨，有求被疏远祸意；雁门献计解炀帝围，不无呈媚自保意；李渊遗书招之，携众率先归唐，置亲姊（即隋炀帝萧后）于不顾，有邀宠新朝意；建成未毙之前，为何不诤谏立世民为太子？建成刚毙，抢在诸臣之前先奏言立世民为太子，乃见风使舵邀宠世民意；声色俱厉，面折廷争，故示耿介意；进封建说，迎合太宗内心所欲意。观此可谓萧瑀亦忠亦奸。太宗英明卓绝，必洞察其五内，却不言破，只缩深意于所赐之诗。而萧瑀亦非不解，故拜谢道："臣特蒙诫训，许臣以忠谅，虽死之日，犹生之年。"萧瑀"特蒙诫训"语，非普通谦词，实有"知罪"意。君善驭，而臣善韬，乃合璧之杰作也。故太宗《赐萧瑀》诗，乃汉高祖刘邦封憎臣雍齿之义也。于此可见太宗驭臣术之深也不可测。而萧瑀又何颜以受之？

代悲白头翁

刘希夷

洛阳城东桃李花，飞来飞去落谁家。
洛阳女儿惜颜色，坐见落花长叹息。
今年花落颜色改，明年花开复谁在。
已见松柏摧为薪，更闻桑田变成海。
古人无复洛城东，今人还对落花风。
年年岁岁花相似，岁岁年年人不同。
寄言全盛红颜子，应怜半死白头翁。
此翁白头真可怜，伊昔红颜美少年。
公子王孙芳树下，清歌妙舞落花前。
光禄池台文锦绣，将军楼阁画神仙。
一朝卧病无相识，三春行乐在谁边。
宛转蛾眉能几时，须臾鹤发乱如丝。
但看古来歌舞地，唯有黄昏鸟雀悲。

代，意为拟，白头翁，也作"白头吟"。"白头吟"是乐府诗题目，后人用旧题作新诗，称"代"或"拟"，如鲍照作《拟行路难》即是。此诗叹息年华易逝，人生无常，世上万事，都是过眼烟云，所以不必施以悲或喜。

诗分三层意思，层层递进。开头以洛阳城上的桃李花作比。鲜花烂漫，惹人怜爱，但花期短暂，瞬息凋谢。原来花的美丽并不可靠。第二层说人，特指"洛阳女儿"，美女之美，虽然比桃李花持久，但这"持久"也是相对的，"全盛红颜"仍然不可靠，"白头翁"才是真正的归宿，而"红颜子"似乎从来不会顾及这一点，轻视"白头翁"是通例，殊不知今天的白头翁是昨天的红颜子，今天的红颜子即将递补为明天的白头翁。所以人们常说："少年休笑白头翁，花开能有几日红。"这两层意思还有关联过渡，诗人选取（但毋宁说是"创造"）了一个场景，申述他的人生哲理：美丽的洛阳女儿面对灿烂的洛阳桃花，两相叹息。这个场面极具哲理性。许多重要的哲学命题都可以由此引申出来。

第三层泛化，在抽象的意义上论说人生，"已见松柏摧为薪，更闻桑田变成海"，再回到花，"年年岁岁花相似，岁岁年年人不同"。桑田沧海，变动不居，松柏长寿，终竟为薪，人之年命岂可依赖。松柏为薪，更有暗示死者永逝的意思，因为此松柏特指坟墓所植者。"年年"二句把前两层的意思作反向思考，鲜花的寿命短，但明年花又开，明年花与今年花看上去一模一样，而明年的观花者已非去年的观花者，他（她）比去年又老去许多。这两句相当精彩，令人赞美并叹息。为进一步申明道理，诗人又回到"特指"：那位"白头翁"。他曾经是一位翩翩美少年，与许多王孙公子在一起，游于花前月下，轻歌妙舞，睥睨人生，现在衰老卧病，世间一切欢乐再不属于他。世上一切美人莫不如此，韶齿红颜，须臾就满头飞霜。最后又是泛指："但看古来歌舞地，唯有黄昏鸟雀悲。"

人生不久，世事无常，年华易逝，红颜渐老，此理不言自明，但刘希夷用精巧的比喻，优美的词章，把这些意思作文字的陈述，道理变得直观，启发性和感染力更强。

刘肃《大唐新语》载，刘希夷作《代悲白头翁》，自己吟诵诗句："今年花落颜色改，明年花开复谁在。"觉得怪似诗谶，与石崇"投分寄石友，白首同所归"相类。于是再写："年年岁岁花相似，岁岁年年人不同。"继而觉得这一句更像诗谶。转而想，死生有命，哪能写一首诗就死人？都不删。诗成不到一年，刘希夷被害，年未满三十岁。

酬张少府

王　维

晚年唯好静，万事不关心。
自顾无长策，空知返旧林。
松风吹解带，山月照弹琴。
君问穷通理，渔歌入浦深。

　　这首诗是王维对自己的生活现状、政治观念和禅思妙理的诗化讲述，有王维诗一贯的在平和中寓有精深的特点。

　　诗人显得很达观。可是，仍然未忘怀朝廷。语言含蓄有致，末句又勾出一幅画面，含蓄而富有韵味，优雅悠长。

　　他说，我在晚年最喜欢安静，对世间万事都不再关心，只作一个悠闲散淡的人。我胸中没有治国安邦的策略，见解与当世的著名人物相比，实在低劣，智拙计穷，只能回归山林。我曾经在那里隐居，现在回归，分外亲切，这里才是我的"家"——心智的家。在山中，松间风涛吹过，权当为我解带，催我入眠。山间月照在我的身上，月光下，我拂琴畅怀，兴致正浓。您问我这里面能悟出什么至言妙道、宇宙真理，这还用我说吗？你看我对月弹琴，你看风掀襟拂袖，这就是妙理；你听渔歌阵阵，飘荡在河湾水畔，这就是妙理。妙理不必说，不能说，事便是理，理便是事，此中奥妙，能体悟才是达人。

　　王维通佛理，思虑精深，对世事人生有深刻而独到的理解。他认为，人的最高境界在于妙悟。悟彻菩提真妙理，断魔归本合元神，悟彻宇宙、自然、人生、社会的本质，这宗"本质"不能以言语称述，说不出的道理才是真道理，"真理"一经陈述，就发生缺损，语言如中山之歧，支离破碎，岂止亡羊。如果一定要说明它们，应该用最简单的表达，因为，真理总是最简单的。那么，简单一句话，这宗本质就是"和谐"，宇宙、自然、人生、社会的和谐，本系统的和谐和各系统之间的和谐。但是，既然系统以内和系统之间达到了和谐，那么，它们就回归了"一"，不存在所谓"系统"了。松风无知，它为诗人吹襟，山月无情，它爱诗人弹琴，诗人有知，请松风解带，诗人有情，邀山月听琴，但松风解带出于无意，诗人邀月本来无心，既然诗人、松风、山月三者都"无心"，解带与弹琴也就是"无意"，无心无意，互为莫逆。那么，任何诉说都是多余的，岂但多余，简直是妄说，只说一句"渔歌入浦深"就可以概括至理。说一句"渔歌入浦深"仍然是言之鉴，只须看，即可得，看也有所失，只须听，听也有所误，只须思，思也有所隔，所以……渔歌入浦深。

独坐敬亭山

李　白

众鸟高飞尽，孤云独去闲。

相看两不厌，只有敬亭山。

　　敬亭山，又叫昭亭山，在安徽宣城之北。李白在经历了安史之乱后的漂泊流离，又曾蒙冤被囚禁，戴罪流放，最后一次来到宣城时，他独自一人登上敬亭山，触景生情，伤感，孤独，凄凉，都上心头，于是作《独坐敬亭山》。

　　小诗上联写景，景中寓有诗人的孤寂情绪。众鸟早已飞走，飞进高空，只有一片孤云在天际游荡，这是实写，确实有众鸟高飞，确实有片云飘逸，但它也是比喻，比喻诗人此时的心境，也比喻诗人此时的遭际。众鸟高飞一句，化自汉《古诗十九首》的《明月皎夜光》，诗云："昔我同门友，高举振六翮，不念携手好，弃我如遗迹。"如李白一样在长安游历求仕的人，许多已遂其志，只有李白不能乘风云驭雷电，飞黄腾踏去，"同学少年都不贱，五陵衣马自轻肥"，李白对此郁闷心难平，众鸟已逝，李白如浮云独而且闲，飘荡不知何方，鸟之众与云之孤，鸟已逝而云仍闲，对比明显，这一联并不纯粹为了对仗，它是李白经历现状的实录。

　　下联取静态，场景省之又省，省略到只有两项：敬亭山与诗人李白。鸟已逝，云亦去，浩浩宇宙，唯我与敬亭山相对，山如何？诗中不说，我如何，诗也不论，诗只拈"看"字，而且是"相看"，我看敬亭山，或秀丽、或壮美、或深邃、或连绵，全是我的主观认知。其实敬亭果真如何，我并不知，虽然我不知山，但山在，山在就是我在。敬亭山看我，或潇洒、或落拓、或狂狷，是山的主观"认知"。我果然如何，山并不知，虽然山不知，但我在，我在就是山在，山我两在，相看不厌，在"相看"之时，两者悄悄移位，山变作我，我变作山。于是，由不知己到知己，由知己再到知彼，最后到彼此互知，互知生于互看，互看、互知，而后"两不厌"，升华到物我两忘。

王夫之《夕堂永日绪论》说："情、景名为二，而实不可离。神于诗者，妙合无垠。巧者则有情中景，景中情。"王尧衢《唐诗合解》论此诗云："首句众鸟高飞尽，此为'独'字写照。众鸟世间名利之辈，今皆得意而尽去。次句，孤云独去闲，此'独'字与上句'尽'字应，非题中独字也。孤云喻世间高隐一流，虽与世相忘，尚有去来之迹。末二句，相看两不厌，只有敬亭山，此二句才是'独'字，鸟飞云去，眼前并无别物，唯看着敬亭山；而敬亭山亦似看着我，两相无厌，悠然清静，心目开朗，于敬亭山之外，尚安有堪为晤对哉？深得'独坐'之神。"探奥虽云过甚，未必切合李白作诗时的心思，而与我心有戚戚焉者也。

补记：夕堂永日，与友人之昆弟谈诗，次及《敬亭山》。世弟谈锋甚健，曰："我尝造访皖之敬亭山，山两峰，遥相对，状若二人，或友朋，或夫妻，随意图解尽是，要在两峰若晤谈，终日不厌也。诸贤不至宣城，妄解'两不厌'句，伧父也！"若此，仆亦伧父矣。

下途归石门旧居

李 白

吴山高，越水清，握手无言伤别情。

将欲辞君挂帆去，离魂不散烟郊树。

此心郁怅谁能论，有愧叨承国士恩。

云物共倾三月酒，岁时同饯五侯门。

羡君素书尝满案，含丹照白霞色烂。

余尝学道穷冥筌，梦中往往游仙山。

何当脱屣谢时去，壶中别有日月天。

俯仰人间易凋朽，钟峰五云在轩牖。

惜别愁窥玉女窗，归来笑把洪崖手。

隐居寺，隐居山，陶公炼液栖其间。

凝神闭气昔登攀，恬然但觉心绪闲。

数人不知几甲子，昨夜犹带冰霜颜。

我离虽则岁物改，如今了然失所在。

别君莫道不尽欢，悬知乐客遥相待。

石门流水遍桃花，我亦曾到秦人家。

不知何处得鸡豕，就中仍见繁桑麻。

倏然远与世事间，装鸾驾鹤又复远。

何必长从七贵游，劳生徒聚万金产。

挹君去，长相思，云游雨散从此辞。

欲知怅别心易苦，向暮春风杨柳丝。

石门，在浙江四明山。李白曾在这里学道求仙，经历了长安的失意，李白再次漫游至此。这次漫游不是"开题"，而是"结项"：清算自己的一生功过，因为李白即将踏上生命的归途。他可能预感到了，漫游至此，告别旧友，作此诗以志。

吴越之地，山高水清，无边胜景中，与旧友执手告别，我身虽乘舟离去，我心长留此间。看旧友容颜正好，可知修道功夫大进，我很羡慕，从前也曾潜心求道，只因用志不坚，以至流浪人寰多年。宦海风波险，我并未放弃理想，渴望脱屐谢时，远赴蓬壶。感喟人生迅急，岂止白驹过隙，俯仰之间的一刹那，红颜凋朽，我已垂垂向暮了。真不忍与你们分别，我希望以后还能再见到你们。

这次回来，走遍了从前那些熟悉的地方，重访陶弘景炼丹旧址，顿觉身轻体健，显然仙丹之气仍弥漫山中。炼丹的道士愈发年轻了，大家不知有几个甲子年纪，脸色依然灿烂如青春少年。至于我自己，既无做官才能，又无求仙的机缘，经过若许挫折，对世道人生已经了然洞彻，所幸此地桃花源风景依旧，桑麻茂盛，人情纯朴，在此短暂停留，再度洗净心中尘埃。官场不与我同，我也难求其侣，适于我的，只有驾鹤远游，忘怀世间烦恼，做个世外闲人，从权臣求贵，贵又何为？劳其生求富，富又何益？人说名缰利锁，确非虚构。

到渡口了，朋友们到此为止吧，长揖而别，把长相思长留心间，云收了、雨散了，迷惘的一生走完了，我现在郑重向朋友告别，我想这也许是在向人生告别，从此分两地，各自保平安。深知此别，你我心俱苦，但你看杨柳细丝，在夕阳的微风中摇曳，似留似别，如泣如诉。夕阳最好，此刻分别，最好。

李白晚年这首长诗，一改从前喷薄而出的豪情和酣畅淋漓、潇洒自如的笔锋，而出之以幽深的意旨和平和的诗格。李白很少对人生这一严肃的问题作如此严肃的思考，何况又用如此严肃的笔意贯彻。这首诗等于否定了自己，直言从前的所作所为都属于无谓甚至无聊，以至一事无所成。求富贵求仙道，富贵仙道愈远了，即使求得，岂不仍旧一场梦？陶弘景、李延年，任谁都是黄土一抔。"如今了然失所在"，李白彻悟了；"云游雨散从此辞"，李白解脱了。李白从来都是诗酒雄才，"白也诗无敌，飘然思不群"，"敏捷诗千首，飘零酒一杯"，"李白一斗诗百篇，长安市上酒家眠。天子呼来不上船，自称臣是酒中仙"。酒中豪士，诗中仙者，到晚年，在石门，李白又成为一位智者，冷眼观人生与自己，挂帆而去，余下杨柳丝供人追忆，叹惋。

题破山寺后禅院

常　建

清晨入古寺，初日照高林。
曲径通幽处，禅房花木深。
山光悦鸟性，潭影空人心。
万籁此俱寂，但余钟磬音。

　　这是一首著名的借景喻理的诗，原诗书于寺院墙壁上，无题。此诗流传广，影响大，在唐代哲理诗中有重要地位。

　　首联将"古寺"与"高林"并称，景境开阔，意境高远，情境超然，"清晨"与"初日"更使这些"境"有清新畅朗的色彩。颔联由首联的"放"转为"收"，注意力集中在曲径的禅房。"幽"和"深"，把有限的曲径和禅房的空间无限延伸了，曲径通幽，通往何处，幽在哪里。这里有悬念，禅房只能是禅房，不是院，也不是山，禅房的花木会深到什么程度？这只能从感悟作解，所谓深是诗人的主观感受，他把花木作为外形，从中悟出至理，所谓深是抽象理念层面上的。"曲径"一联，极为人称道，因为它形在山水，意在参悟，理在要道。

　　颈联由"收"转入"展"，把视线转移到山鸟与潭影。山光使鸟欣悦，潭中山光树木连同飞鸟的影像，空灵通透，使人心明澈如水，心空、人空、山水空，万取一收，都归于空。此诗背景是佛寺，佛学的本质为空。那么，此联的"空"就不仅指潭影，更意在昭示佛理。尾联上升为"无"，万籁俱寂，是"空"，只有钟磬音悠然远逝，是"有"，万物空，而钟磬有。伸张佛理，斥逐世俗。

　　这首诗在唐代以后常被作山水诗解读，写景抒情巧妙融合，而且全诗工整完美，是唐诗中上乘佳作。但山水不能指称这首诗的全部，更不能指称它的深刻内涵，内涵就是它深厚的哲理。哲理借佛寺之景，佛学之说，自然而然地宣示出来，却又有是含蓄蕴藉，欲显还隐，更引人深思，终得参悟妙理。"曲径"两句，景、境、情互作映衬，有片言概称大千世界的效果。"万籁"两句，理在言外，无言成理，至理无穷。玉磬声音袅袅于禅院，引导人们进入纯粹的理念世界，又把至理隐于大千世界之中，不使轻示于世人。诗人用这种看似轻盈实则融深的句子，把人们引入欲知不可得，欲罢不可能的特殊心理环境。这就是古代诗人尤其是哲理诗人的"残忍"。在读诗、解诗、评诗这个世界内，残忍，也是一种美，而且是诗界至高之美。

　　唐人殷璠对此诗十分崇敬，纂集《河岳英灵集》首列常建诗，他说："建诗似初发通庄，却寻野径，百里之外，方归大道。所以其旨远，其兴僻，佳句辄来，唯论意表。"洪刍《洪驹父诗话》评论说："丹阳殷璠撰《河岳英灵集》，首列常建诗，爱其'山光悦鸟性，潭影空人心'之句，以为警策。欧公又爱建'竹径通幽处，禅房花木深'，欲效作数语，竟不能得，以为恨。予谓建此诗，全篇皆工，不独此两联而已。"按：此诗有多个版本，有的版本"曲径"作"竹径"。

省试湘灵鼓瑟

钱 起

善鼓云和瑟，常闻帝子灵。

冯夷空自舞，楚客不堪听。

苦调凄金石，清音入杳冥。

苍梧来怨慕，白芷动芳馨。

流水传潇浦，悲风过洞庭。

曲终人不见，江上数峰青。

　　钱起为大历十才子之一，只是他的诗传世不多，对后代影响也不大。但这首《省试湘灵鼓瑟》使他成为诗界精灵。这首诗本属平常之作。但结联"曲终人不见，江上数峰青"使全诗平地崛起高山，读诗者在司空见惯的田野中前行，被这突起高山惊呆了，诧异惊愕不能发一语、赞一辞。但越是不可理喻，不可评论，人们越是试图解析它，于是聚讼不已，成为中国诗界一桩美丽的悬案。学者咀嚼这两句诗，余香弥漫、余音通天，美不胜览。

　　省试，指参加尚书省的考试，学子中式即为进士。这首诗其实是"试帖诗"，相当于后世的全国统一高考试卷。试帖很难精彩，这首却是例外。钱起这次应试的试帖题目取自《楚辞》，《远游》曰："使湘灵鼓瑟兮，令海若舞冯夷。"钱诗前五联就是依此二句立意展开。湘灵湘水女神，有人说是舜二妃娥皇女英，钱诗也取此解。

　　湘水神善鼓瑟。瑟声凄楚，流落江湖之间的人们不忍听其哀曲。不但"楚客"不堪听，苍梧也为之动容，它暗下来了。香草被陶醉了，散发更浓的芬芳。流动的江水传送着湘灵的哀怨，悲苦之风飘散在浩渺的洞庭湖上。一首湘妃女，使草木有情，使山川易色，天地为之低昂。如此夸张，并不使人意外，因为诗人自有"翻云覆雨"之手，外物在他们的笔下被任意驱使，制造风雨雷电，是家内事，但结联却是诗涉入理路，非常人所能道、常诗所能成。

湘灵鼓瑟终了，乐曲休止，听曲的人却不能休止，他们在寻觅，音乐是瞬息艺术，不能挽留，不能把玩，那么乐曲究竟出自哪里？诗人没有结论，因为他也不知道，但他对乐曲的归宿作了神秘的阐论，向人们作了明确的"暗示"：乐曲散入江山青峰，它没有消失。人们看不见它们，以为它们"不存在"了，其实只不过转换了一种存在的形式。庄子说，人是天地间的材料，赖造化之工而后成"人"，成人而后又将回归造化本色，成物。如此循环不止。乐曲曾经有，就不会"不存在"，江山数峰"变"青，那就是乐曲存在的明证。"曲终人不见"的"人"指湘灵，"不见"符合湘神的身份。人不"见"使全诗渐入神秘，对全诗具有总结"收官"的作用。结联之佳，疑有神助，沈德潜说："神来之候，功力不与"，"远神不尽"。对卓异的诗人，对他们的卓异之作，人们往往称为"神"，如江淹得郭璞笔，而赋作转为神奇。

此诗是排律，中间四联对仗工稳，平仄谐调，在考试的短时间内作排律并且如此娴熟，也是人们认为此诗得神助的原因。

大林寺桃花

白居易

人间四月芳菲尽，山寺桃花始盛开。
长恨春归无觅处，不知转入此中来。

　　大林寺，在庐山牯岭西，白居易游赏大林寺，因桃花而成此咏。他在《游大林寺序》中说："大林穷远，山高地深，时节绝晚，于时孟夏，正如正二月天，梨桃始花，人物风候，与平地聚落不同，初到恍然若别一世界者。"因是感悟。

　　上联用对比法，侧重于大林寺桃花，以"人间"对比"山寺"，一抑一扬，说"人间"，隐含着"山寺"似仙界的意思，为下联的悟理作铺垫。四月的人间，各种花相继凋谢，遑论桃花，而山寺里桃花正逢盛期，人间与山寺何其相异！诗人在高山上的寺院见到暌违已久的桃花，乍惊乍喜，犹如见到分别长久的老朋友。朋友不期而遇，执手以询：你去哪里了，我认为……那意思可以推知：以为朋友已经作古，不料在此重逢。以为春天已成遥远回忆，谁知仍旧盘桓"人间"。惊喜之后，便是思索，为什么同是桃花，人间与山寺面目迥异？诗人应该知道海拔高度的变化导致气候的变化，但用科学解释这个玄妙的禅意盎然的问题，很煞风景，既失诗意，也断理趣。下联是对思索的结果。下联出句承上联出句，人间桃花及各种花芳菲散尽，人们以为春天远逝，追寻不及，深以为憾，现在人们可以放心了。下联对句说，春在这里，在高山上的大林寺中。春仍然灿烂，仍然迷人，仍然楚楚可人爱。

　　世间事物，莫非此理。黄庭坚《清平乐》云："春无踪迹谁知，除非问取黄鹂。百啭无人能解，因风飞过蔷薇。"春天确已不见踪迹，但不见踪迹，并不能确定春天的消亡，春天还在，只是转换了存在的形式。黄鹂知道春天在哪里，以什么形式存在，它在说，努力地说，可是没有谁能理解它的话，"百啭无人能解"，恰是所指与能指永远不能调和的矛盾。进一步说，即使大林寺桃花也谢了，春天也未必就消失人间，它已转入蓬勃的夏季，青翠的叶子由烂漫的花朵转化而来，春天的生命相沿相续，从未消歇。桃花如此，其他事物皆然，更深入一层，人们时常为理想的受阻和事业的困窘而苦恼，其尤难者，自觉百事消歇，束手待毙，"走投无路"，就是表示这种状态的形象语词。可世上本无所谓"走投无路"的状态，那种境况纯由心造，平川桃花消歇，可以到山中寻觅，此路已穷，不妨改走他路，只要"走"或"投"，总会有路通往远方，通往彼岸，通往辉煌之巅，何况世间所谓"成功"，本来就是变量，在彼认为失意，在我则是得益，甲以为屈居人后不堪其耻，乙则悠悠然随波逐流。这才是符合人间至理的认知运作方式，走投无路相应词语应是：大路原自通天。

九日齐山登高

杜 牧

江涵秋影雁初飞，与客携壶上翠微。

尘世难逢开口笑，菊花须插满头归。

但将酩酊酬佳节，不用登临恨落晖。

古往今来只如此，牛山何必独沾衣。

　　九月九日重阳节，九为数之极，此后便转向衰退，与人的生命达到顶峰将走向衰老同义，故重阳节特为老人而设。齐山在今安徽贵池，当地一游览名胜。

　　这首七言律诗首联用兼并法，将原为一、二两联的意思合为一联。出句描写景象，对句叙述缘起。又用置换法，将律诗规则的首联缘起与颔联写景的位置互换了。江水涵泳秋影，大雁南归，一派秋兴景色。乘此秋兴，呼朋引类，赏齐山秋景。颔联为诗眼，尘世上人烟浓密如细草，世上事情细碎如牛毛。世人虽多，相逢者皆是陌路；世事虽繁，遭遇者尽数蹉跎。但眼前景致极佳。对此景心情舒畅，应报以微笑，身边人极雅，偕此雅气爽神清，应开怀欢笑。菊花正黄，采得菊花插满头，暂得偷闲学少年。颈联继续颔联的疏狂，以尽情之欢回应重阳佳节，酩酊之醉也是菊花满头的延展继续。落晖语含双关，游兴正高，可惜落日夕阳催人返，此一义；人生得意，可叹冉冉近晚年，此又一义。但诗人说不必为此怨恨，拾取眼前景、头上花、樽中酒，无怨无恨也无悔。尾联细说此中原因，古往今来，谁能跳出三界之外，脱离生死轮回？齐景公牛山之泣岂不荒唐。

　　齐景公率群臣登牛山，见美景而悲啼。感叹说：人为什么不能长生不老？试想这荣华富贵，终要捐弃，多可惜！晏子批评说：如果世间人只生不死，大地上早就挤满了人，还有什么欢乐可言？如果不死不生，古人一直活到现在，也就不会有大王您。您就更不可能在此悲泣了。醍醐灌顶，振聋发聩。此诗尾联取晏子的议论，晏子和杜牧都认识到并告诉世人，人生就是不断相续相谢的过程；生者不必喜，逝去不须悲。既然悲与喜都不能改变人生定律，那么，率性而为就是最适当的人生态度。"尘世难逢开口笑，菊花须插满头归。"佳节重阳可喜，一年三百六十天，百年三万六千日，每天都是喜庆。眼前美景，欣喜尚且不及，哪能忧愁忧思，无谓浪费人生有限的美景良辰。本诗的起因在于忧伤，为人生短暂，尘世艰难，人际淡漠忧伤，却得出了旷达人世的结论，而且全诗也不显灰色，反倒喜气洋洋，这得益于本诗依托的人生哲理。

方回《瀛奎律髓》云："此以'尘世'对'菊花'，开合抑扬，殊无斧凿痕，又变体之俊者。后人得其法，则诗如禅家散圣矣。"吴汝纶《桐城先生评点唐诗鼓吹》也说："此等诗，自杜公外，盖不多见，当为小杜七律中第一。"高步瀛《唐宋诗举要》则推此为杜牧诗之冠："感慨苍茫，小杜最佳之作。"

咸阳城东楼

许 浑

一上高城万里愁，蒹葭杨柳似汀洲。

溪云初起日沉阁，山雨欲来风满楼。

鸟下绿芜秦苑夕，蝉鸣黄叶汉宫秋。

行人莫问当年事，故国东来渭水流。

　　咸阳，秦帝国的都城，曾经不可一世的秦帝国早已灰飞烟灭，咸阳城就是秦兴亡的历史见证。登临怀古，感慨万千，游人作诗咏怀，抚今追昔，此诗即为其一。但许浑此诗不同于其他诗作，它隐喻了事物突变与渐变的关系，察微知著，分辨秋毫，表明了诗人的历史观。

　　登上城楼，江山几万里尽收眼底，是实见；东望中原，万里江山纳于胸中，是遥想。实见遥想空间的同时，会引出时间，即纵深的历史。思绪回到千年以前的秦帝国时期，追忆始皇帝的事业得失，在意会中与这位独裁者晤谈。"万里愁"的开放式为全诗确定了基调，雄浑刚健，有历史的凝重感。首联对句将"蒹葭杨柳""万里愁"收拢回到目前，在本联大开大合，收放无迹圆转自如。颔联为写景，符合律诗的一般规则，时间在傍晚，密云渐起，太阳沉入楼阁的背面，雨将至，风吹过，凉丝丝的山风充塞于楼阁亭台。楼上人感到浓厚的雨意，被包围在雨将至的期待与不安之中。这一联并不纯粹的写景，对句"山雨欲来风满楼"在简易的诗句和单一的景观中显示深刻的道理，秋风起于青萍之末，密云生于溪水之间。风云初起，并不昭显，由微细渐至宏伟，至大至刚，充塞于天地宇宙。急风暴雨的来临，必有征兆，人们觉得它们猝然而至，那是因为人们对征兆漠然处之。它的征兆便是风，无山风则无山雨，山雨将至必先有风来。归结到秦帝国，项刘之举，先兆是陈胜吴广率卒揭竿；陈吴揭竿，先兆是刑徒七十万掘骊山、筑长城。此前更有先兆。如果从根本上做起，将暴动消弭在未萌状态，孰知秦帝国不会延续至今？

顺理而下，颈联提到秦汉旧事。鸟在绿树丛中鸣叫，那里是秦时的皇家苑囿；蝉在树叶中嘶鸣，树木生长在汉帝国的宫殿之中，虫鸟无情，不论兴亡，不知凭吊，人观虫鸟，油然而生悼古之思。一不知，一有知，知与不知，宫苑依然，不为所动，于是感慨更深了一层。尾联在无限伤感中收束。用"莫问"提起，莫问有两层意思，其一，是不要问。前朝之事，自己想起都很觉压抑，不忍深思，哪堪旁人絮烦相问？其二，是不须问。故国未变，社稷易主，渭水长流，诉说秦汉，瞻故国，观渭水，前朝事尽在其中，何必询问他人？许诗三、四联与刘禹锡咏怀金陵立意相似，刘禹锡诗的"旧时王谢堂前燕，飞入寻常百姓家"，"淮水东边旧时月，夜深还过女墙来"，与许浑同律。许诗还启示了韦庄。韦庄《台城》云："江雨霏霏江草齐，六朝如梦鸟空啼。无情最是台城柳，依旧烟笼十里堤"，与许诗同格同调。

诗品·含蓄

司空图

不著一字，尽得风流。
语不涉难，已不堪忧。
是有真宰，与之沉浮。
如渌满酒，花时反秋。
悠悠空尘，忽忽海沤。
浅深聚散，万取一收。

　　司空图论诗的专著《诗品》分析中国诗歌的艺术风格，依它们的艺术表现，区分为高古、冲淡、含蓄等二十四品。品，是格调的意思，不同于南朝钟嵘以品诗为主的《诗品》，为了区别，人们将司空图所著称为《二十四诗品》。

　　《诗品·含蓄》的主旨是论诗以及广义言语的有和无。首句点题："不著一字，尽得风流。"言语是诗的材料和载体，没有言语便没有诗，但言语并不等同于诗，言语如果无意义堆砌，只是文字或是声音符号，与诗无关，这是常识，司空图在这层常识上展开思考。中国哲学有"言不尽意"的命题，是说言语不能涵盖它所应表达的意思，不但不能完全表达，而且任何言语都会发生歧义，它的表象与内涵有别甚至相反。那么，最完全的、完美的表达是不用言语即"不著一字"。庄子说了一个极端的例子，兀者王骀，他的"讲课"其实是不讲课，每天呆坐着不发一言。但弟子登门求教，他与孔子平分鲁国的"学生资源"。但是，这里的所谓"无言"只是哲学意义上的，哲学上的有与无只供推理，不能原封不动地移植到现实生活中来。比如作诗，如果"无言"肯定不能称其为"诗"，所以，司空图的"不著一字"，是用最少的言语包容更多的意义，以"尽得风流"

为目标。同时，不著字还有不直接称说的意思，就是诗题的"含蓄"。

诗中以两个例证说明："含蓄"。作一首关于苦难的诗，作者并不说"苦难"，但读诗者都痛苦不堪，是言语中的蕴含的意思使读者感受到了苦难，即"真宰"。谷经过酿造，成为酒，酒出于谷米，但谷不是酒，酒却是谷米的"真宰"。谷，播种到地下，春天开花，秋时收获，而且是更多的谷。这些变化，也是"真宰"的作用。

作诗固然不可无文字，但含蓄的文字使诗包容丰富，动之愈出。司空图把哲学理念应用于文学理论研究，见解精微。王士禛说："表圣论诗二十四品，予最喜'不著一字，尽得风流'八字。"他把八字作进一步的发掘、延伸，创立了论诗作诗的"神韵说"。神韵，即此诗所说的"真宰"。

钟嵘作《诗品》，将古今诗人划分为上中下三品，他的"诗品"是品诗人。司空图仿效钟嵘，作《二十四诗品》，却是品诗。"二十四诗品"就是二十四种艺术风格。它们是：雄浑、冲淡、纤秾、沉着、高古、典雅、洗练、劲健、绮丽、自然、含蓄、豪放、精神、缜密、疏野、清奇、委曲、实境、悲慨、形容、超诣、飘逸、旷达、流动。这些"品"实际所指为诗的境界，每一品都有一首诗，作用相当于"定义"，"二十四诗品"的定义比它们说明的概念还"概念"。不过，"二十四诗品"的二十四首诗却是唐诗隐逸诗哲理品的上佳之作。《二十四诗品》模仿之作很多，清代有袁枚《续诗品》、顾翰《补诗品》，马荣祖《文颂》、许奉恩《文品》、魏谦升《二十四赋品》、郭麐《词品》等。

梦

幻

品

　　根据《史记·屈原贾生列传》所载，屈原是楚国重臣，在楚秦争霸过程中，怀王不依屈原所拟战略，最终导致楚国败亡，这在《离骚》《九章》中有充分的验证。如果屈原作品属于实录，如果司马迁的屈原本传行述有据，那么，有一点显然被史学家疏忽了：在诗歌创作方面，屈原显然是梦幻主义诗人，屈原作品中的叙述不应该看作楚国信史，屈原以诗人，特别以梦幻诗人的视角看楚事楚人，他的政治见解未必为良策。但他的梦幻诗章无疑是瑰宝。在《离骚》后半部，抒情主人公摆脱了"地心引力"，自由自在地飞翔于天上地下，又掌握了"时间机器"，随意与古代圣贤晤谈治国要术。庄子是潇洒的，他崇尚自由，但庄子的自由并不绝对，他和他的思想都"有所待"。屈原却绝对自由，他翱翔于空间和时间之中，不须作凭借依托，只须意念。他也要整肃仪仗，但他的仪仗也仅仅为仪仗，并不作"脚力"使用。《离骚》的光怪陆离，开启了中国梦幻诗的大门，从此再难掩闭。屈原自己，也从这座梦幻大门里索取了更多的梦幻诗。《九歌》全部写神灵，是幻；《招魂》踏天地六合，是梦；合同《离骚》，三组诗合读，万物以及"无物"尽入屈原彀中。《天问》是另一类型的梦幻诗，它把人们最关心的宇宙起源和天地运行问题开列出来，并试图作神秘主义的诠解，结论自然没有，他的列举本身就是梦幻的冲动使然。

　　汉代梦幻诗章中，以《古诗十九首》中的"凛凛岁云暮"最典型。它写一位妇女的"真如"之梦，极其真实，如真似真而非真。她的"良人"驾车来接她了，她欢喜若狂，奔向大车，要援绥而上。但良人并不理会，没有递给她登车的绳子，不进家门，赶着大车一路驰过，再无踪迹。她没有能腾飞的翅膀，徒唤奈何，徘徊容与久，倚门而泣，忽然醒了，不是在枕上，她正倚门怅望，泪湿门扉，竟不是梦？如此梦境，变幻莫测，把"梦游"纳入梦境，梦幻更浓了一层，但人们从不认定此所写为"梦游"，因为梦幻之美不能容忍医学论者煞风景的破坏。南朝的梦幻诗出现高潮，尤以郭璞"游仙诗"著名。游仙，即漫游仙界，在山水诗外另辟一途。谢灵运等反拨郭璞，大力张扬山水，屏绝神仙与玄言，但诸谢的所谓"山水"

多为主观意象，与实际山水疏远，与郭璞的游仙诗和孙绰等人的玄言诗关系才更密切一些。

初盛唐的诗人不屑于梦幻，他们把理想寄托于朝廷，寄托于权臣们的称举逾扬。中晚唐国运倾颓，诗人才重新遁入梦幻，寻求虚妄的发达和虚幻的平安，以李贺为代表。梦幻诗从未中绝，它在初盛唐时期也有上佳之作，只是容易淹没在诗界主流话语中。李白游仕失意后所作《梦游天姥吟留别》肆笔于梦境，抒情于幻想，梦如诗，诗似梦，是盛唐时期梦幻诗的扛鼎之作。杜甫《梦李白》二首，图画李白憔悴的容颜，摹写李白颓唐的神态，验证了日有所思，夜有所梦的道理，梦幻与现实之间的鸿沟被填平了，这与杜甫的世界观和文学观息息相关。岑参《春梦》绝句，拈出"片时"和"千里"两个语词，着墨俭省，而梦的本质从此不能隐遁。中唐梦幻诗章渐多，白居易《花非花》重提梦幻与现实的关系问题，着意于"是"与"不是"的分野，最后他自己先模糊了这个分野，自拆篱笆。元稹《刘阮妻》重提仙界的真伪问题，羡慕刘晨、阮肇的艳福，也遗憾于他们的"为仙不卒"，虽有寄托，梦幻不减。

中唐作梦幻诗者首推李贺，不仅中唐，整个唐代李贺梦幻诗成就最高。他的成就还可以用"前无古人"这样绝对化的语词作标志。李贺梦幻成就表现在两个方面：第一，他的梦幻诗视点独特，发前人所未发，比如《梦天》，此前诗人"举头望明月"，在"望月怀远"，诗人们的眼中，月亮只有一个盘子大小，是"铜镜"或"白玉盘"飞到天上，挂在苍穹不肯掉下来。李贺却登上月亮，在月宫中遥望大地。这次视点的转变在诗歌史上是震撼性的，李贺开创了梦幻诗的新途径，造就了新局面。更奇的是他掌握了时间空间相对理论。用九州极小，沧桑变幻极快，颠覆了传统观点。《金铜仙人辞汉歌》写两个人物：一铜人，一亡人，梦幻渐入魔幻了。《苏小小歌》仿照屈原《山鬼》写鬼界之恋，有阴冷之美。《感讽》取民间传说写鬼之归宿，写得鬼气森森，骇人心魄。杜牧概括为"牛鬼蛇神"，为的论。第二，李贺善于主观创造迷离恍惚撼人心志、夺人灵魂的

唐诗掠影

梦幻品

梦幻世界：坟墓、鬼影、磷火、冷雨、残花，等等，用以表现病态的鬼怪世界。梦幻境界，梦幻诗章至于如此，不但前无古人，后世同类诗作也难以为继。

梦游天姥吟留别

李　白

海客谈瀛洲，烟涛微茫信难求。
越人语天姥，云霞明灭或可睹。
天姥连天向天横，势拔五岳掩赤城。
天台四万八千丈，对此欲倒东南倾。
我欲因之梦吴越，一夜飞度镜湖月。
湖月照我影，送我至剡溪。
谢公宿处今尚在，渌水荡漾清猿啼。
脚著谢公屐，身登青云梯。
半壁见海日，空中闻天鸡。
千岩万转路不定，迷花倚石忽已暝。
熊咆龙吟殷岩泉，栗深林兮惊层巅。
云青青兮欲雨，水澹澹兮生烟。
列缺霹雳，丘峦崩摧。
洞天石扇，訇然中开。
青冥浩荡不见底，日月照耀金银台。
霓为衣兮风为马，云之君兮纷纷而来下。
虎鼓瑟兮鸾回车，仙之人兮列如麻。
忽魂悸以魄动，恍惊起而长嗟。
惟觉时之枕席，失向来之烟霞。
世间行乐亦如此，古来万事东流水。
别君去兮何时还，且放白鹿青崖间。
须行即骑访名山。
安能摧眉折腰事权贵，使我不得开心颜。

梦幻品

　　这首诗是李白记录自己的一个梦。梦中他游了天姥山。

　　李白说，总是听那些航海的人们眉飞色舞地描绘蓬莱如仙之境，但大海深处的事情，只听人们转述，未必可靠，听越国人谈论天姥山，山在云霞笼罩下，我倒是可以去看一看。天姥山真是雄伟，它上接着天，在天地之间横了一道大幕，五岳、赤城都被它遮盖住了。天台山算是很高了，也得面对天姥山俯首称臣，梦中走路极快，一夜之间飞过鉴镜，飞过剡溪，到了神往已久的天姥山，谢公登临的旧迹还在，水波荡漾，猿啼声声。我仿照谢公，穿上特制的登山鞋，沿着登天的石梯向上攀登，太阳从海上升起，听到空中传来天鸡的鸣唱，岩峦环绕，奇花异木，奇峰异石，使人意乱神迷，不知身之所在，林子深处有熊的咆哮，龙的吟唱，伴着泉水叮咚。云层渐厚，暴雨将至，霹雳一声，山峰崩溃，原来这是一道通天之门，轰隆隆地打开了，天地之间相通了。向下看，大海深不见底，数不尽的金银建筑，亭台楼阁，闪耀着耀眼的光彩，向上看，天神一队队地飘飘而下，他们用彩虹作衣服，乘着飘风，降临天姥山。还有无数仙人，乘着凤凰驾的车子，怪兽为他们奏乐，好一派神中神、仙中仙，神仙大聚会的风景！我也参与了这场大聚会，又兴奋，又惊慌，忽然就醒了。枕席依旧，烟霞无踪，才明白是场梦。

　　梦有久有暂，人生之梦只不过是略长了一点罢了。我现在与你告别，不知道何年何月才得重返，经过这场梦，我彻底觉悟了，从此要同白鹿们在山间自由自在地游玩，想去哪一座山就去哪一座山，比如天姥山，骑上白鹿就出发，那时访天姥，就不会只在梦中了。自由来往，率性适意，我要恢复本性，不再受世间那些荒唐规则的约束，我绝不愿低眉弯腰，奉迎权贵，以至心为形役，人为物役，心受委屈，人受委屈。

　　这首梦境诗神奇瑰丽，一幅幅变幻多姿的画面纷至沓来，使人目不暇接，梦境如此雄奇，在记梦诗中极为罕见。诗的结尾部分回到对世事的批判，当时李白被"赐金放还"，理想近于破灭，对梦境的诉求，正是李白英雄主义精神遭遇挫折时的反映。

沈德潜《唐诗别裁》说："托言梦游，穷形尽相以极洞天之奇幻；至醒后，顿失烟霞矣。知世间行乐，亦同一梦，安能于梦中屈身权贵乎？吾当别去，遍游名山，以终天年也。诗境虽奇，脉理极细。"

高棅《唐诗品汇》说："范云：瀛洲难求而不必求，天姥可睹而实未睹，故欲因梦而睹之耳……其间显而晦，晦而显，至失向来之烟霞极而与人接矣，非太白之胸次、笔力，亦不能发此。枕席、烟霞二句最有力。结语平衍，亦文势之当如此也。"

皇清御制《唐宋诗醇》曰："七古歌行，本出楚骚、乐府。至于太白，然后穷极笔力，优入圣域。昔人谓其以气为主，以自然为宗，以俊逸高畅为贵，咏之使人飘飘欲仙，而尤推其《天姥吟》《远别离》等篇，以为虽子美不能道。盖其才横绝一世，故兴会标举，非学可及，正不必执此谓子美不能及也。此篇夭矫离奇，不可方物，然因语而梦，因梦而悟，因悟而别，节次枏生，丝毫不乱；若中间梦境迷离，不过词意伟怪耳。胡应麟以为无首无尾，窈冥昏默，变幻错综非其才力学之，立见颠踣。"

梦李白

杜 甫

其一

死别已吞声，生别常恻恻。

江南瘴疬地，逐客无消息。

故人入我梦，明我长相忆。

恐非平生魂，路远不可测。

魂来枫林青，魂返关塞黑。

君今在罗网，何以有羽翼。

落月满屋梁，犹疑照颜色。

水深波浪阔，无使蛟龙得。

其二

浮云终日行，游子久不至。

三夜频梦君，情亲见君意。

告归常局促，苦道来不易。

江湖多风波，舟楫恐失坠。

出门搔白首，若负平生志。

冠盖满京华，斯人独憔悴。

孰云网恢恢，将老身反累。

千秋万岁名，寂寞身后事。

　　李白、杜甫因共同的志向，惺惺相惜，结下了深厚的友谊。因世事间隔，两人在梁园分别后再未见面，但时常有书信往还。杜甫时时关注李白的动向，为他遭遇牢狱之灾忧心如焚，为他遇赦放还欣喜若狂。《梦李白》两首诗，记述了杜甫一连三夜梦见李白。在他的梦中李白落拓、忧伤，与人们想象中潇洒无拘的李白大相径庭。也许这才是真正的李白。

第一首写在梦中与李白相见，对李白没有外貌描写。杜甫觉得奇怪：知道你已经被流放边地，路途遥远崎岖，你又没有生翅膀，而且身陷缧绁，怎么回来的呢？"君今在罗网，何以有羽翼"，语中透出无限关切，关切中又显出无可奈何，友情之切与哀伤之深，昭然于字里行间。两人当时都处境艰难。尤其李白远谪夜郎，生死难卜，这场梦的色调十分阴冷灰暗，与李白《梦游天姥吟留别》截然相反。"枫林青""关塞黑"，使全诗弥漫着凄冷的气氛。梦醒之际，见月光照屋梁，知道是梦，但李白的影子仿佛还在眼前，又疑非梦，心情的迷惘、悲凉，难以诉说。"水深"两句，是杜甫为李白的祈祷，他想，李白大概是从水路来看他，在回去的路上，千万要小心，水深浪大，中有蛟龙。别被蛟龙所伤。这两句还有隐喻的意义，喻示李遭遇的种种不幸，他曾被议为犯罪，"众人皆欲杀"，那就是为蛟龙所伤。

第二首有李白的外貌、言语描写，刻画了李白失意落拓的形象，使人心酸，读之怆然。李白来了，但很快就要告别，行色匆匆，向杜甫诉说路上的艰难。送出门去，杜甫看见他无意间抓头发，头发已经完全变白，那个抓的动作透出他一生不得志，凄凉悲苦，晚年竟被囚禁、流放。"出门搔白首，若负平生志"二句，极尽沉痛，把晚年的李白形象定格了，引起了后世读诗人对李白的最深切的同情。除了悲悯、同情，杜甫还有郁闷不平。他将李白与当代文士作对比，长安城中着华冠，乘华盖的人充街填巷，唯有李白落魄困顿，憔悴不堪。而当今士林有谁的才华可比肩李白？恐怕无人敢应声，比肩尚且不见，何谈超越！可是造化弄人，天地不公，于是杜甫发出少有的不平之鸣，等于在向执法者、向朝廷发出切责：谁说法网恢恢，漏吞舟之鱼，为什么苦苦纠缠住李白不放？诗最后以无可奈何作结：千秋万岁名、寂寞身后事。这是李白一生的总结，也是关于李白评价的不刊之论。

春 梦

岑 参

洞房昨夜春风起，故人尚隔湘江水。
枕上片时春梦中，行尽江南数千里。

　　春风乍起，大地温暖，室内也感到了春的气息。在春光明媚的季节，回想起从前与美人相伴的日月，那是在湘江之畔的"玫瑰佳约"，倾心相爱，真挚相亲。上联因景生情，因情思人，由洞房春风联想起美人江南，这种联想自然可信，能引起人们的相似感受。这首绝句的题目《春梦》，上联并未写梦，只是描绘眼前景，心中情。但对句"遥忆"形成过渡，为美人之梦作了伏笔暗线。梦的对象也已点出：美人，美人的所在地则是湘江。一联内表述的事情清楚，表达的感情细致，衔接自然，形式温婉得体，符合情诗的格调。

　　下联写梦。与杜甫写《梦李白》不同，岑参没有描述梦境，他用大写意的手法，写梦境之广，梦行之速。因春风所感，诗人思念之甚，枕上之眠，便入春梦。如果依通行的解释，岑参想梦便梦，那是日间思念所致，所谓日有所思，夜有所梦。其实，岑参此诗并非如此。他创造的是更美丽的呼应之梦，思念美人，美人也思念他，两心相通，两情相悦。心与情，与灵魂同步，岑参相信灵魂存在，所谓"梦"，在他的意识中是灵魂的漫游。下联中的对句最为精彩，它符合梦境的特征，更完美地创造了诗人的情感世界。须臾之间，诗人到了江南，这在灵魂世界即梦境很平常，但写到诗中就产生了迷离恍惚的艺术美感。同样是须臾之间，诗人踏遍了江南数千里的广大地区，以寻找他的所爱。诗人只知道美人在湘江畔，即知其在何方，但不知在何处，他要踏遍江南，找到美人。这也不是难事，因为在梦中的缘故。此诗之美在于寻找，在江南千里寻找美人，情境近于《秦风·蒹葭》,《蒹葭》中的人物沿水寻找他的"伊人",凄凉恍惚有唯美的性质，此诗则把寻觅扩大到江南数千里，在唯美之上还有雄浑与豪迈，此诗因此广受关注，它标志着岑参诗的另一种风格，与《白雪歌》《走马川行》等分途，不过它仍然保持着岑诗雄浑的本色。如《逢入京使》:"故园东望路漫漫，双袖龙钟泪不干。马上相逢无纸笔，凭君传语报平安。"婉约似王维送别诗，但"双袖龙钟"仍然透露出他的壮士本色。《春梦》的意象美丽可喜。又略带感伤，晏几道《蝶恋花》即依此而作:"梦入江南烟水路，行尽江南，不与离人遇。"并且把岑诗没有明言的内容点出：不与离人遇。小山是读懂了岑参诗的。

贺裳《载酒园诗话》说:"诗有同出一意而工拙自分者。如戎昱《旅次寄湖南张郎中》:'寒江近户漫流声，竹影临窗乱月明。归梦不知湖水阔，夜来还到洛阳城。'与武元衡'春风一夜吹乡梦，又逐春风到洛城'，顾况'故园此去千余里，春梦犹能夜夜归'同意，而戎语之胜，以'不知湖水阔'五字，有搔首弄姿之态也。然皆本于岑参'枕上片时春梦中，行尽江南数千里'。"嗟乎，我与黄公!

花非花

白居易

花非花，雾非雾，
夜半来，天明去。
来如春梦几多时，
去似朝云无觅处。

　　这是白居易最难解的一首诗，含蓄而典雅，委曲而清奇。李商隐的
《无题》诸诗实为《花非花》的嫡传。这首小诗所指不明，背景、本事不清，
只有无边的美丽耀人眼目，动人心弦。

　　是花？又不是花，是雾？又不是雾。那么它（也可以是"他"，或者
"她"）到底是什么，诗人到最后也没有说，留下朦胧与迷惘，使后世读诗
人陷入诗之云雾。比较各种可能的所指，白居易所咏的应该是艺术家的
灵感。

　　灵感如花，美丽动人，引人欣喜，惹人爱怜，但灵感既不能远观，又
不可亵玩，无法置于眉睫之前，其迷离更甚于戴容州所说的"蓝田日暖，
良玉生烟"，容州所指"诗家之景"，也是艺术灵感，可见戴与白都得到了
诗家三昧。灵感似雾，围绕团栾，挥之不去，搏之不得，无处不在，又无
法指称，但灵感的确不是雾，它们不是实体，只存在于空灵世界，闪现于
诗家的心思深处。

　　第二句承接第一句而下，灵感夜半来，但未必总是夜半来，灵感天明
去，但也未必一定等到天明再去，它们召之不来，不挥而去，它们的拥有
者不能真正拥有它们。第三句和第四句申述灵感的来和去，更突出它的不
易琢磨，不能控制。两句使用了两个比喻：春梦和朝云。春梦"几多时"，
就是无多时，梦的终了，就是彻底消失，梦中人梦中事，在梦醒后绝对找

不到它的"残留"，灵感与此同质，也无痕。朝云与春梦同质，它也无痕。

中国为诗之国，作诗制赋是文人的家事，千年作诗，文士们积累了丰富的经验，也品尝了无数的甘苦。中国诗人对灵感的认知相当深刻，把这一最难把握的文学命题理出头绪，使人有迹可循。这里的"迹"，依诗人的结论就是"无迹"，白居易此诗，真实就是说的"灵感无迹"这一命题。陆机《文赋》对灵感的阐述很精妙："若夫感应之会，通塞之纪，来不可遏，去不可止，藏若景灭，行犹响起。"比照"花非花"，原来白居易所说，与陆机是一个意思，乃至用辞都很相似。白居易之后晚唐司空图《二十四诗品》"超诣"品："匪神之灵，匪几之微。如将白云，清风与归。远引若至，临之已非。少有道契，终与俗违。乱山乔木，碧苔芳晖。诵之思之，其声愈希。"可以看作是《花非花》一诗的注释。

刘阮妻

元　稹

芙蓉脂肉绿云鬟，罨画楼台青黛山。
千树桃花万年药，不知何事忆人间。

　　刘晨，阮肇，东汉人，入天台山采药，遇到两位仙女。双双结成夫妻，过起了仙人的好日子。但不久刘晨、阮肇思念家乡，离开仙女回到故乡，不料世上已经过去了几百年，人非物亦非了。

　　上联写仙女和仙境。仙女美丽异常，依照中国诗歌描写美女的传统，用比喻，比喻也有现成的典故可取，而且比较取用成典，自创新辞还不如典故精彩，所以元稹在这里把《诗经》和李白诗结合为一个词组：芙蓉脂肉。李白咏杨妃《清平调》"云想衣裳花想容"，把杨妃比作芙蓉，把美女比作花，也不自李白始，这是中国诗歌的积习，只是李白比得更精切。与元稹同时的白居易描写杨妃曰："芙蓉如面柳如眉"，此诗以芙蓉比仙女之貌，新颖之处在于"蓉"字语含双关，有"容"意。脂肉出自《诗经·硕人》："肤如凝脂"，元稹改作"脂肉"，是为了避免直接取用"脂肤"的俗滥，且比《硕人》多了若许情色的思绪。对句写仙境。山中的楼台如彩笔画就，远处群山则是水墨丹青，青碧可玩，仙女美，仙境美，刘、阮两人得遇仙女，得居仙境，理应长居于此。不但美，而且更重要的，下联说到了：千树桃花万年药。在这仙境中，有长生不死药，可使刘、阮万寿无疆，如此，两人更不该返回人间。以上三句，用笔单一，反复告诉人们，刘、阮两人是古往今来最幸运的，士子的遇仙、爱仙且为仙人所爱，万古求不得，刘、阮不求而得，背后的意思就是，他们一定在这里与天地同寿：不须羽化而自登仙。这三句其实都是第四句的前奏，为推出第四句做准备。准备就绪，第四句如决堤之水，奔腾而下：不知何事忆人间。这个疑问极有质感，尤其对"人间情郎"来说更不可思议。元稹的意见很明确，他渴望与仙女长厮守，永世不分离，绝不会因贪恋尘世辞别仙姬瑶宫。其实把元稹这首诗也俗化之后，它的用意更明白，红尘有爱，爱则无须悔，爱是坦途，大道康庄，但回首就是荆棘万里。联想到元稹其人的爱情经历，这首《刘阮妻》应是有感而发，写给自己的。

　　据索隐派考证，元稹的此诗，表面上是咏叹古代一个仙凡恋爱的故事，事实上却是怀念旧日情人崔莺莺，刘阮妻，即崔莺莺。《会真记》将崔莺莺比为仙人，和崔莺莺恋爱比为遇仙。元稹为名利所牵，对莺莺始乱终弃，但又对崔莺莺不能忘情，对自己的薄幸深感内疚。在这种矛盾心情的支配下，他选择刘、阮入天台山这个故事以自陈。

　　元稹用这个题材写了两首诗，这是其二，其一曰："仙洞千年一度闲，等闲偷入又偷回。桃花飞尽东风起，何处消沉去不来。"意象和遣词远逊于第二首，"等闲偷入又偷回"，与老杜《绝句四首》"梅熟许同朱老吃"略近，渐进民歌俗体，尤其不适合梦幻题材的虚实相间的构章法。

苏小小歌

李　贺

幽兰露，如啼眼，

无物结同心，

烟花不堪剪。

草如茵，松如盖。

风为裳，水为佩。

油壁车，夕相待。

冷翠烛，劳光彩。

西陵下，风吹雨。

　　苏小小，江南一位美丽的风尘女子，早夭，南朝民歌有《钱塘苏小小歌》，歌曰："妾乘油壁车，郎骑青骢马。何处结同心，西陵松柏下。"把苏小小写成了一位恋爱中的少女。她乘着小车去会见骑马郎君，约会的地点在西陵松柏林。李贺取这个题材，重作《苏小小歌》，但李贺有独特的思维方式。苏小小早已作古，现在的苏小小是一位女鬼，人死了就不会长大，所以现在的苏小小依然青春年少。李贺在这一点上展开艺术想象，他把南朝民歌苏小小赴约的情节，接续下去。那次苏小小约会没有成功，现在她要再度赴约，不过现在她以鬼的身份去见情郎。一场约会延至三百年后，这是多么凄美的神话，正是仙凡隔不断，人鬼情未了。

　　幽谷兰花上沾着露珠，那是苏小小的哀伤的眼泪，第一次约会时有信物相赠，300 年了，信物早化为烟尘。眼前的她只有灯花陪伴，却没有心绪剪除。绿草如茵席，松柏如车盖，微风作衣裳，秋水作佩饰。生前，苏小小服饰华贵，车辆光彩，但它们与"信物"一样，都已化去，现在只有绿草、松柏、微风、秋水作她的陪伴，环绕着她的美丽。但由于苏小小天生丽质，任何佩饰都显得多余，自然美饰以自然物，更显得苏小小清纯可人。松柏树下以风、水为衣饰的绝代佳人何其清雅，何其超脱，使人心澄静，了无纤尘。她的美丽征服了一切，人们被她的绝美震撼了，她不再是一个江南风尘女子，而是一尊女神。

苏小小去赴约了，油壁车等待着她的回来。山上灯火点点，苏小小久久不归，那是她还没有等来那位骑马郎君。年代久远，郎君身在何处，无人知晓，苏小小的等待注定不会有结果，如果说有结果，也只会与前一次的约会一样，有情人无缘相会。西陵之下，夜雨袭来，冷风吹过，苏小小风衣水佩怎堪夜晚风吹雨打？但她还在执着地等待。直到诗人收笔拭泪，她仍然在西陵停留，因为她知道这是她最后一次与郎君相聚的机会，尽管希望极其渺茫，但等待本身就是一种希望，所以她不愿意下山回到她那油壁车里。

这是一曲爱情的悲歌，由于爱情的主角是一位亡化过的女子，悲歌更哀婉、更恓惶。李贺此诗与屈原《九歌·山鬼》很相似。山间女神与情郎相约，但情郎失约未至，女神在山中的凄苦不堪，惹人种种爱怜："表独立兮山之上，云容容兮而在下；杳冥冥兮羌昼晦，东风飘兮神灵雨。""风飒飒兮木萧萧，思公子兮徒离忧。"切合此时苏小小的处境心情。

梦　天

李　贺

老兔寒蟾泣天色，云楼半开壁斜白。
玉轮轧露湿团光，鸾珮相逢桂香陌。
黄尘清水三山下，更变千年如走马。
遥望齐州九点烟，一泓海水杯中泻。

　　这是李贺的一次梦中感悟，想象奇特，出人意表，在中国诗中自创一路。

　　李贺在梦中到了天上。所谓天上，最方便落脚的当属月宫，所以李贺登上了月亮。月宫中有老迈的兔子和同样老迈的蟾蜍，它们总是哭泣，哭泣它们的不幸。他们的泪水化作湿气，弥散天穹，使天空阴沉沉灰蒙蒙，令人心情郁闷。月宫中云彩做成的楼阁门半开半掩，墙壁映出白光，门开处出来一辆车，车用玉雕成，玉石车轮碾过沾满露珠的草地，露珠破碎，车轮被沾湿，泛着亮光，车里坐的便是那位著名的嫦娥姑娘。嫦娥服饰华贵，环佩声音悦耳动听，她走在长满桂树的大路上，与诗人相遇。

　　以上为诗的前章，描写月亮、月宫的景色，嫦娥的车驾仪仗。月亮远看时灰暗阴冷，到月宫，却有亭台楼阁，不过它们用白云堆砌，嫦娥车驾出行也孤独寂寞，整个月亮、月宫都显得悲凉而颓废。月宫其实是李贺性格和心境的写照，李贺之所以写这座月宫，也是心有灵犀的原因。

　　诗的后章视点发生转换。现在李贺在月亮上回望大地，于是奇异的景象出现在诗人李贺的面前。由于观察点的变化，天上看地下与地下自观截然不同。人们意念中无垠的大地，原来不过一小片黄土，浩荡的江河湖泊缩为几个小点，不足观。中国一向吹嘘的"九州"，看去仅有九点烟火，没有什么"州"的模样，而所谓汪洋大海，却像一杯水泼在地上，那么渺小，那么细碎无聊赖。

李贺在空间上把大地和月亮作了比照，他的推理在当今看来其实很简单：在地上看天，月亮很小，那么，从月亮上看大地，大地也同样不足道，看上去也许比月亮还小。但在遥远的唐代，这种联想令人惊讶，不可思议。李贺竟以诗人的心思探讨天文学、探索宇宙发生的重大问题，把"相对"的观念引入诗学以及诗创作。此前屈原《天问》接触过这个问题，但"梦天"只取一题，细密化处置，创造了神奇无限的梦幻世界。在李贺的诗中，世界变小了，他以诗人的敏感，触摸到了宇宙奥秘的一张底牌。

底牌还不止于此，在对空间作了令人瞠目的表述的同时，李贺还把时间问题取来进行革命性的解说。他说，在天上看地下，黄尘和清水，即陆地和海洋并不固定不变，它们在互相易位，陆地海洋迭相变，而且他们转变得非常迅速，如同奔马一般转换不停，就在他休息于月宫的一小会儿，大地沧海桑田已经互换了好几回了。中国民间有"天上一日地下一年"的传说，李贺把这个传说进一步夸大，不是一日和一年的数量级，而是瞬息千年。李贺在时间和空间两方面把人们的知识以及世界观颠覆了。被颠覆的还有社会秩序和相应的政治、法律制度。在通达天上人间奥秘的李贺看来，世界上所有的人们庄严神圣地做着的一切，可能全部荒谬。人之所以对荒谬十分热衷，固守不放，是因为人们目光短浅，不识大体。而这一切的原因归结到一点，即人们知小不知大，反而认小为大，以至于神智昏迷，老死不能悟。李贺以一位智者的思想，以悲悯的目光看待芸芸众生，他的诗奇崛难解，惊乍人心。记梦记幻的诗在诗林中常有，但像李贺这样耸人听闻，给人以毁灭性的心理打击的梦幻诗，古今未见其匹。

金铜仙人辞汉歌

李 贺

茂陵刘郎秋风客，夜闻马嘶晓无迹。
画栏桂树悬秋香，三十六宫土花碧。
魏官牵车指千里，东关酸风射眸子。
空将汉月出宫门，忆君清泪如铅水。
衰兰送客咸阳道，天若有情天亦老。
携盘独出月荒凉，渭城已远波声小。

金铜仙人，汉武帝所铸铜人，仙人手擎承露盘，集仙露调和玉屑服食，据说可以长生不老。曹魏时期，明帝令移仙人承露盘至洛阳，因铜人太重，便把它丢弃在长安东郭灞桥，只取承露盘而去。李贺感旧事，作此歌，原诗前有小序。

茂陵是汉武帝陵墓，汉武帝作《秋风辞》，李贺称其为"刘郎"。这位刘郎夜里听到人喊马嘶，晨起却发现那位陪伴他几百年的铜人不见了，被魏帝的差役移出茂陵，跋涉在前往东都的路上。武帝的居室满室图画，他的居室在地下，潮湿的三十六宫长满苔藓。铜人被载上魏皇帝的大车，奔向千里之外的洛阳。大车出东关，秋风吹来，铜人的眼睛被风扫过，一阵阵酸痛。铜人带着汉帝国的月光离开家乡，回想起陪伴武帝的年年月月，不由得泪下如雨，铜人的眼泪是铅水，沉重地砸在地面上。

铜人孤独地离去了，没有同伴，没有送行的队伍。遥想从前武帝在世时，铜人多么荣耀，臣民对它敬畏有加，皇帝把自己的性命寄托在铜人身上，希望它带来好运道。现在，只有路边的枯黄的兰草目送它远去。此情此景，岂止令人伤悲，上帝如果有些温情，有世上人的些许感觉，也会因此伤心至死。铜人手里仍然高举着盘子，冷月悬空，天地间一派荒凉，一步步一程程，远离故土长安。长安被抛在身后，浪涛滚滚的渭水，声音也渐渐变小，听不见了。

这首诗写了两个人：汉武帝和金铜仙人。这是一对主仆，也是一对老朋友，他们分别了，心情十分悲伤，铜人竟流泪，上天也为之动容。武帝已作古，铜人无知识，李贺把这两位从来没有感情交流的"人"写得感情深厚，因他们动情，天地也为之动情，于是有震铄千古的名句："天若有情天亦老。"李贺对神界题材格外钟情，这类题材的诗也写得格外精彩，这与他独特的审美趣味相关。他倾向于描写阴冷灰暗的事物，用字也偏向于冷色调的，如泣、瘦、血、白、老、死等。读李贺诗，往往冷风扑面，寒冷透骨，甚至毛发倒竖，掩卷而去。

高棅《唐诗品汇》说："刘云：此意思非长吉不能赋，古今无此神妙。神凝意黯，不觉铜仙能言。奇事奇语不在言。读至三十六宫土花碧，铜人堕泪已信。末后三句可为断肠，后来作者无此沉着，亦不忍极言其妙。"诗之奇崛精妙，竟至于不忍论说。"天若"句不但是长吉的绝句，推为中国诗歌之绝句也不为过。"绝句"，无敌之句也。司马光《温公续诗话》说："李长吉歌'天若有情天亦老'，人以为奇绝无对。曼卿对'月如无恨月常圆'，人以为劲敌。"石延年的对句，虽然巧思，气度终究不及，而有凑合之感。说到底，"天若有情天亦老"，天下无敌，不可对。

唐诗掠影

梦幻品

感 讽

李 贺

南山何其悲，鬼雨洒空草。
长安夜半秋，风前几人老。
低迷黄昏径，袅袅青栎道。
月午影树立，一山唯白晓。
漆炬迎新人，幽圹萤扰扰。

《感讽五首》，这是第三首，是李贺最著名也最恐怖的一首"鬼诗"，写一位"新鬼"由长安到南山的过程。选题仍是李贺的最擅长的鬼神，从人们意想不到或不敢涉足的角度着笔，创造了令人毛骨悚然的艺术气氛。

南山多么悲凉，秋雨悄悄地降落，雨滴打在草叶上，无人知晓在降雨。雨与草是否相知，大概也不知，因为那是"鬼雨"与"空草"。长安城夜半时分，深秋季节，有人像风熄烛光一样死去了。人死变成鬼，人有人的住家，鬼有鬼的归宿，这位鬼应该住到他的"新家"去。但他刚由人成鬼，还不很会"鬼步"，所以走路踉跄，在昏黄月光的道路上跌跌撞撞地前行。但不久，他就熟悉了新的步法，走路变得轻快，不必迈步，只要意会使动，身体便飘飘袅袅电掣如飞，路上的青栎树向身后急速退去，树影却站立起来，与树并立。南山近了，月光惨白，铺满山野，有旧鬼提着闪亮的灯笼，把新鬼引到他的"新家"。新家是一处刚挖成的坟圹，还没有装进棺木，空荡荡的坟圹中只有萤火虫飞来飞去。

鬼神题材，为诗界所钟爱，但李贺写鬼，总是别具一格，绝不与世人雷同。这首诗特别描写新鬼，描摹新鬼的步态变化，这也是李贺独特心态的曲折反映。

与这首《感讽》的题材、风格相似，《南山田中行》也鬼气弥漫："秋野明，秋风白，塘水漻漻虫啧啧。云根苔藓山上石，冷红泣露娇啼色。荒畦九月稻叉牙，蛰萤低飞陇径斜。石脉水流泉滴沙，鬼灯如漆点松花。"所不同的，《感讽》写新鬼在南山行走，《南山田中行》的行者却是李贺本人，一鬼一人，所遇所见甚至所感惊人相似，故后人称李贺为"鬼才"，所作诗为"鬼诗"，原来李贺的心境近似"鬼人"。

似鬼不是鬼，细分析果然是鬼，就是《感讽五首》。诗曰："石根秋水明，石畔秋草瘦。侵衣野竹香，蛰萤垂叶厚。岑中月归来，蟾光挂空秀。桂露对仙娥，星星下云逗。凄凉栀子落，山璺泣清漏。下有张仲蔚，披书案将朽。"环境阴冷，气氛压抑，阴森的山谷，凄清的月光，张仲蔚在这里读书。他从魏晋时读到现在，书案都被他读得腐朽了，这不是鬼，还能是什么？或认为这是李贺为久读书不获功名而自伤，却把李贺诗看得小了。

李凭箜篌引

李 贺

吴丝蜀桐张高秋，空山凝云颓不流。
湘娥啼竹素女愁，李凭中国弹箜篌。
昆山玉碎凤凰叫，芙蓉泣露香兰笑。
十二门前融冷光，二十三弦动紫皇。
女娲炼石补天处，石破天惊逗秋雨。
梦入神山教神妪，老鱼跳波瘦蛟舞。
吴质不眠倚桂树，露脚斜飞湿寒兔。

  李凭，长安城里的一位艺人，李贺感念李凭演奏箜篌的精妙动鬼神，作此歌。箜篌，一种丝竹乐器，形似古筝。近代所谓"箜篌"，仿照西洋乐器竖琴臆造，与李凭箜篌无涉。

  李凭的箜篌很名贵，用吴地丝弦，蜀地桐木制作。它布陈在秋的天空下，箜篌奏响，山上的云凝固不动，河水也为之不流，湘水神怀抱竹子啼哭，斑竹之泪又添了许多，天界人间第一操琴大师素女，听到这乐曲也深感自己造诣不及而惆怅不已。为什么会出现这些奇异的现象？原来在长安城中弹奏箜篌的是著名艺术家李凭，以上为诗的第一部分。

  自"昆山玉碎凤凰叫"到结尾，是第二部分，细说李凭弹奏产生的反响，神奇诡异，梦幻无际。盛产美玉的昆山与音乐声发生共振而崩塌，擅长歌唱的凤凰惊恐不安，歌声变得喑哑。芙蓉与香兰被乐曲征服、融化，进入艺术的癫狂，乍悲乍喜，婆娑起舞。长安城十二门，深秋的冷气凝结，使全城冻结。乐曲却使冷气消融，城门洞开。箜篌二十三弦，李凭拨动丝弦，乐声上达天庭，天上紫皇被这绝妙的音乐感动了，几欲降席来听。可是未及成行，太空发生变故：高天湛蓝看似一整片，其实它是破碎的，很久以前天崩塌，女娲炼五色石修补了裂隙，李凭的弹奏却重新震裂了它们，女娲补天的巨石跌落，世界轰鸣，暴雨从空洞倾泻而下，似乎世界末日又一次来到了。恍惚之际，乐曲飘入仙山，山中的女神默记曲谱，试图学习李凭的演技，千年老鱼化为蛟龙，矫健地随着音乐起舞。随着它的舞步，水上掀起了波浪，泛上天庭。吴刚本以砍桂树为业，现在他居然停下那柄从不停息的大斧子，倚着桂树，睁大眼睛，倾听从长安城上达月宫的李凭之曲。整座月宫零露瀼瀼，那只老兔子身上被露水打得湿透，但它浑然不觉。

李凭，实有其人，箜篌，实有其物，李凭弹箜篌，实有其事；但李凭奏曲，居然搅起如此轩然大波，使人间天上、神仙凡人骚动不安，宇宙天地竟会重作安排，却是李贺一支笔的力量。夸张，是作诗的元素之一，神话传说神话人物，是诗的土壤，在这方面李贺并没有抛弃中国诗歌传统，但把诗夸张到六合之外，取用神话不顾原型而不觉其荒谬，却是李贺的独门功夫。

银河吹笙

李商隐

怅望银河吹玉笙，楼寒院冷接平明。
重衾幽梦他年断，别树羁雌昨夜惊。
月榭故香因雨发，风帘残烛隔霜清。
不须浪作缑山意，湘瑟秦箫自有情。

与《无题》诸诗一样，这首《银河吹笙》也是一首爱情诗，但它把爱情安置于广阔的宇宙空间，联想悠远的历史长河，境与情都无限地扩展了，美丽而感伤，真实又迷蒙。

对着模糊不清的银河，思绪万千，吹笙传情，高楼轻寒，院落清冷，东方渐明，笙声连夜，是否远达银河？银河边有美丽的爱的传说，牛郎和织女至今隔河相望，这一对有缘人应该被笙曲感动吧。不过笙曲更感动吹笙人自己，因为那乐曲就是他们从前爱情的诉说。欢情如幽梦，重衾留不住，它早已破灭，如今梦中人却在哪里？昨夜听一只鸟在树上哀鸣，那声音像是啼哭，那一定是一只雌鸟吧？她啼哭是因为失去了意中人。他的所爱是不是也像这只鸟，孤独无依地流浪天涯？

颈联继续这种哀婉的思绪，他们的往事历历过目。月光照着亭台，他们曾在亭台依偎，香气还在那座亭台缭绕；园中草木在雨中悄悄生长，他们曾在花间许愿，誓辞仍在花草间回响。可是这亭台不是那亭台，这花园不是那花园，风吹帘动，烛影摇红，隔窗花影，月明霜清。

尾联的典故又把人情诗意引向神界，与"银河吹笙"呼应。王子乔学仙，善吹笙，引得凤凰来仪，有浮丘公接引他进山成仙。三十年后在缑氏山会见家人，乘白鹤来而复去。湘水神鼓瑟，引得北海神海若翩翩起舞。秦穆公的女儿弄玉，深爱吹箫的萧史，萧史教弄玉吹箫，凤凰也见证他们的爱情。三位神话般的人物，都以奏乐达到理想的彼岸。但王子乔驾鹤云游，永录仙籍，不是吹笙人所愿，他只希冀如萧史，获得爱情，与所爱相伴永远，也希望所爱如弄玉，学箫引凤，又像湘灵鼓瑟，夫唱妇随。

　　因情动而吹笙，因吹笙而动情。情无限，时空尽在眉睫胸臆；情难觅，所爱远逝无踪。神仙有知，应来相助，所求不多，只要听歌一曲诉衷情。

　　程梦星《李义山诗集笺注》评曰："此亦为女冠而作，银河为织女聚会之期，吹笙为子晋得仙之事，故以银河吹笙命题。起句揣其情也，次句思其地也，三四承起句，叙其怅望之事也，五六承次句，叙其寒冷之景也，七八谓其人道不如适人，浪作缑山驾鹤之想，何似湘灵之为虞妃、秦楼之嫁萧史耶？"张采田《李义山诗辩证》评曰："此种诗语浅意深，全在神味。"程、张二贤，得义山面命者乎，须稽首再拜。

寄 人

张 泌

别梦依依到谢家，小廊回合曲阑斜。

多情只有春庭月，犹为离人照落花。

　　这是一首写梦境中与所爱的人相聚的小诗。小诗清新淡雅，温婉多情，所写风景幽静秀丽，取譬自然，如兰花之香，袭人不觉，但通体雅洁，焕然成新。

　　上联出句直接点明这是一场纯情的梦。他与所爱分离已经很久，两情依依，怎忍分别，间关重重，只好梦中相聚。"依依"两字说梦境，一般说梦都是瞬息万里，这里的梦则如藕丝牵连，缠绵不尽，此两字把小诗的格调定为淡雅清秀。"谢家"是用典，南朝东晋时，贵族以娶王谢家女为荣，这里以谢家取譬，可知这位公子出身贵胄，他的所爱同为贵族。梦中到谢家，一切风景和陈设依旧。回廊、曲径、阑干，他都十分熟悉。温香软玉，兰麝桂馥，宛如昨天。因此更引起他与所爱相见的热望。

　　下联只写一件事，实际只有一景：月与花。诗人还没有见到所爱，他在庭院中留恋徘徊，追忆从前的欢快恋情。仰头望去，皎洁月高挂中天，月光如泻，铺洒庭院。顺着月光看见了庭间花，月光照在花上，花半闭半绽，落寞在庭。那些花是他们爱情的见证，花绽了，他们相爱；花落了，他们分离。月亮好像为他的来到特别用情，专为他不吝惜清光。这一刻，他觉得月光如光之河海，宇宙溢清辉。

　　前人关注这首小诗，因为它精巧情深，小处落笔，小处作结，而情怀自然广大。周珽《唐诗选脉会通评林》说："张泌《寄人》二诗，俱情痴之语。"用情痴定位张泌，准确传神。徐釚《词苑丛谈》为此诗索隐说："张泌仕南唐为内史舍人，初与邻女浣衣相善，作《江神子》词云：'浣花溪上见卿卿，眼波明，黛眉轻。高绾绿云，低簇小蜻蜓。好是问他知得么？和笑道，莫多情。'后经年不复相见。张夜梦之，寄绝句云：'别梦依依到谢家，小廊回合曲阑斜。多情只有春庭月，犹为离人照落花。'张泌晚唐时人，词渐入诗林，士大夫已经善于以词调笑佳人。"

　　这首小诗有两个特点能引起人们的注意。第一，诗把梦境写得非常真实。初读此诗，并不觉得那是诗人之梦，觉得那是一位情郎应约而来，悄然徘徊在庭院花间，期待与所爱相会。仔细研读，方知他是梦境中人。一旦知悉，梦境神秘气氛浓郁如浆。小廊曲阑，庭月落花，立即活起来，与这位赴约人窃窃私语，商量不定。第二，梦中人始终没有见到所梦人，只有与所梦人和梦中人密切相关的景物陪伴着他。是所梦人竟不赴约，抑或此诗只写相会前的等待，只作序幕，高潮将到，便把正戏掩到幕后？人们不能确知。但唯其如此，诗的梦幻感觉更觉梦幻，悬念袅袅，撩得人心弦怦然。

唐

词

品

　　词文学形式自隋代发轫，历经初盛中唐二百余年，发育得相当成熟，敦煌曲子词中有初唐时期的作品，词的形制已初具规模，至盛唐时期，词已经为文人士大夫所习用。许多著名诗人尝试过作词，其中李白的三首《清平调》，是词中的优秀之作。这三首歌词一般认为是七言绝句，文学史也把它们作诗看待，但它们可以配乐演唱，而且李白是倚"清平调"的音乐制作歌词，符合"倚声填词"的规则，所以当为词作品。李白最著名的两首词是《忆秦娥》和《菩萨蛮》，中唐王建、刘禹锡、白居易等在诗界名声显赫的诗人，也都有优秀词作流传至今，刘禹锡、白居易的《忆江南》，王建、戴叙伦的《调笑令》在诗界别立一宗，显示了他们多方面的文学才能。

　　晚唐五代是词的发展成熟期。晚唐的温庭筠、韦庄因为在词坛的领袖地位，被合称"温韦"，他们的词比盛唐、中唐词更婉约细密，摇曳多姿，犹如盛装美人，步于花前月下，光彩耀眼，香气袭人，因此被称作"花间词"。温韦的词以写女性的多，描写女性的形貌，代替女性倾诉心中的愁闷忧思。与唐诗的大处着笔，凌厉横空的写作手法不同，晚唐词的切入点往往很细碎，词人通过细致入微、感同身受的观察，用温婉的语词表现女性，文学由此臻于细致精巧。这对唐诗是一次强劲的冲击。唐诗接续中国传统文化的正统，依孔子所说文学的作用在于"兴观群怨"，具体便是"饥者歌其食，劳者歌其事"。词却把文学的内涵缩小了，收缩为单纯的情感世界，与外部世界有了距离。从文学的社会作用来说，词的这场革命是消极的，它背离了文学贴近生活真实的基本原则。但从文学本身来说，它又是巨大的进步，因为它倡导文学回归本位，使文学作品更关注"文学"本身。这里所谓文学，就是文学最基本的表意传情功能，拒绝社会外在条例的强制束缚。那么，说词是文学的一次解放，也不为过，正如汉大赋解放了传统文学一样。

　　温庭筠和韦庄词的抒情主人公多是女性，她们孤独寂寞、愁肠百结、眉黛颦蹙、腰肢袅袅、百无聊赖、倚楼数栖鸦。这种半病态的艺术形象在宋词中成为主流，温词《更漏子》《菩萨蛮》，韦词《女冠子》是这类词的代表。

五代十国时期，中国北方军阀混战，不但诗走向没落，词也几乎遭受灭顶之灾，文学之事不堪收拾。此时西蜀和南唐两个小朝廷相对安定，文学重心转移到这两处。尤其是温韦风格的词，在两地大受欢迎，词家蜂起，词作灿烂。后蜀的赵崇祚集当代温婉词十八家，成一部作品集，题名《花间集》。其中温庭筠、皇甫松生活于晚唐，未入五代，孙光亮仕于荆南，和凝仕于后晋，其余十五家均为蜀人或仕于蜀。题名是如此贴切，以至人们习惯于把"词"与"花间"看作同义语辞。"花间词"是词发展史的主流，两宋以及其后的词的发展史，基本是花间格调，东坡、稼轩、于湖词，词之变调而已。

五代十国时的南唐，"十国"之一，因地理环境得天独厚，未遭战乱，文学相对发达。尤其中主李璟，后主李煜，致意于制赋填词，追逐弦吹，创造了末世的文学繁荣。后主热衷于词调，对政事则知其不可为而不为，于是"花间"之风大盛。他的词作洗脱绮罗丛中的脂粉气，而出之以清新秀丽，娴雅温馨。尤难得的，他词中的女性在仙气之中还蕴有民间"采莲女"的生活情调，因而更为秀丽可爱，《一斛珠》《浣溪沙》《蝶恋花》可作后主这类词的代表。冯延巳仕两朝，任三相，词作也上佳，冯词的特点在于词意的不确定性和朦胧性，情绪超越时空，无法确指，无法界定，给读者更大的自由创造联想的空间，有着更大的艺术张力。《谒金门》《采桑子》《鹊踏枝》等，虽曰因循花间，却令人耳目一新。

南唐亡于宋，后主被俘虏，送到宋都汴梁，开始了以泪洗面的悲苦生涯。绮罗丛不见了，胭脂泪销蚀了，凤阁龙楼失了颜色。后主的处境险恶，已经破国亡家，现在随时可能殒身。失去了从前的一切，也失去了从前的词风、词格、词素材。但他的文学才能没有失去，不但不失，由于环境突变，更激发了他文学创作的另一种热情，不再是偎红倚翠，温香软玉，而是忧愁忧思，将胸中的悲愤哀苦化作词章，直接倾诉于笔端。特殊的经历与高超的艺术才能，使他的词面目一新，偎红倚翠的多情公子不见了，人们只见一位遥望故园悲痛欲绝的"前皇帝"。《虞美人》《浪淘沙》《清平乐》《破阵子》《乌夜啼》都凝聚了后主的血和泪，这些词是他用生命铸就的华章，千古之下，音声犹悲。

南唐后主的宰相冯延巳也是一位词章大家，他的《鹊踏枝》，近承温词的婉约格调，远绍《诗经》意蕴悠长的意旨，创造了朦胧婉约的艺术之美。冯词用词考究，意象迷蒙不易确指，意境绵远不可追索，诗词的隐约含蓄特质被冯延巳发挥得淋漓尽致。冯词对宋词的风格产生深远的影响，欧阳修、柳永、秦观、李清照词，都有冯词的影子，迄于晚宋，婉约词也与冯词同格同调，只是晚宋词比冯词更为华丽，技巧也更为纯熟。

忆秦娥

李　白

　　箫声咽，秦娥梦断秦楼月。秦楼月，年年柳色，灞陵伤别。　乐游原上清秋节，咸阳古道音尘绝。音尘绝，西风残照，汉家陵阙。

　　李白不但是诗界的领袖，倚声填词也是圣手。盛唐时词还在发育时期，但李白的词已经凌云健笔，横空出世。众词家还在摸索，李白却赫然将优美或壮美的词作展现在士林，可以说，在词的发展史上，李白提前"交卷"了。或曰这首词和《菩萨蛮》都是托名李白，但实证不足，故不取。

　　洞箫声声，呜呜咽咽，调悲音促，吹洞箫者却是何人？必是秦楼上的那个忧伤的姑娘。她为什么吹箫如此悲伤？原来相思梦破，无所由之，借箫声排遣忧愁忧思。可是，既然平林新月人不归，忧愁缘何得消释？本拟离别只是短暂，谁知灞陵柳绿了一回又一回，伊人遥远，终无归期。离别时的情景，一幕幕浮在眼前，伤情人总不离伤心事，伤情无限，不能断绝。这首词以怀人开章，但怀人还只是一层比喻，它在起兴怀古，灞陵、柳色、伤别，不是一人一事，它更具有普遍象征意义。因为在灞陵分别的绝不止这位楼上秦娥，它作为一种情绪，给人们带来绵延久远的伤痛。于是，"年年柳色，灞陵伤别"。折柳送别，是习俗，年年折柳，年年伤别，则是历史。她和他只是千千万万曾在这里折柳惜别的人们之一二，年年送别尽相似，送别年年人不同。楼上人见此情景，遥想古人，推知后世，不由得悲从中来，箫声哽咽。词人见此情景，过去未来和楼上怀人的"现在"，都成为他悲伤的素材。

　　下片集中写这种复杂的怀古感情。乐游原咸阳道，那里曾经走过多少古人今人。古人的足迹已绝，今人的脚步正匆匆。清秋时节，游人如织，但词人眼前不见人，因为他被思古之情压抑着。因为心情烦闷，景色跟着苍凉起来：西风吹过，夕阳残照，汉代的宫阙屹立在乐游原上，历史都凝聚在这里。词人见宫阙，观夕阳，迎西风，深感人间沧桑易变。汉魏晋隋，如今流转为唐，孰知唐后又是何家天下，是否有一个宋齐梁陈的轮回？那时登乐游原望汉宫的又是何人？而汉宫将一如既往，屹立不动的吧？

　　李白的《菩萨蛮》与《忆秦娥》格调相连，词曰："平林漠漠烟如织，寒山一带伤心碧。暝色入高楼，有人楼上愁。玉阶空伫立，宿鸟归飞急。何处是归程？长亭连短亭。"寒山碧绿得令人伤心。暝色与高楼对应，楼上人与漠漠平林对应，酿成深沉忧思，笼罩全词。鸟儿要回家，很匆忙，但人在哪里，何时回归？只见长亭相连，连绵不断。长亭，意味着分别，当然也意味着游子可能的回归，而长亭相续，则暗示着归程遥遥不可期。这两首词的立意格调取同一格局，创造了忧郁感伤的悲剧气氛。词作一般拒绝悲剧，但与悲剧相似的气氛使词的品位提高，内涵深厚。这是自李唐后主以后词的新动向，李白的这两首词则开其源头。

谪仙怨

刘长卿

晴川落日初低，惆怅孤舟解携。鸟向平芜远近，人随流水东西。　白云千里万里，明月前溪后溪。独恨长沙谪去，江潭春草萋萋。

刘长卿是盛唐时著名诗人，擅长写山水及田园诗，他的《逢雪宿芙蓉山主人》是山水田园抒情的名篇："日暮苍山远，天寒白屋贫。柴门闻犬吠，风雪夜归人。"用一个细节表现山村的静谧与安然：客人刘长卿在山村借宿，夜里听得犬吠，原来是这家的某个成员顶着风雪回家了。刘长卿流传于世的词作不多，这首《谪仙怨》句式规整，通篇六言，似诗不似词，但它有词调，题为"谪仙怨"，应该是词。

晴川辽阔，落日初低，落日下的晴川更显空旷辽远，游客的一片孤帆在江上游荡，孤人孤帆，相伴相携。与"孤人"相伴的，还有飞鸟，鸟儿在原野上空忽高忽低，乍远乍近。人随流水或东或西，没有定所。还有白云，绵延千万里，明月照耀着前溪后溪，也照耀着千里之外的溪水平原。这些景象与刘作山水田园诗风格十分接近，刘长卿用作诗的方式填词，应是一种创造，秦观用以诗作词，为词界进一步开拓了表现途径。

最后两句为怀古。李白作怀古词《忆秦娥》，内容比较宽泛，刘作则具体指明所咏为汉代贾谊。贾谊被贬谪到长沙，为中国知识人心中难以承受之轻，他们自觉怀才不遇时，往往以长沙太傅自命，从贾谊处找到同调，借古人之酒浇心中之愁，刘长卿在这里应该有所寄托。贾谊被贬已过千年，昔时人已殁，眼前江潭未变，春草萋萋，不为流人兴，也不为流水衰。人有千般托物情，物无一丝怜人意。

怀古词在李白、刘长卿之后逐渐被人接受，李后主后期词的内涵其实是怀古，所不同后主所怀为自己家国之"古"，王安石《桂枝香》可算怀古诗的扛鼎之作，怀古题材至王安石达到成熟与完备。南宋姜夔《扬州慢》则怀近世，取当代题材，怀古词的内涵更深厚了。

《谪仙怨》原词咏杨贵妃，刘长卿依曲填新词。依填词之法，新曲与原曲在内容上不必相关，唐人或不知这个规则，或这个规则在唐代尚未确立，有人对刘长卿倚声填词颇有微词，窦弘馀批评刘长卿不知明皇作曲本事，于是以《谪仙怨》旧曲率而制词成章，自作《广谪仙怨》，敷衍唐明皇杨贵妃的马嵬悲剧，其词曰："胡尘犯阙冲关，金辂提携玉颜。云雨此时萧散，君王何日归还。伤心朝恨暮恨，回首千山万山。独望天边初月，蛾眉犹自弯弯。"另一位诗人康骈对刘、窦之作均表示异义，将"思妃"与"求贤"两宗主题归纳于一曲之中，也作《广谪仙怨》，其词曰："晴山碍目横天，绿叠君王马前。銮辂西巡蜀国，龙颜东望秦川。曲江魂断芳草，妃子愁凝暮烟。长笛此时吹罢，何言独为婵娟。"前一首无甚可取，后一首"长笛此时吹罢，何言独为婵娟"两句较为有滋味。但均不能与刘作等量齐观。

调笑令

王　建

团扇，团扇，美人并来遮面。玉颜憔悴三年，谁复商量管弦。弦管，弦管，青草昭阳路断。

《调笑令》是小令，唐中期词人几乎都倚声填词《调笑令》，王建、韦应物、戴叔伦的作品最有代表性。

王建的这首《调笑令》咏物起兴，借物抒情，所抒之情是诗人常取用的题材"宫怨"。团扇，圆形的扇子，宫中女人的装饰物，并非用来扇风纳凉，团扇遮面，更显女性的娇羞。这是第一层，写美人与团扇相伴相依，相映成美。可惜美人受到冷落，这一冷落就是三年。三年憔悴，管弦休歇。这是第二层，这里没有说到团扇，倒提出新物——管弦。词人用带出法，团扇引出美人，美人连带管弦，结局是三者都被抛弃，无人理会了。第三层是点明主题：昭阳路断。如何知道昭阳路断？请看青草。路上长满了青草，证明君主久久绝踪，美人被遗忘在昭阳宫。昭阳，是皇后所居之地，王昌龄《长信秋词五首》"玉颜不及寒鸦色，犹带昭阳日影来。"白居易《长恨歌》"昭阳殿里恩爱绝，蓬莱宫中日月长"，即取用此意。王词或有寄托，他借美人失宠比喻贤臣被冷落，这位"贤臣"很可能就指他自己。

王建又一首《调笑令》"蝴蝶"："胡蝶，胡蝶，飞上金枝玉叶。君前对舞春风，百叶桃花树红。红树，红树，燕语莺啼日暮。"春暖花开时，一群蝴蝶飞在绿叶间的黄花上嬉戏闹春。但这样欢快的时光还能有多久？"燕语莺啼日暮"，欢快转入悲凉。《调笑令》"罗袖"的立意与此相同："罗袖，罗袖，暗舞春风依旧。遥看歌舞玉楼，好日新妆坐愁。愁坐，愁坐，一世虚生虚过。"

韦应物《调笑令》以"胡马"为题，胡马，胡地之马。这匹胡马被流放在燕支山下，对这里它很陌生，沙漠与冰雪是这里的特色。胡马在荒原上孤独地奔跑嘶鸣，无依无靠，不知该往哪里去。于是，"东望西望路迷"。在荒原中迷路，就意味着死亡，即使生命力极强的胡马也不能例外。胡马迷路，在边草无际的广阔原野中，在日暮时分，那么，这匹胡马的处境，实在不妙。

戴叔伦的《调笑令》与韦作是对应篇，韦作写胡马，戴作写边草。但韦作的胡马是主题物，戴作"边草"则仅为起兴，主题却是"兵"，起兴戍守边关的士兵，回到了边塞军旅的题材。词曰："边草，边草，边草尽来兵老。山南山北雪晴，千里万里月明。明月，明月，胡笳一声愁绝。"边草老了，士兵也老了。老，指兵士长期驻守边塞而疲倦，不是说士兵的年龄。边地辽阔，明月朗照在万里雪原，明月雪原孤独相照。当然不是明月与雪原孤独，是人孤独。孤独人听胡笳声起，心肝断绝，因为胡笳声引起了他的乡思。

《调笑令》也叫《三台令》，与《忆江南》《回波乐》《梧桐影》《捣练子》《渔歌子》《潇湘神》等同为词之小令。小令篇幅短小，内容简约，表现活泼，很受唐人的喜爱，词作数量也蔚为大观。北宋中期长调慢词大量兴起，小令才退出词主流的地位。

忆江南

刘禹锡

春去也，多谢洛城人。弱柳从风疑举袂，丛兰裛露似沾巾，独坐亦含颦。

刘禹锡采取民间歌曲作《竹枝词》，使民间文学与文人创作相结合，有互相促进的效果，这些歌词长久流传在士林和民间。刘禹锡依声填词作《忆江南》，更显示了这位诗人在歌词创作方面的不凡业绩。

这首《忆江南》是一曲风趣小词，故意写得伤情无限，其实在伤感背后却是欣喜，这是艺术的欣喜，而非生活中的愉悦，因为春天去了，毕竟无法叫人愉快。

小词分三个层次。"春去也，多谢洛城人"为第一层次，视点是"春"。词人将春拟人化，它在洛阳逗留期间，受到洛城人的友好款待，所以"多谢"。多谢是口语，刘禹锡有采用口语入诗词而不露痕迹的艺术才能，此词的"多谢"一词出于自然而切合词境，为词生色增辉。

"弱柳"两句是第二层，视点转换为"洛城人"。"道具"则为柳树与兰花。春天将去，洛城人依依不舍，不但人不舍，柳与兰也难舍难分，柳枝摇摇，似乎在向春天挥手告别。丛兰上挂着露珠，那不是露珠，明明是它送别的沾巾之泪。弱柳举袂，切合古典，《诗经》中的《小雅·采薇》："昔我往矣，杨柳依依"，是本词所本。而折柳送别，在中国诗歌中成为固定的意象。刘禹锡化用古典意象，把柳枝的飘摇人性化为"举袂"，意象更鲜明，意境更开阔。

"独坐亦含颦"为第三层，视点转为词人刘禹锡。词人见春去，又见洛城人的留，洛城人之留采用比拟借喻手法，不写洛城人，只写洛城的柳与兰。情景温馨，在艳丽中透出轻淡的哀愁，情在欣喜与忧伤之间。词人的感受既与洛城人一致，又有独特之处。词人也恋春，无奈送春，这是一致处。但词人孤独坐于洛城一隅，春与洛城，别与送别，成为词人眼中的风景，进而纳为词作的素材。他之所以取观风景作素材，在于他"含嚬"，因为他对春的留恋比所有洛城人更重。

此词有姊妹篇《忆江南》，词曰："春去也，共惜艳阳年。犹有桃花流水上，无辞竹叶醉尊前。惟待见青天。"以词人为主视点，延展到桃花流水和竹叶美酒。词人说，既然春天要去，挽留不住，只得任由她远行。所幸春天并非无情物，春走了，留下桃花艳、春水流，一樽美酒赏此景，青天碧蓝蓝青天《潇湘神》取材潇湘神。"湘水流，湘水流，九疑云物至今秋，若问二妃何处所，零陵芳草露中愁。"用湘水、九疑山、中秋芳草露这一系列风物，表达对传说中的女神的同情与敬仰。词有屈原骚赋的楚风，同时也有唐代文人的温婉情愫。

皇甫松《梦江南》："兰烬落，屏上暗红蕉。闲梦江南梅熟日，夜船吹笛雨萧萧。人语驿边桥。"温庭筠《忆江南》："千万恨，恨极在天涯。山月不知心里事，水风空落眼前花，摇曳碧云斜。"以及白居易《忆江南》，都脍炙天下人口。

忆江南

白居易

江南好，风景旧曾谙。日出江花红胜火，春来江水绿如蓝。能不忆江南。

白居易的诗歌多数能配乐歌唱，小诗如《南浦别》《花非花》《真娘墓》等可入乐传唱于民间或宫廷，《长恨歌》《琵琶行》等鸿篇巨制也在歌词之列。他自述《琵琶行》长歌就是即兴作词，套用前曲演唱的。这些"乐府诗"的创作初衷，就是希望它们广布人民之口，使执政者听取采纳。所以，白居易对当时新兴的艺术形式给予关注，就是时代文豪的应有之举。他创作了一批歌词，其中以《忆江南》一曲最为人称道。

这首《忆江南》写风景。开头说："江南好"，为什么好？后面几句便向人们证明江南的"好"，而且它们都是第一手材料。白居易任职江南时，对江南的美好亲历身受，铭记未能忘。其实只有两句：日出江花红胜火，春来江水绿如蓝。说两物：花与水。形容花红，说它红胜火，形容水绿，说它绿如蓝。花本就红艳艳，阳光照耀，更显红艳；江水本就绿莹莹，春水涨，春水流，更添绿意。蓝指江南一种草，青翠葱绿，惹人怜爱。两句两物十四字，使江南美景凝固化为艺术画面，永不销蚀。说它们"凝固"，仅指它们在艺术史上的地位。其实，《忆江南》的江南景致灵活飘逸神采飞扬，散发着青春的气息，令人陶醉，诱人流连。从小的方面说，这首小词赞美了江南风景，丰富了中国艺术，从大的方面说，它滋育了人们热爱祖国山河的高尚情怀，因为江南美景属于祖国，属于这块土地上的每一个人。

结句在人意料之外，又在意料之中。白居易使用了反问句：能不忆江南。白居易曾居留江南，不能不忆江南；江南人世代居住于此，不管现身处何方，心怀何事，江南之忆更不可磨灭。未到江南，未睹江南景色，但耳濡目染，尤其听白氏《忆江南》妙曲，油然而生江南之思之忆，情理俱惬，结论是：江南，天下人梦萦神绕的地方。

一首小词，清幽淡雅，委曲缠绵，景在情中，景去情留，寓情于景，而不着痕迹，创造了深而且广的艺术之美。

白居易另一首《忆江南》忆杭州钱塘潮："江南忆，最忆是杭州。山寺月中寻桂子，郡亭枕上看潮头。何日更重游"。第三首《忆江南》写吴宫美女："江南忆，其次忆吴宫。吴酒一杯春竹叶，吴娃双舞醉芙蓉。早晚复相逢。"这是一组关于江南的组诗。江南可忆，忆江南不止杭州与吴宫。这很可能是白居易词创作计划的一部分，以一首总领众作，不过现在所见白居易咏江南词，只有这三首。

唐后主的身份经历，最应该是《忆江南》的家数，他创作的四首《忆江南》，都是暗将衣袖和泪吞的肺腑之作："多少恨，昨夜梦魂中。还似旧时游上苑，车如流水马如龙。花月正春风。""多少泪，沾袖复横颐。心事莫将和泪滴，凤笙休向月明吹。肠断更无疑。""闲梦远，南国正芳春。船上管弦江面渌，满城飞絮辊轻尘。忙杀看花人。""闲梦远，南国正清秋。千里江山寒色远。芦花深处泊孤舟，笛在月明楼。"

八六子

杜 牧

　　洞房深，画屏灯照，山色凝翠沉沉。听夜雨冷滴芭蕉，惊断红窗好梦，龙烟细飘绣衾。辞恩久归长信，凤帐萧疏，椒殿闲扃。　　辇路苔侵。绣帘垂，迟迟漏传丹禁。舜华偷悴，翠鬟羞整，愁坐望处，金舆渐远，何时彩仗重临。正消魂，梧桐又移翠阴。

　　《八六子》敷衍汉武帝陈皇后故事。陈皇后阿娇失宠，被放置冷宫。受到这种惩罚的女子代不乏人，文人乐于以此素材构建作品。失宠的后宫女人由境遇之凄凉，心情之悲苦，尤其深重。秀才文士，对深宫生活隔膜因而神秘，所以这类诗作词品代不乏人，李白《妾薄命》、刘禹锡《长门怨》、王建《调笑令》"团扇"即此。

　　洞房幽，画屏冷，残灯如豆，窗外山色在还没有从夜色挣脱出来，滴在芭蕉的雨滴还留在昨夜，一帘幽梦已在雨滴声中破碎，原来是君王的气息由远及近，飘进床帏绣榻。一刹那，她以为君王就在身边，可环视冷宫，门厅帐内，座上樽前，依旧伶仃一人，她现在被安置在这里，留下多少恩爱的长信宫已经关闭了许多年月，那里的帐帏一定破败不堪，灰尘弥漫了。她仿佛看见君王曾经走过的路，长满了苔藓，君王多年不曾临幸于此了。帘幕低垂，时间也在孤独凄冷中停滞。她的韶齿年华悄悄地逝去，憔悴占据了她的面容。无心梳妆打扮，满腹哀愁，坐在窗前，听得銮驾声声远去，不知道是哪个妃子昨夜陪伴君王，这样的荣耀几时才能降临于她？她不敢指望，因为她知道，这机会不会有，她将终老于此。尽管如此，她仍然怀抱希望，期盼着奇迹发生。在这绵绵愁绪中，一个漫长的早晨挨过去，芭蕉的影子也移了又移。

这是一首代表性的宫怨词，上阕刻画怨女所处环境的孤寂、冷清，下阕写法颇为独特，采用虚实相间、时光倒错的手法，表达怨女的哀苦和希望，以及希望的渺茫不可追寻。

晚唐五代词以及两宋词多以女性为叙事抒情主体，具有明显的女性色彩，相比较，诗的性格色彩更趋向于男性。这也是唐宋两个时代特色的文学表达。杜牧在诗中表现为一个思想深刻的政治家，《泊秦淮》《赤壁》《九日齐山登高》等，政治见解深邃独到，胡震亨尝谓："杜牧之门第既高，神颖复隽，感慨时事，条画率中机宜，居然具宰相作略。"文中的杜牧则是一位历史学家，《阿房宫赋》的"后人哀之而不鉴之，乃使后人复哀后人也"，竟可判为历史铁律。在词中，杜牧恢复为一个温情少年，词中的杜牧恢复为温情少年，这首《八六子》可为佐证。

更漏子

温庭筠

玉炉香，红蜡泪，偏照画堂秋思。眉翠薄，鬓云残，夜长衾枕寒。 梧桐树，三更雨，不道离情正苦。一叶叶，一声声，空阶滴到明。

温庭筠是"花间词派"的首席词家，他的词曲尽人情，特别擅长写女性的神态心情，用笔工整细致。唐诗倾向于男性中心，写女性的也多有所寄托，或通过对女性的描写表达诗人对社会政治以及人生的批评，陈述个人见解。温词一改这种作风，他的词多写女性身份，而且这些女性没有政治负载，单一的女性，单一的女性情态。在内涵方面单一，并不意味着艺术手法的简单化，相反，温庭筠用细腻的笔触，摹写女性的内心世界，温词的用笔，宛如绘画中的工笔，一丝不苟，而惟妙惟肖。

《更漏子》就是写的这样一位女性。玉炉燃香，红烛闪亮，很温馨，很煽情，但是烛光偏偏投射在屏风上的一幅画上，那幅画是"秋景图"。睹画思人，对他的思念更添了许多。由于心上人不在身边，她无心修饰打扮，眉懒画，鬓不描，独自拥锦衾，锦衾冷似铁，只因长夜漫漫，于是更觉清寒。听窗外，秋雨淅沥，雨打梧桐叶，无休无止，如泣如诉，仿佛代替她泣悲伤，诉别情。心中郁结万般愁绪，借梧桐细雨，涓涓汩汩，点点滴滴，泣诉到天明。

这位女性因忧愁悲伤，整夜未眠，秋雨冷，衾枕冷，更冷的是她的内心，她在细数雨打梧桐叶声。但词中躲过这一细节，只说"空阶滴到明"，这是不言之言，言已尽而意无穷，借景借物借事传情达意，借实写虚，借近喻远。这种写法十分精巧，勾画了精细微妙的女性内心世界。精巧但不纤弱。由于感情浓厚，艺术手法为感情因素服务，使全词浸透着凄清哀婉的情绪。这种情绪似悲剧，但又不是悲剧，它有悲剧的哀婉，但又不似悲剧的惨烈，正符合中国古诗"哀而不伤，怨而不怒"的传统。大体上，中国的词都遵循这两个传统。中国诗有《孔雀东南飞》《长恨歌》那样的"悲剧"，但词中却不见此类作品。词即使以悲伤为主题，那"伤"也绝不涉于酷烈。

温庭筠词以意胜，以境胜，以辞胜。他的词着意精深，意境明净清澈，修辞洗练无虚语，虽然取材多是男女相悦相思，用情深切，但词语色而不靡，丽而不淫。一般认为《花间词》词多绮靡，违背文学正宗，但温庭筠并不如此，而且《花间词》的绝大多数篇章也不如此。它们是中国文学史上"纯文学"的典范之作。

温庭筠的另一首《更漏子》，也同样精彩："背江楼，临海月，城上角声呜咽。堤柳动，岛烟昏，两行征雁分。京口路，归帆渡，正是芳菲欲度。银烛尽，玉绳低，一声村落鸡。""一声村落鸡"句，居然有盛唐气象。

菩萨蛮

温庭筠

小山重叠金明灭，鬓云欲度香腮雪。懒起画蛾眉，弄妆梳洗迟。　照花前后镜，花面交相映。新帖绣罗襦，双双金鹧鸪。

本词写一位女性早起梳妆。

这位女性很时尚，她梳着高高的发髻，发髻之高，可用"小山"来形容。头发乌黑发亮，阳光照耀下，泛着亮光，闪烁不定，头发延伸下来，渐行渐远，消失在香腮处，粉白的脸庞，黑亮的发髻，这是一个美人。美人今天没心思梳妆，不但今天无心情，多少时日，她都是如此。太阳已经很高，她慵懒起床，本应梳洗画眉，开始与她美丽的面貌相般配的美丽的一天。可是，她既不想梳洗化妆，也不想描眉画鬓，她无所事事，她心事重重，她心灰意懒。因为她实在不想做这些无聊的事情。

可是，她实在也没有别的事情可做，最后她决定还是梳妆，实际上她也只有这一件事好做。于是她开始梳洗了。一旦开始，她就很认真，在镜子前照来照去。她为自己的美丽感动着，她实在是美，美得如同一朵花。为了让"花"完美，她用两面镜子作衬映，以便能梳理脑后的发髻。于是，镜子里的"花"和两镜之间的"花"连绵不断，纵深无限。梳理完头发，她又整理床铺，锦被是崭新的，崭新的锦被上绣着崭新的一对鸳鸯，那是一对多么幸福的鸳鸯啊。

但始终没有点题。词似乎在描写一位闲适无聊的青年女性，每天唯以梳洗打扮为工作，因为没有别的事做，那么早一点晚一点打扮都没关系。其实，词是有点题的，点在"双双金鹧鸪"一句，温庭筠用非常曲折的手法，把主题隐蔽在平面化的叙述之中。金鹧鸪双双，而她却是独宿。因独宿，才百无聊赖；那些慵懒与无奈，皆因无人陪伴。《更漏子》的那位女性因离情而哀伤，这位女性因离情而伤痛，但一明说，一暗喻，各臻其妙，而《菩萨蛮》的婉约柔美更有余韵。

这首《菩萨蛮》，温作自有应答篇《望江南》，词曰："梳洗罢，独倚望江楼。过尽千帆皆不是，斜晖脉脉水悠悠，肠断白蘋洲。"原来她的那位良人长期漂泊在外，留下她孤守空房。梳洗之后，每日里倚楼远眺，盼望着某一片帆载来那个"他"。但一帆既过，良人不见，二帆再过，仍杳无其人，三帆四帆以至千百帆，都是满载希望而来，卸下失望而去。那些"希望"，是她主观强加于帆们的，而失望，则实实在在付与这位百愁千哀的女人。斜晖横空流水远逝，只余这位忧伤女性，伫立楼头。日复一日，年复一年，不久就将化作"望夫石"。

张惠言《词选》卷一云："此感士不遇之作也。篇法仿佛《长门赋》，而用节节逆叙。此章从梦晓后领起'懒起'二字，含后文情事。'照花'四句，《离骚》初服之意。"把这首诗无限拔高，平白地赋予它深刻政治意义。张燕瑾《唐宋词选析》的评析比较恰当："《菩萨蛮》不仅称物芳美，也具有'其文约，其词微'的特点。"但他认为这首诗"富有暗示性，容易使人产生种种联想。"却又落入诗必有寄托的窠臼。

沁园春

吕　岩

　　七返还丹，在我先须，练已待时。正一阳初动，中宵漏永，温温铅鼎，光透帘帏。造化争驰，虎龙交媾，进火功夫牛斗危。曲江上，看月华莹净，有个乌飞。

　　当时，自饮刀圭，又谁信无中就养儿。辨水源清浊，木金间隔，不因师指，此事难知。道要玄微，天机深远，下手忙修犹太迟。蓬莱路，待三千行满，独步云归。

　　吕洞宾是传奇人物，其人亦真亦幻，人称"上八仙"之一。世传吕洞宾词作甚多，或多出于伪托，这首《沁园春》似乎可信度较高，但从结构篇章构词方式看，也与唐代词人有明显的差距，似乎也出于宋元人的手笔，宋人葛长庚隔代应和之作《沁园春》，与吕词相近度极高："要做神仙，炼丹工夫，亦有何难。向雷声震处，一阳来复，玉炉火识，金鼎烟寒。姹女乘龙，金公跨虎，片晌之间结大还。丹田里，有白鸦一个，飞入泥丸。河车运入昆山。全不动纤毫过玉关。把龟蛇乌兔，生擒活捉，霎时云雨，一点成丹。白雪漫天，黄芽满地，服此刀圭永驻颜。常温养，使脱胎换骨，身在云端。"

　　吕作讲习炼"金丹"，这里炼的金丹是"内丹"，就是吐纳调息，经营气息，借此使身体健康，乃至返老还童，复归于婴儿。这首《沁园春》和葛长庚的和词，都以比喻借代的表现手法，介绍养内丹的基本方法。"一阳"就是阳气、元气在丹田酝酿，形成炼丹的基本工具：铅鼎。然后在平心静气，以外部的动力促进身体的气息运行，不断地给铅鼎加温助力，这叫"进火"。进火有严格的时间要求，须在斗牛之间，人的精神和天地精华交汇的时刻，使之"光透帘帏"，刹那间完成天、地、人的交合，金丹进入铅鼎，"月华莹净，有个乌飞"。乌，就是金丹的幼苗，以后时时培护，不断上层次，直到七转九转，大药告成，其人摆脱生死律，与天地同寿。

吕作对丹苗（黄芽）生成，以"龙虎交媾"作喻，但实际意义为何，言人人殊。葛长庚词说的就比较直白："姹女乘龙，金公跨虎，片晌之间结大还。"据葛词，人们可知所谓"金丹"是何等物色，不过是既富且贵的上流人士为肆意行淫作掩饰的借口，这也是道教内丹术为正统士大夫所不齿的原因。一些对丹道不很了然的人懵懂跟着炼金丹，苏轼诗说："东坡先生无一钱，十年家火烧凡铅。黄金可成河可塞，只是霜鬓无由玄。"他以为炼丹不成是国产材料不精，需用越南丹砂才行，其实是被欺骗了十几年。

"沁园春"词牌晚唐才出现，至宋蔚为大宗，活动在中唐时期的吕岩居然创作了大量的"沁园春"长调慢词，所以学者怀疑《全唐词》中吕岩的作品全为托名。下面这首"唐词"《沁园春》中的吕岩还有隐士的一面，可资研究。

> 昨夜南京，今朝北岳，倏焉忽然。遇洞中有酒，渴来好饮；君山作枕，醉后高眠。出入无迹，往来不定，半似痴呆半似颠。随身处，有一襟风月，两袖云烟。
>
> 人间漂荡多年，又排办东华第二筵。把玉楼推倒，种吾琪树；黄河放浅，栽我金莲。击碎珊瑚，翻身蓬岛，稽首虚皇御座前。无难事，功成八百，行满三千。

唐诗掠影

唐词品

326

酒泉子

司空图

买得杏花，十载归来方始坼。假山西畔药阑东，满枝红。　旋开旋落旋成空，白发多情人更惜。黄昏把酒祝东风，且从容。

这首小令写赏杏花，感慨美的难得和易逝。花在中国文化中有特定的指代意义，菊花代表隐逸，梅花代表高冷，荷花代表纯洁，桃花代表妖艳，杏花则代表富贵，但这富贵世俗气息浓厚，有亲和力，"杏花春雨江南"，"杏花吹满头"，"深巷明朝卖杏花"，"对山说杏花"，都这样生活气息浓厚。司空图这首词说杏花，专说杏花之美，引申出美的"难留连，易消歇"，最后以平静的心态看杏花的荣与枯。

买杏树为的栽杏花，栽杏花为的看杏花，可是十年以后，杏花才绽放在花园假山之东。开得热烈，满树满枝，团圞红艳艳，富贵繁华的气氛充溢满园。但是，杜牧知道，杏花的花期很短暂，就在花开茂盛的同时，就有花瓣飘落树下，很快树上的红杏会枯萎凋零，杏树复归于平淡，似乎从来没有过繁花似锦。此情此景，更能引得白发老人的珍惜，他感念杏花的来去匆匆，惋惜人生的年华凋朽，时已黄昏，年近黄昏，举起酒杯感谢杏花的来访，置身事外，看庭前花开花落，天上云卷云舒。

近来有青年评论家玩味司空图词的"味外之旨"，张大其词："司空图把酒祝东风，别有怀抱。他乞驻春光，再留韶华。看似惜花，实则感时伤世也。那时，黄巢起义军已入长安，唐王朝这朵'花'，马上就落而成空。司空先生的政治前途和唐王朝的命运，均将成为泡影，有什么办法？也只有祷告东风了。"黄巢残毒人民，人神共知共愤，青年囿于"三家村"学识，津津乐道于黄巢"义军"，言语间透出艳羡，可见青年果然不可不读书，文学赏析更不可不知世。

这首小词有本事可依。唐圭璋《唐诗纪事》说，司空图生活在晚唐，为避世乱，隐居别墅王官谷，参与当地乡民的岁时庆典，歌舞请神愉神，作《酒泉子》云云记述其事。词中的司空图俨然桃花源中人，有闲情雅致欣赏杏花。司空图名气大，晚唐朝廷和军阀都想招请他入阁，他都托病不出，最后因皇帝被军阀杀害，他以绝食殉唐。

俞陛云《唐五代两宋词选释》说："表圣为唐末完人。此词借花以书感。明知花落成空，而酹酒东风，乞驻春光于俄顷，其志可哀。表圣有绝句云：'故国春归未有涯，小栏高槛别人家。五更惆怅回孤枕，犹自残灯照落花。'与此词同慨，隐然有黍离之怀也。"

思帝乡

韦 庄

春日游，杏花吹满头。陌上谁家年少，足风流。妾拟将身嫁与，一生休。纵被无情弃，不能羞。

这首小令清新活泼，色调艳丽，生活气息扑面而来。青春少女的热情在燃烧，她追求爱情无所顾忌，抛弃了一切拘束，打碎了社会设定的各种框框，显示了唐代淳朴的民俗民风。

这是一个春天，她踏春出游，不期而遇一位青春少年。少年的面貌和举止用"风流"二字可以概括，而且是"足风流"，使她怦然心动，在游人如织的融融春景中，做开了白日梦。她梦的内容极简单，主题极明确：嫁给他！至于嫁给他之后是吉是凶，是福是祸，她不再理会，因为她"一生休"。就是说，除此以外，她什么都不需要了，一生只需这一件事，一生只待这一天，即使被无情抛弃，她也不会懊恼。因为她追求的只是"嫁与"本身，"抛弃"毕竟是以后的事情了，与"嫁与"毫不相干，所以"不能羞"，即不以之为羞。

这首小词在写景方面用笔简约而精彩，一句"杏花吹满头"，人在景中，景因人见，杏花飘飞，飘飞如雪。词中不说杏花飞，只是特别勾画杏花落得怀春少女满头的景象。五句写出了春游的景与人，景是满路春，人是满怀春；春日怀春，春光春情相映生辉，把一场朦胧的恋爱写得如灵光乍现，凯歌奏响。在抒情方面，"一生休"三字，果决、坚定，与汉乐府《上邪》异曲同工。《上邪》列举五事，极言爱情不可磨灭，《思帝乡》的"一生休"只三字，不费许多词语，却有同样的效果，同样令人铭记不忘。

韦庄的《女冠子》二首，可与这首《思帝乡》作姊妹篇。它用口语，写出一位少女与男友离别的悲伤："四月十七，正是去年今日，别君时。

忍泪佯低面，含羞半敛眉。不知魂已断，空有梦相随。除却天边月，没人知。"第二首则真实地写梦："昨夜夜半，枕上分明梦见，语多时。依旧桃花面，频低柳叶眉。半羞还半喜，欲去又依依。觉来知是梦，不胜悲。"盼相见，不能见，梦与月，这两个最普通的景物，在韦庄笔下感情充溢，成为人感情的最佳载体。

与《思帝乡》作对比的，韦庄还作了《菩萨蛮》，词曰："人人尽说江南好，游人只合江南老。春水碧于天，画船听雨眠。垆边人似月，皓腕凝霜雪。未老莫还乡，还乡须断肠。"这里写一位男性，对江南美女的刻骨思念，誓言只要他还活着，就不能离开"杏花春雨江南"。唐人写江南的词很多，大多从江南景色着笔，韦庄在景色之上更写江南女子，承接南朝乐府的情绪和风络，成为咏江南的著名"流行歌"。

卜算子慢

钟 辐

桃花院落，烟重露寒，寂寞禁烟晴昼。风拂珠帘，还记去年时候。惜春心，不喜闲窗绣。倚屏山，和衣睡觉，醺醺暗消残酒。　　独倚危阑久。把玉笋偷弹，黛蛾轻斗。一点相思，万般自家甘受。抽金钗，欲买丹青手。写别来，容颜寄与，使知人清瘦。

卜算子又名《百尺楼》《眉峰碧》《楚天遥》，《卜算子慢》是《卜算子》的变调，双调89字，是最早出现的"慢词"之一。慢词改变了小令的短调规模。钟辐这首《卜算子慢》描叙闺阁闲情，一位女子百无聊赖，春日融融，寄情丹青。

桃花盛时，仍有漠漠轻寒，不是寒凉气候，只因她的心思凄冷。远望烟雨迷茫，小院风卷珠帘，依稀还是去年的情景，可是伊人遥遥，春心难托付，也无闲心绪织锦描红绣针黹，依着花屏，和衣而卧，醒来宿醉微醺，却不知是什么时候。高楼上，孤独的她无所事事，画眉描鬓摆弄指甲，一个人领受万般相思之苦。她仔细思量，能否重金请得大画家，把分别后的容颜完整地图画下来，寄送给他，让他知道，我已经因思念他消瘦得不成模样。

词的小令在"小"，篇幅短小，表现小事件小情调，因此格局也小，慢词在篇幅上远远大过律诗和绝句，但内容却急剧递减。唐诗的内容丰富，品格繁多，概括地说，唐诗有事与情两方面的内容，叶燮在事、情之前加上理，他说"理、事、情"是中国诗的全部内容，理即义理，仍然是韩愈文以载道的意见。但用叶燮的理论衡量词就行不通了，词的内容已经收缩为一个字：情。还不止于此，它继续收缩，收缩到闺阁闲情，最后，词的表现内容只有女性单方面的闲情雅致。芸芸词林，词家多为男性，而作品尽染脂粉。但正因为词作家在"小"上精雕细刻，使词作品精致精巧，精神饱满，语词精湛，文字的文学进入表现物质表现形式的艺术的领域。从这个意义上说，文学的"词"与工艺的"瓷"同步，都滋育于盛唐，中唐活跃，晚唐五代定型，宋代发扬光大，臻于极致。两者都是玲珑剔透，可供欣赏把玩，也具有收藏馈赠价值，总之都可以成为艺术"品"。晚唐五代迄宋的这艺术两品，一物质，一精神，可以代表中国文化绚丽的色彩。"胡人"后唐庄宗（李存勖）向称赳赳武夫，战斗之余率尔操觚，填词《六州》一阕，居然也是"小"词：

赏芳春，暖风飘箔。莺啼绿树，轻烟笼晚阁。杏桃红，开繁萼。灵和殿，禁柳千行斜，金丝络。夏云多，奇峰如削。纨扇动微凉，轻绡薄，梅雨霁，火云烁。临水槛，永日逃烦暑，泛觞酌。露华浓，冷高梧，凋万叶。一霎晚风，蝉声新雨歇。惜惜此光阴，如流水。东篱菊残时，叹萧索。繁阴积，岁时暮，景难留，不觉朱颜失却。好容光，旦旦须呼宾友，西园长宵。宴云谣，歌皓齿，且行乐。

史称李存勖"知音、能度曲"。《六州》在宋代变声《六州歌头》，程大昌《演繁露》说："《六州歌头》，本鼓吹曲也。近世好事者倚其声为吊古词，音调悲壮，又以古兴亡事实文之。闻其歌，使人慷慨，良不与艳词同科，诚可喜也。"艳词即"小词"。

江城子

和　凝

初夜含娇入洞房，理残妆，柳眉长。翡翠屏中，亲爇玉炉香。整顿金钿呼小玉，排红烛，待潘郎。

斗转星移玉漏频，已三更，对栖莺。历历花间，似有马蹄声。含笑整衣开绣户，斜敛手，下阶迎。

迎得郎来入绣闱，语相思，连理枝。鬓乱钗垂，梳堕印山眉。娅姹含情娇不语，纤玉手，抚郎衣。

帐里鸳鸯交颈情，恨鸡声，天已明。愁见街前，还是说归程。临上马时期后会，待梅绽，月初生。

竹里风生月上门，理秦筝，对云屏。轻拨朱弦，恐乱马嘶声。含恨含娇独自语，今夜约，太迟生。

《江城子》也叫《江神子》，这组《江城子》五首，是组词，叙述一位女子与情人夜间约会相见分别的全过程，组词章法清晰，被人誉为"联章之祖"。

这首《江城子》平叙女子初夜的行为和心情，使用散文的构章造句法。第一首，女子吩咐侍女安排仪式，等待她的情人前来相会。激动的心情，"整顿金钿呼小玉"一句可证，几乎已经手忙脚乱。

第二首，夜半时分，女子迎来了她的情郎，虽是偷情密会，也不能减了礼数，"斜敛手，下阶迎"，叫人忍俊不禁。

第三首，进入绣房，互相道相思，两人深情相拥，女子的钗环散乱，装束也变了形状。女子手抚摸情郎的衣衫，无尽的柔情蜜意。"抚郎衣"三字，显然是用了曲笔。

第四首，柔情似水，佳期如梦，一对鸳鸯缠绵未几，却早雄鸡啼唱，

333

天色澄明，分手是免不了的，情郎安慰她，并和她约好了下次相会的日期：腊月，月牙弯弯刚出现的时候，他再来。

第五首，约会的日子又到了，她看着屏风上的图画心猿意马，若有若无地拨弄琴弦，唯恐声音大了，扰乱了马蹄的声音，耽误她迎接情郎。心里却在埋怨：今天的月亮出现得太慢太慢了。"轻拨朱弦，恐乱马嘶声"，是这首词的最精彩处。

和凝是花间词人，他还有几首词也很值得商略与玩味。

春光好

蘋叶软，杏花明，画船轻。双浴鸳鸯出绿汀，棹歌声。春水无风无浪，春天半雨半晴。红粉相随南浦晚，几含情。

山花子

银字笙寒调正长，水纹簟冷画屏凉。玉腕重金扼臂，淡梳妆。几度试香纤手暖，一回尝酒绛唇光。伴弄红丝蝇拂子，打檀郎。

麦秀两岐

凉簟铺斑竹，鸳枕并红玉。脸莲红，眉柳绿，胸雪宜新浴。淡黄衫子裁春縠，异香芬馥。羞道交回烛，未惯双双宿。树连枝，鱼比目。掌上腰如束。娇娆不争人拳跼，黛眉微蹙。

鹊踏枝

冯延巳

几日行云何处去？忘却归来，不道春将暮。百草千花寒食路，香车系在谁家树。泪眼倚楼频独语。双燕来时，陌上相逢否。撩乱春愁如柳絮，依依梦里无寻处。

冯延巳在南唐朝廷任丞相，在政治上未见有什么建树，在词的创作方面却取得了令人晕眩的成就，与李后主的作为很相似。冯延巳对词的贡献在于将词的境界更深化了，由于深化，他的词不限于对某一时某一人的具体摹描刻画，而是把它们引领进入"纯文学"的境界，使之具有广泛性。所以，冯延巳词的感伤忧郁是一般意义上，可以指代任何目的物，因为它们本身就没有"目的物"。从这层关系上说，冯词的精神内涵近似李商隐无题诗，还可以上溯至《诗经》。如《秦风·蒹葭》就是这样的境界。人们可以明确地陈说《蒹葭》的主题在于追求，追求那位"伊人"，但伊人具体所指，则无法确定，是爱情？是友情？是理想？似乎都是，但任何一项都不足以涵盖"追求"的全部。李、冯的作品都达到了这种"形而上"的艺术境界。这是许许多多的文学家苦苦追求而不可得的境界。

这首词以"行云"起兴，次第引出"百草""千花""双燕"以及"香车""柳絮""春愁"。这些形象或意象在诗词中司空见惯，但在这里经过特别的组合，就产生了朦胧曼妙的艺术之美。一首普通的怀人词抽象为广义的追索抒情诗，内涵丰厚了，境界开阔了，对情节和情绪则作了虚化处理。

行云，依《诗经》的六义说，是"比而兴"。浮云飘忽不定，谁也不能确定它从何处来，飘向何方，或者随时消散于虚空之中。而那位意中人，也正如浮云一般，已记不起回到他的出发点，全不管春暮时分。百草繁茂，千花盛开，清明时节，路上人熙熙攘攘，车如流水马如龙，可是良人之车在哪里？一定是被某株树挂住了，使他流连不返。这位女子因此进入半虚半实的世界。她泪眼婆娑，倚楼极目春山之外，追随流云消逝。春山无语，流云无情，她满腔哀怨无处倾诉。声音响起，却是燕子呢喃。它们来自远方，抑或城的东西南北，飞翔所过，或许曾见他的车马？她殷勤询问燕子，燕子虽则有声，但无语。它们也许是"有语"的，向她细叙与他路上相逢情景，而且明确指示他淹留何方。可是鸟语不能解，空自增烦忧。与燕子对话，既无果，她把希望寄挂在夜空下的梦。她身居闺阁，无法追随他浪迹江湖，难以如燕子一般与他在路上相逢。在梦中她是自由的，可以任意逍遥，上穷碧落下黄泉，天上人间会相见。可是，她又很不自信，又有几分担心，她不敢保证确实能在梦中找到他。即使找到他，他是否肯与她共诉别情？悠悠人生，悠悠春梦，人生如春梦，春梦即人生，都是那么不可靠。

人与"双燕"对话，是本词最有创意的句子，燕与雁，诗人词人很乐于取入作品，应该是比较熟悉的题材，但他们总能别开生面。这首词中她问燕子是否路遇他，为旧题注入了新生。

冯延巳的另一首《鹊踏枝》同样精彩，词云："谁道闲情抛弃久？每到春来，惆怅还依旧。日日花前常病酒，不辞镜里朱颜瘦。河畔青芜堤上柳，为问新愁，何事年年有？独立小桥风满袖，平林新月人归后。"它相当于前词的应答篇，原来她埋怨不已的那位"良人"与她心情、处境相同，也在期盼相见，只是因世事难以把握，不能成行，只等新月照耀下，两人重聚，两情相悦，离愁别绪才会终结。词史上这类应答词很多，如韦庄的《女冠子》两首，柳永的《雨霖铃》和《八声甘州》，是应答之作中的优秀者。

山花子

南唐中主

菡萏香销翠叶残，西风愁起绿波间。还与韶光共憔悴，不堪看。　细雨梦回鸡塞远，小楼吹彻玉笙寒。多少泪珠无限恨，倚阑干。

南唐中主李璟词作传世仅两首，但他在词史上的声誉很高，因为他把词的表现功能充分地发挥了，使词进一步实现了它本身蕴含的美的价值。一般地说，诗讲究意与情，词则关注境与美，在很大程度上，词属于唯美性质的文学艺术形式。李璟恰就把取象、化境、作意三位糅合为一体，从而实现了"唯美"。当然，诗也讲究这"三位"，但不刻意追求，更多的出于自然天成，自然成象，无意化境，随兴作意。词则有意为之，所以词的"象"更有欣赏性，"境"更有指向性，"意"更有阐释性。

这首词因景生情，因情作意，因意成象，构造了一个近乎完美的艺术实体，这个"实体"就是词的境界。荷花香气消散，翠叶凋残，从前的繁花茂叶不复存在，无情的西风扫荡过水云之间。秋风秋水，萧索秋景，满目凄凉，不忍看见。秋景年年有，年年都见秋，但现在词人为什么如此伤感？是心情使然，"还与韶光共憔悴"。原来他老了，而且心绪不佳，人的容颜与花共憔悴，人的心情与秋同凄凉，看见了秋风中的残荷，就等于看到了自己，所以"不堪看"。

下阕把环境稍作虚化处理，在丝丝细雨中，词人悄然入梦，梦中延续他的思念，梦思飘向远方。随风而去，随心而去，或者说心随梦去。可是梦境难圆，小楼上不知何人吹玉笙，在秋风中传送的乐声，也沾了凉意。它吹破了词人梦，由自在的幻境回到了悲凉的现实。词人再难入梦，再难安寝，披衣起徘徊，辗转小庭院，追昔抚今，无限伤感。泪珠簌簌而下，一滴泪一宗哀怨，多少泪滴无数恨，数不尽的泪滴数不尽的怨恨。倚栏长吁，那栏杆怕也难以承受他的泪滴和愁怨吧。

这首词用化境手法。抒情主人公的情况是虚化的，不似温庭筠词中一目了然，是一位女性。此词的意境与冯延巳《鹊踏枝》相似，但比冯词更超然，更接近纯粹的抒情艺术。

中主的另一首《山花子》（摊破浣溪沙·手卷真珠上玉钩）与此词极为相似，可作姊妹篇看，内容也与此词相关。词曰："手卷真珠上玉钩，依前春恨锁重楼。风里落花谁是主，思悠悠。青鸟不传云外信，丁香空结雨中愁。回首绿波三楚暮，接天流。"愁闷无限的词人无聊卷帘，又是一天开始了。但这一天与前一天没有不同，这一年与前一年也没有不同，总是"春恨锁重楼"。因为在"重楼"而且被"恨"封锁，所以青鸟无法传信。身边的丁香花开了，雨中丁香也如这位词人一样，忧思无边，不能休止。青鸟无信，落花无主，词人只得远瞻三峡之水，上接银河，滔滔东去。

一斛珠

晓妆初过，沈檀轻注些儿个。向人微露丁香颗，一曲清歌，暂引樱桃破。

罗袖裛残殷色可，杯深旋被香醪涴。绣床斜凭娇无那，烂嚼红茸，笑向檀郎唾。

南唐偏安江左，大宋强兵压境，中主李璟、后主李煜，对赵宋作小伏低，百般逢迎，尊宋为正统，岁贡以保平安。宋灭南汉，后主去除唐国号，改称"江南国主"，且贬损仪制，撤去金陵台殿象征帝王的鸱吻，以示尊奉宋廷。但宋太祖仍然不准南唐生存，宋军占领金陵，南唐亡。唐宗庙社稷被毁，后主被押赴东京，从此后主以泪洗面，蹉跎三载而亡。

《一斛珠》是后主早年词章的代表作。写一个娇媚又活泼的女子，与情郎相处的欢快情景。女子修饰打扮停当，闺房里还点上檀香，气氛温暖暧昧。女子多才多艺，嘴唇微露，细白整齐的牙齿如丁香般可人，唇上一点樱桃红仿佛也分为两半，原来她一展歌喉，妙曲清歌洋溢厅堂。歌声消歇，女子与情郎共饮美酒香醪，一杯再一杯。看女子的衣着，殷红色的锦绣衣，熏香气味若有若无，浓淡正相宜。女子到底微醉，斜倚绣床，更觉得娇媚无限，醉中的女子嘴里嚼着红线头，柔柔地吐向她的檀郎。

《一斛珠》词牌首创于唐，但作品首见于后主此阕。关于这位女子的身份，众口难调于一处，或谓小周后，或谓教坊歌妓，都是盲人摸象。度量这支曲子，是李后主与某一红颜知己的佳期之约，这位知己有身份，有地位，但种种间隔，不得与后主结秦晋成连理，与《菩萨蛮》的道理相仿佛："花明月暗笼轻雾，今宵好向郎边去。刬袜步香阶，手提金缕鞋。画堂南畔见，一向偎人颤。奴为出来难，教君恣意怜。"穿着光脚袜，鹅行鹊步去约会，她是不想被别人看见。

后主早期词，与花间相似，但决然不同于花间，花间词多夸饰，后主多白描，所以后主词更鲜活，而花间则多工匠修润功夫。长于宫廷者比草泽市井作家更多原生态，这是晚唐五代词一个不小的悖论。胡应麟《诗薮》说："后主目重瞳子，乐府为宋人一代开山。盖温韦虽藻丽，而气颇伤促，意不胜辞。至此君方为当行作家，清便宛转，词家王、孟。"词有王孟而诗有冯李。纳兰性德《渌水亭杂识》说："花间之词，如古玉器，贵重而不适用；宋词适用而少质重，李后主兼有其美，更饶烟水迷离之致。"质重，诗中常见的君王之思与家国之痛，宋词所缺乏，也恰是李词所充沛。王国维《人间词话》说："温飞卿之词，句秀也；韦端己之词，骨秀也；李重光之词，神秀也。词至李后主而眼界始大，感慨遂深，遂变伶工之词而为士大夫之词。词人者，不失其赤子之心者也。故生于深宫之中，长于妇人之手，是后主为人君所短处，亦即为词人所长处。主观之诗人，不必多阅世，阅世愈浅，则性情愈真，李后主是也。"说后主词神秀，此论不可刊，说后主单纯，不为无据，但说后主阅世浅，则未必。由帝王而臣虏，古今几人？阅世深切痛彻，静安先生或可感同身受。

相见欢

南唐后主

　　林花谢了春红，太匆匆。无奈朝来寒雨晚来风。胭脂泪，留人醉，几时重。自是人生长恨水长东。

　　南唐的第三位皇帝李煜，世称"后主"，优秀的词作家应是他的本职。李后主的词风以被宋军俘虏为界，分为风格迥异的两个时期：前期以描写风花雪月，男女私情为主题，风格婉约，温柔多情。在词中塑造了两种形象：艳丽可人的女子和温情脉脉的才子。前者是他想象中的后宫佳丽，后者就是词人自己。后期的李后主词风发生了根本的转变。李词的境界开阔了，由从前的绮罗花丛式的"花间词"转变为以家国哀痛为主调，在词中诉说对南唐亡国，自身沦为俘虏的无限哀伤。南唐之亡，对他有两重意义，一是国，二是家，因为对他这个皇帝来说，家、国一体，他遭受了国破家亡的双重苦难。苦难郁结在心，发而为歌啸，于是有后期的以家国为主题的词作。

　　《相见欢》又名《乌夜啼》，这首《相见欢》是后主身在汴京，追思金陵时期的舒适生活而不可得的无限哀苦。后主眼见花开，眼见花落，花期如此短暂，仿佛他的皇帝生活，转眼成空。"太匆匆"三字，看似漫不经意，却是后主心情的最切近的语词。平常话浸透着深哀思，也是后主后期词的突出特点。雨和风，都是习见事，习见物，但在此时此刻，却把后主带入漫漫乡愁。这种"乡愁"不同于一般的游子思乡，他们虽然无法还乡，但总还有还乡的可能，而后主此生绝无缘重见金陵，此愁谁堪承受？"胭脂泪"指后主被迫出降时宫中女性的悲伤。宫中人哭了，他醉了，不是酒醉，是心碎。"几时重"，毫无疑问，再无"重"时，他永别了那些"留人醉"的"胭脂泪"。所以他说，人生长恨与水长东一样，无法更改。这首《相见欢》与《破阵子》是对应篇,《破阵子》具体描写金陵城破,后主登船北去,宫人送别时的悲苦情景:"最是仓皇辞庙日,教坊犹奏别离歌,垂泪对宫娥。"用对宫娥垂泪这一微情节,隐约但强烈地表达国破家亡的哀痛,有因小见大的效果。

另一首《相见欢》在后主词中也很著名:"无言独上西楼,月如钩。寂寞梧桐深院锁清秋。剪不断,理还乱,是离愁。别是一般滋味在心头。"词人们希望把春天留住,有所谓"锁春"之说。后主的眼前只有秋天,不见春光,而且清秋被锁在深院,从此秋意将永远缠绕他而不会离去。"剪不断,理还乱"的比喻十分精彩,比喻离愁。"别是一般滋味在心头"则把词的覆盖面扩展了。从而把这首词的"适应性"扩大到一切有关离与愁的事情。

虞美人

南唐后主

春花秋月何时了，往事知多少。小楼昨夜又东风，故国不堪回首月明中。雕栏玉砌应犹在，只是朱颜改。问君能有几多愁，恰似一江春水向东流。

《虞美人》是李后主后期词的代表作，主题仍然是离愁别绪、家国之痛。

"春花秋月何时了"这一问句，很突然，也很无奈。春花何时凋谢，秋月何时沉沦，后主茫然不知。不是不知，是不想知，因为见春花之谢、秋月之沉，徒然增加哀愁。春秋代序，又是一年，臣虏生涯，漫无终期，所以哀伤。但还有更深重的哀伤：臣虏生涯，是否可得延续，延续到哪年哪月戛然而止，他实在不知，也很怕知道，很可能他想做臣虏，苟延生命也不能得，结束这一切的日子，或者是明天，也可能就在今天。人们常用"度日如年"形容心情的焦虑，但对后主来说，每一天都在受煎熬，他希望这一天快点结束；而另一方面，每一天都可能是最后的一天，他希望这一天永远延续，这种极度矛盾的心情，除非身历，断难领会，后主正在遭受这种身心的双重折磨。所以，后主此词既有特殊性，又有普遍意义，因为人们通过这些词间接体会到了后主的悲愤与无奈。

"往事知多少"在词牌上归于上句，在这首词中却应归入后句。往事，就是在金陵时期的点点滴滴。多少，意为很多。身处危险，回忆往事越来越多，它们纷至沓来，给后主以安慰，但安慰之后又是更深的痛苦。后主住的小楼，昨夜东风吹过，大约又到春天了吧，而故国之春，已遥远不可追寻，只有明月，也许约略可以照见故国的土地风物。不堪，有不能、不敢、不愿多重含义，仍然是后主悲伤与无奈感情的延续。

　　不敢想，但还是想。故国的楼台殿阁应该还在，可是数年荒芜，颜色已消退，雕梁画栋，彩色剥落，无人理会，不复往日的富丽堂皇，正是人去楼空，人物皆非事事休，欲语不知如何开口。因为愁绪重压，人与愁已是同义词了，若强问什么是愁，愁有多少，回答前句很容易：人即愁，愁即人。回答后句则殊为不易，愁已经无法用数与量来衡量。不过有一件相似物：满涨的一江春水，而且源源不绝。

　　《浪淘沙》是《虞美人》的姊妹篇，词云："帘外雨潺潺，春意阑珊。罗衾不耐五更寒。梦里不知身是客，一晌贪欢。独自莫凭栏，无限江山，别时容易见时难。流水落花春去也，天上人间。"离开故国，从此只在梦里享受从前的尊荣富贵，但醒来又是更深的哀苦，以至不敢凭栏远眺南国。此生不能南归，如同流水不返，落花难缀，天上人间永隔绝。

后记

　　1994 年，我博士研究生毕业，到警官大学任教，为中文系 1993 级本科生讲授中国文学史。这是一所具有行业性质的综合大学，虽然"综合"，名曰"文理兼备"，其实没有几个系，但全国招生，生源茂盛。男生帅气，女生秀气，才冠三江。

　　中文系九三级四十人，后来又从九二级转来一位才女。这四十一人是我的第一班学生，先后授课三个时段，从先秦到唐宋，由我一人承包，再加上选修课"唐诗选讲"，共有四个学期，学生每周两次固定听我的"热河普通话"。热河普通话的发音音位偏低，音调也有微调。我在四川大学读博士，川大重"小学"功夫，端透定泥、知彻澄娘、东董送屋、侵寝沁辑之类，每字的声部韵部都依照官话严格厘定。"热普"跟"川普"一样，声部韵部拟古，念念在兹。一位很求真的教师纠正我的发音说："你把'国家'念层'果家'，'革命'念层'葛命'，危乎殆哉！"是这样吗？我问学生，学生说："果然。"但我只是声调的问题吧，声部韵部是准确的。果然，学生说："不过，你的读音偏差，在可接受的范围。"

　　"瓮盎大瘿说齐桓公，桓公说之，而视全人，其脰肩肩。"桓公说，你们看瓮盎的大粗脖子，多好看！你们的脖子，太细啦，一拨拉就断，太细啦！桓公为什么看甲状腺肿得庞大的瓮盎先生顺眼呢？因为瓮盎先生学问好，好学问带来人格魅力。我没有瓮盎先生的学问，但是我有徐霞客的雅兴，带着全班同学山呼海啸，所以他们看我也顺眼。讲先秦文学，我找到一片桃林，权当"杏坛"，诵诗三百。魏晋六朝，我又客串一回不吃药的阮籍。北京竹林稀缺，但大学周边稻田弥望，"早稻田四十一贤"所以诞生。唐宋文学简易得多：作诗。格律诗过于繁难，对仗还好，平仄，用今韵用古韵，都难免招得指摘，古风规矩少，率性自然，但也不免率尔成章。我高坐讲台，月旦甲乙，诸贤豁达有过于我，陟于上品固欣欣然，黜于下品，眉宇间亦有喜色。间或也作文，某生成就一部散体小赋，我看了喜欢，推荐到系部，用作中文系网站开篇词。其词曰：

莫题柱，题柱非壮夫！雕虫篆刻无已时，辽海秋风瑟瑟芦。班定远从天山归，飞将军自重霄入。叱咤诸侯救钜鹿，横绝戈壁战匈奴。壮士倚天抽宝剑，几曾读得半卷书？君不见，闻鸡起舞刘太尉，江山欲倒只手扶。鄂王驰驱江淮道，桓公杨柳南向哭！君不见，庾信泣血江南赋，鲍照抚膺叹城芜。何如挟肃慎，驰的卢，登高堤，振臂呼，宣威沙漠陲，图画麒麟阁，天子亲赐酒一觚——慨投笔，莫题柱！

且题柱，题柱亦壮夫！欣悦扬若木，苦痛吁天都，亲爱告上邪，感怀山有枢。鲁阳挥戈驻白日，汉水倒向西北去。太白紫毫开蜀道，髯公瓦砚纳蓬壶。文章铸就建安骨，铮铮铜铁敲不足。君不见，东篱下，落英缤纷人独立，人淡如菊菊可叔。君不见，雪海边，茫茫浩浩，战士新诗，化作梨花满枝铺。大江滔滔沙淘尽，顶天立地一部书。三不朽，著与述——慢投笔，且题柱！

快题柱，题柱伟壮夫！风雨潇潇路，栉次层层屋。太平世界，文学英雄当同步。江南千里莼羹，塞北万山黄栌，抵雪域，越海隅，王化泽被古今殊。汉武开边塞，制赋马相如。唐皇功比圣，夸诗李与杜。如今长城固，国用足，物阜成，民殷富。干城倚绳床，醉后拂绢素，鬼神瞿然惊，龙蛇飒飒舞，踌躇满志，为之四顾。噫嘻呜呼，将军捉笔作美文，宁不羞杀上林苑中文曲宿！夏有皋陶，周有尼父，公安宗与祖，岂不文乎？——挥巨椽，快题柱！

我的授课在他们进入四年级时结束，但学生仍然自由出入我的办公室和宿舍。端午节，我亲手包了一大锅粽子招待他们，学生们对我居然会这门手艺惊讶不已，我说："吃粽子，纪念屈原哪。"粽子跟屈原没啥关系，但在中国，一种食品的文化意义要大于食品本身的意义。孔子说"有酒食，先生馔"，原来饮食的形式意义也大于实质意义。学生拿着一只剥开还带着粽叶的粽子走过来说："老师先吃。"我很仪式感地咬一口，他们也"人一口"，迭相传。我心里感慨："爱我哉，不顾口味！"弥子瑕游园，摘一只桃子，吃一口很甘甜，再一口甜得掉牙，不舍得再吃，剩下大半个给卫灵公，灵公感慨道："爱我哉！亡其口味以啖寡人！"罗马尼亚电影《白玫瑰》，几位抵抗运动的男女战士即将被纳粹处决，行刑者给他们一支烟，三个人轮流一口，直至吸完。

这两个故事很不吉利，卫灵公是祸国之君，三个抵抗战士吸完烟就上了刑场。我和学生分吃一个粽子，恐怕也会成为中文系最后的晚餐吧。1997 年，九三级毕业。毕业离校前夕，四十一贤和我围坐在宿舍下的广场上，唱着留恋又感伤的歌。萤火点点，白杨萧萧，"座中何人，谁不怀忧，令我白头"。

20 世纪 90 年代，全国高校改革热火朝天，专科升本科，学院类本科升综合本科，校外扩招，校内扩编，增设专业和业务系，若干系组成学院，或者系直改院。改革大潮中，警官大学（这时改名公安大学）反其道而行，要大刀阔斧裁撤几个系。中文系经过我们屋里的恳求与抗争后，无可挽回地被裁撤掉了。

2007 年，中文系九三级毕业十周年，大部分学生回校，但他们已经找不到中文系的痕迹，偌大的校园，没有可供他们立足的方寸之地。几个念旧的老师，借用别单位的房舍接待他们。原想在校园栽几株树或立一块石作纪念的，想想系都没有了，纪念也寡淡无味，就算了。第二天，学生们凄然作别。

当时，我正在山海关"一片石"凭吊明帝国最后一战的遗址，有意避开九三级聚会的日子——我不忍心看见他们失望的眼神。

学生们离去后，我检索当年的教材、讲稿、教学笔记，还有学生的作业，以及我在作业上的批语，恍惚觉得正在准备明天的课程——明天该讲晚唐诗了吧，需要再温习……"别梦依依到谢家，小廊回合曲阑斜。多情只有春庭月，犹为离人照落花。"腹心酸楚，久久不能自已。

我决定出版选修课部分的讲稿，这部分篇幅少些，比较容易整理。讲稿略作增删，成就一部小书，曰《大唐诗章》。名为讲稿，实是我读唐诗的自言自语。蒙金爵文化出版公司不弃，乔继堂先生鼎力相助，书稿得以面世。由于印刷量很少，我自己分得寥寥几本，经过几次搬家，居然星散不知去向。

今年，九三级毕业二十年了，我垂垂将老，学生们也已步入中年，可能已不在意母系的存废，还会来聚会的吧。再次整理旧稿，书名易为《唐诗品》，再易为《唐诗掠影》。不希求发行量，只想作为小礼物，赠予九三级四十一位同学。人民出版社既赞且襄，慨然斫板，我的感激莫可名状。

借唐诗一首，纪念已经沉寂二十年的该大学中文系。

真娘墓，虎丘道，
不见真娘镜中面，唯见真娘墓头草。
霜摧桃李风折莲，真娘死时犹少年。
脂肤荑手不牢固，世间尤物难留连。
难留连，易消歇，
塞北花，江南雪。

王清淮
2017 年 2 月 2 日

责任编辑：薛　晴

图书在版编目（CIP）数据

唐诗掠影／王清淮　著 . — 北京：人民出版社，2018.5

ISBN 978 － 7 － 01 － 018726 － 6

I.①唐…　II.①王…　III.①唐诗－诗歌欣赏　IV.① I207.22

中国版本图书馆 CIP 数据核字（2017）第 322738 号

唐诗掠影
TANGSHI LÜEYING

王清淮　著

人民出版社 出版发行
（100706　北京市东城区隆福寺街 99 号）

北京中科印刷有限公司印刷　新华书店经销

2018 年 5 月第 1 版　2018 年 5 月北京第 1 次印刷
开本：710 毫米 × 1000 毫米 1/16　印张：22.5
字数：320 千字

ISBN 978 － 7 － 01 － 018726 － 6　定价：49.80 元

邮购地址 100706　北京市东城区隆福寺街 99 号
人民东方图书销售中心　电话（010）65250042　65289539